U0135667

王華懋 譯
亞愛一郎的狼狽
魔術師作家
泡坂妻夫

亞愛一郎的狼狽

目次

總導讀　推理小說的魔術師——泡坂妻夫／傅博　005
第一回　ＤＬ２號機事件　017
第二回　右腕山上空　051
第三回　傾斜的房間　089
第四回　掌上的黃金假面　127
第五回　Ｇ號線上的黃鼠狼　165
第六回　被挖掘的童話　203
第七回　荷洛波之神　271
第八回　黑霧　307
解　說　藏葉於林、柳暗花明的亞愛一郎事件簿／藍霄　339

推理小說的魔術師——泡坂妻夫／傅博

泡坂妻夫與《幻影城》

自從一九五七年，松本清張確立「社會派」推理小說，革新並拓展日本推理小說之內容與範圍，獲得從不閱讀推理小說之讀者的支持，對推理小說的大眾化、普及化有了很大貢獻。由此，推理小說在日本成為文學類出版的主流；但也由於其寫實的手法、追求社會矛盾或現實的利益衝突，失去了「清張以前」（一九五六年以前）被稱為「探偵小說」時期之充滿怪奇、夢幻、耽美要素的浪漫情調，令部分探偵小說迷失望。

一九六二年，社會派推理小說熱潮達到最高峰，之後漸漸衰落，到了一九六九年推理小說才復甦。但是，這次的復甦現象是分兩路進行的。

第十五屆江戶川亂步獎得主森村誠一之《高層的死角》（高層の死角），和入圍者夏樹靜子之《天使已消失》（天使が消えていく）相繼出版，挽救了走入風俗小說化的寫實派與走入社會小說化的社會派推理小說。前者是一部寫實派本格的作品，後者則是以母性愛為主題的社會派推理。

另一方面是幾乎銷聲匿跡的探偵小說之復辟。一九六八年十二月，桃源社創刊「大浪漫的復活」（大ロマンの復活）叢書，收錄探偵小說時期之探偵、冒險、傳奇等具有濃厚浪漫氣氛之傑作十餘種，獲得一直懷念浪漫主義推理小說之讀者的熱烈支持，於是，許多出版社視為新的商機，相繼整理清張以前之重要作家的作品，大多以個人全集形式出版。

一九六九年就有江戶川亂步與夢野久作兩全集，一九七〇年有橫溝正史與木木高太郎兩全集，一九七一年有濱尾四郎與山田風太郎兩全集，一九七二年有大坪砂男與高木彬光兩全集，四年內，合計出版八位推理作家個人全集可謂空前盛事；之後海野十三、久生十蘭、香山滋等全集也相繼被出版。

此外，大戰前的探偵小說大本營《新青年》、戰後之大本營《寶石》等二大推理雜誌的選集也在這個時期出版。在這波復古熱潮當中，標榜「探偵小說專門誌」的《幻影城》於一九七五年二月創刊，由島崎博（筆者）主編。

《幻影城》是取自江戶川亂步之著名的評論集《幻影城》，亂步生前以「幻影城城主」自居，因此雜誌名稱決定要使用《幻影城》時，獲得亂步夫人同意，並得到橫溝正史的支持。

《幻影城》的創刊主旨有三，第一是以最新視點重評探偵小說時期作家，不但刊載評論，同時刊載該作家的代表作，讓讀者一目瞭然該作家之全貌；其次是推動推理文學評論；第三是提倡具浪漫性的新探偵小說之創作，也由此創設了「幻影城新人獎」，分為小說（短篇）獎與評論獎兩個部門。

第一屆小說獎於一九七六年三月發表得獎作家及其作品，最終入圍作共五篇，由村岡圭三的〈乾谷〉（乾谷）得獎，為一篇架構非常完整的本格推理短篇；另有佳作兩篇，其中一篇就是泡坂妻夫的〈DL2號機事件〉。

泡坂妻夫與亞愛一郎

泡坂妻夫，本名厚川昌男，一九三三年五月九日出生，東京都人。九段高中畢業後，在家裡幫忙家業「紋章上繪師」（在高級和服繪上家徽的師傅）的工作，興趣是魔術的創作。一九六八年，獲得第二屆石田天海獎（魔術界之江戶川亂步獎），並由石田天海獎委員會出版《厚川昌男作品集》；一九七五年四月，出版魔術創作集《四角形皮包》（四角な鞄）。泡坂妻夫與太太厚川耀子都是業餘魔術師。

這個筆名「泡坂妻夫」其實很特別，日文讀為「あわさかつまお」，正是從其本名「厚川昌男」，即「あつかわまさお」的あ與お之間五字變更排列後漢字化而成。

〈DL2號機事件〉的故事舞臺是宮前市。機場接到一通歹徒打來的電話，預告從東京飛往宮前市的DL2號機內被裝了炸彈，將於起飛後三十分鐘引爆。飛機起飛前，東京的刑警曾暗中搜查過機內，卻沒有發現炸彈，於是DL2號機依預定起飛。

宮前機場這邊，羽田刑警和幾位同事正等著DL2號機的抵達；機場內另有氣象學者、地質學者和攝影師亞愛一郎（姓亞，名愛一郎）等三人，正在拍攝機場上空的浮雲。

（以下段落涉及謎底，建議尚未閱畢本作的讀者直接跳至❶繼續閱讀。）

DL2號機平安無事抵達宮前，乘客陸續下機。亞愛一郎看到當中一位乘客下機時故意跌跤，引起他的注意，繼續觀察這位乘客，發覺陸續出現許多不自然的動作，亞愛一郎即根據這些動作推測這位乘客今後的行動。之後事件果然發生了，亞愛一郎展開他獨自的奇妙邏輯，向羽田刑警說明其推理。

❶這種類似三段論法的推論，在日本史無前例，可說是泡坂妻夫的獨創發明，「亞愛一郎系列」的專賣。

泡坂妻夫在亞愛一郎的首次登場中，如此描寫他——年齡約莫三十五歲，個頭很高，相貌英俊，膚色白皙，一身貴族秀才風範，眼神帶著學者的知性，外貌有著詩人的浪漫氣質，而且還像運動員般堅毅地緊抿著唇。他身穿褐色西裝，整齊地打了條色調典雅的條紋領帶，領帶夾和袖釦同樣是不招搖的低調風格。但相對地，亞的舉動緩慢，往往令人失望。但是，一旦遇上事件，頭腦總會迅速展開敏銳的觀察，歸納問題，再以其獨特的奇妙邏輯去解謎。

筆者曾經詢問過泡坂妻夫，為何把名探命名為看起來不太順眼的「亞愛一郎」，泡坂的回答很有趣，他說，若將來有人要編纂一部《名探辭典》，他想讓這位名探排在首位而取此姓名。台

灣讀者一定莫名其妙，不知其所以，在此加以說明一下：日本辭典的語彙排列原則上是按「あいうえお」之五十音順序，第一音是「あ」，第二音是「い」，而「亞・愛一郎」之發音正是「あ・あいいちろう」，明白了吧！

〈DL2號機事件〉發表後，獲得讀者的熱烈支持，作者飄飄然的文體、亞愛一郎的儀表與行動相互矛盾的幽默感、明晰的奇妙邏輯推理等等，在過去的推理小說中都是罕見的。

筆者於是請泡坂妻夫在《幻影城》續寫「亞愛一郎系列」短篇。至一九七九年七月停刊時，一共連載了十四回；之後，本系列在角川書店發行之《野性時代》（野性時代）繼續連載十回，前後計二十四回，作者將其分為三集出版，即：

《亞愛一郎的狼狽》，一九七八年五月，幻影城出版。

《亞愛一郎的慌亂》，一九八二年七月，角川書店出版。

《亞愛一郎的逃亡》，一九八四年十二月，角川書店出版。

這三集書名內之「狼狽」、「慌亂」、「逃亡」，都是給人負面印象的語彙。對於自己塑造的名探，這樣的命名方式其實是作者的「反論遊戲」。在泡坂妻夫的作品裡，像這類文字遊戲隨時隨地出現，回文地名、人名不待說，讀音怪怪的地名，類似成語的人名、與外表行動不相配的姓名，應有盡有，都相當幽默。

綜觀「亞愛一郎系列」二十四回，亞愛一郎並非私家偵探，他所參與的事件都是偶然間身處現場或碰巧目睹過程，他的好奇心驅使他觀察並介入事件，從相關人物的談論與行動中找出矛盾，最後展開其奇妙邏輯推論，解決事件。

泡坂妻夫在作品裡對亞愛一郎的介紹著墨並不多，只說他是專門拍攝浮雲、昆蟲、化石的專業攝影師，關於身世或家庭生活等卻一字不提，一直很神祕，但在最後的第二十四回短篇〈亞愛一郎的逃亡〉裡，給了讀者一個清楚的交代，所以閱讀「亞愛一郎系列」時，請記得第二十四回務必留在最後閱讀。

（以下段落涉及謎底，建議尚未閱畢本系列作的讀者直接跳至②繼續閱讀。）

這二十四回短篇收錄了各式各樣不同趣向的作品，有呈現空中密室之熱氣球內殺人事件、有一夜之間消失的房屋之謎、有從展覽會上的繪畫之瑕疵推理畫家自殺之謎、有推理出一年前墜海身亡的少女之謎、有從一首手毬歌推理獵奇殺人動機、有從拒收一頂帽子推理該名紳士背後的祕密、有密碼小說、有孤島上的密室殺人、有四名退休高級官員之聚會、有計程車的乘客斷頭陳屍在計程車內之不可能犯罪、有瞬間殺人之謎……，不勝枚舉。

②此外，還有兩件值得向讀者報告的小插曲。一件是，在這二十四回裡，除了主角亞愛一郎之外，作者還設計了一位神祕的小配角頻頻登場，是誰？現在先不揭曉，將樂趣留給細心閱讀的讀者；而這位神祕人物的身世，也會在第二十四回裡向讀者交代。

另一件是，「亞愛一郎系列」結束後，作者繼續創作了亞愛一郎之祖先「亞智一郎」為主角的時代推理小說，時空背景為十九世紀的江戶（即現在之東京）。亞智一郎是江戶幕府的「觀雲官員」，系列第一集為《亞智一郎的恐慌》，一九九七年十二月出版，收錄七回短篇；第二集則未出版。

泡坂妻夫與其經典長篇

泡坂妻夫於《幻影城》不定期連載「亞愛一郎系列」期間，也在幻影城出版了三冊不同風格之長篇本格推理小說。即：

一、《11張撲克牌》（11枚のとらんぷ）：一九七六年十月出版。這是一本架構特殊的套匣小說（即作中作的寫作形態），全書分為三部。第一部描寫業餘魔術師社團「魔術俱樂部」在真敷市公民館公演，最後一場「娃娃館」登場，但應該從娃娃館現身的美女卻沒有出現，不久被發現她陳屍在自家公寓，屍體周圍陳列了十一種魔術小道具，而這十一種小道具與魔術俱樂部會長鹿川舜平所著之魔術小說集《11張撲克牌》裡的十一種小道具竟然完全符合。

第二部正是收錄小說中之小說——《11張撲克牌》的十一篇以魔術為主題的極短篇，篇篇精采，可以單獨閱讀。

第三部描寫在東京飯店舉辦的「世界國際奇術家會議」之熱鬧情形，作者特意在會議中安排了一場鹿川舜平的演講，藉以炫耀其魔術師背景。而這場美女離奇命案，作者如何向讀者交代呢？

筆者認為《11張撲克牌》是泡坂妻夫之最高傑作、日本十大本格推理長篇經典之一。

二、《失控的玩具》（乱れからくり）：一九七七年十二月出版。第三十一屆日本推理作家協會獎得獎作品，為一部遵守傳統創作形式的本格推理長篇。

徵信社社員宇內舞子與勝敏夫兩人跟隨馬割朋浩、真棹夫婦共四人搭乘同一輛計程車，在前往羽田機場途中，被空中落下來的隕石擊中。朋浩死亡，真棹由勝敏夫搶救，僅受輕傷。由這次天外飛來的意外事件，舞子與敏夫從此被捲入馬割一族的連續殺人事件。

時間回到幕末（一八六七年以前）的動亂時期，馬割作藏退離加賀藩，移居大隅（作者之創作地名，大概在橫濱附近），設立了「鶴壽堂」製作詭計玩具。第二代馬割蓬堂擴大事業，行號改為「向日葵工藝」，並在大隅的廣大地皮上建立了一棟新式洋館——「螺絲公館」，以及呈五角形的迷宮庭園，後來由第三代馬割鐵馬、第四代馬割宗兒與香尾里兄妹等三人住在這裡。

馬割朋浩是鐵馬之弟弟龍吉（已死亡）的兒子，也是向日葵工藝成員之一，與妻子真棹育有二歲多的兒子透一。

就在馬割朋浩的守靈夜當晚，事件發生了……。本作的登場人物幾乎都是馬割一族的成員，以外就是警官出身的舞子之前同事或辦公室裡的同事，個個博學多聞，作者也藉他們的會話，炫耀西洋及日本之詭計玩具與迷宮的原理與歷史，裡面隱藏了許多伏筆。

三、《湖底之祭》（湖底のまつり）：一九七八年十一月出版。是一部戀愛加解謎的敘述性詭計推理小說。全書分為四章與終章，故事背景是水壩建地之小山村。作者在前四章分別以紀子、晃二、粧子、緋紗江等四名主角的視點敘述事件的經緯，前兩章有如相片的正片與底片的關係；終章則是解決篇。

泡坂妻夫與「魔術師」之名

從上述「亞愛一郎系列」及不同架構之早期三部長篇，不難看出泡坂妻夫的才華，其作品的精緻度不止如此，後續長篇更是令人歎為觀止。

以擅長偽裝超自然詭計的妖術師約吉‧甘地為主角之三部曲中，除了第一部是短篇集《約吉‧甘地之妖術》（一九八四年一月出版），接下來的《幸福之書——迷偵探約吉‧甘地之心靈術》（『しあわせの書～迷探偵ヨギ‧ガンジーの心霊術』，一九八七年七月出版）與《生者與死者——酩偵探約吉‧甘地之透視術》（『生者と死者～酩探偵ヨギ‧ガンジーの透視術』，一九九四年十一月出版）兩部長篇的詭計都不只在作品，前者的詭計就落在「這本書」本身上頭；而後者的詭計在於，先讀部分文章時是一篇完整的短篇小說，之後從第一頁閱讀即變成一部內容不同的長篇小說。把推理小說應用於此類特殊寫作形式的，在歐美是否有先例，筆者不詳，但在日本可是空前的創舉，可能也是絕後的。

此外，獲得第九屆角川小說獎之本格推理長篇《喜劇悲奇劇》（きげきひきげき）是一部充

滿作者之遊戲精神的作品，書名、目次、人名等都是回文。

泡坂妻夫還有兩本得獎作品，那就是獲得第十六屆泉鏡花文學獎之愛情小說集《折鶴》（一九八八年三月出版），與獲得第一〇三屆直木獎之取材自工匠社會的小說集《蔭桔梗》（一九九〇年二月出版）。兩者都非推理小說，故事卻帶有推理小說氣氛。

泡坂妻夫筆下的偵探個個都是名探，系列化的也不少。名氣僅次於亞愛一郎的是女魔術師「曾我佳城」，其造形不同於亞愛一郎，她聰明、有行動力，為集眾多優點於一身之美女。本系列的故事設計也與「亞愛一郎系列」不同，事件大多與魔術有關，共二十二回，最終回與〈亞愛一郎的逃亡〉一樣，安排曾我佳城的退隱，讓系列有始有終。

本系列共有兩種版本：二〇〇〇年六月之精裝版《奇術偵探：曾我佳城全集》是按照作品發表時序排列；二〇〇三年六月的文庫版則分為「祕之卷」與「戲之卷」兩卷出版，每集收入十一回，未按照作品發表順序。

泡坂妻夫筆下還有一位名探——警視廳刑事部特殊犯罪搜查課刑警海方惣稔，帶領其部下小湊刑警在「輪舞二部曲」裡登場，包括描寫賽馬場內的公開殺人之《死者的輪舞曲》（死者の輪舞），以及描寫精神病院內的殺人事件之《毒藥的輪舞曲》（毒薬の輪舞）。

泡坂妻夫在時代推理小說中，也創造了三位名探。除了前述的亞智一郎，另外兩位都是職業捕吏。第一位是「同心」——富士宇衛門，雅號「空中樓夢裡庵」，「夢裡庵先生捕物帳」系列共有三集，收錄短篇二十一回。另一位是「岡引」——寶引之辰，「寶引之辰捕者帳」系列共有六集，收錄中、短篇共四十四回，也是泡坂作品中最長的系列（「同心」與「岡引」都是捕吏的職位名稱）。

這群捕物小說與「亞愛一郎系列」一樣，作者到處為讀者服務，有許多命名遊戲，回文姓名之外，好比「森林木十」之筆畫的減少，裡面幾篇的登場人物還很可能是「亞愛一郎系列」登場人物的祖先……

這樣寫下去是沒完沒了，有興趣的讀者自己想辦法學日文，然後去閱讀原文。泡坂妻夫於二〇〇九年二月三日，因大動脈瘤突然破裂而逝世，享年七十五歲。三十三年的寫作生涯，留給我們長篇小說二十部、短篇小說集三十五集、隨筆集三集、其他非文學書八集。

（二〇〇九年十二月十六日）

本文作者介紹

傅博，文藝評論家。本名傅金泉，另有筆名島崎博、黃淮、余織詩。一九三三年生，台南市人，省立台南一中畢業後赴日留學，在早稻田大學研究所專攻金融經濟。在日本二十五年，以島崎博、淺井健等筆名撰寫作家書誌、文化時評等。一九七二年與三島由紀夫夫人瑤子合著《三島由紀夫書誌》，由薔薇十字社出版。曾任幻影城總編輯，主編《幻影城》、《別冊幻影城》、「幻影城小說叢書」、「幻影城評論研究叢書」等。一九七九年底返台定居後，以黃淮、傅博等筆名撰寫文化、文學、推理小說等評介。曾策畫、主編「日本十大推理名著」、「日本推理名著大展」、「日本名探推理系列」（以上希代書版公司）、「日本當代女性作家傑作選」、「日本當代名家傑作選」（以上新雨出版社）、「推理文學館」（今天出版社）等。二〇〇八年榮獲日本第八屆本格推理小說大獎之特別獎。著有《謎詭・偵探・推理》（獨步文化出版）。

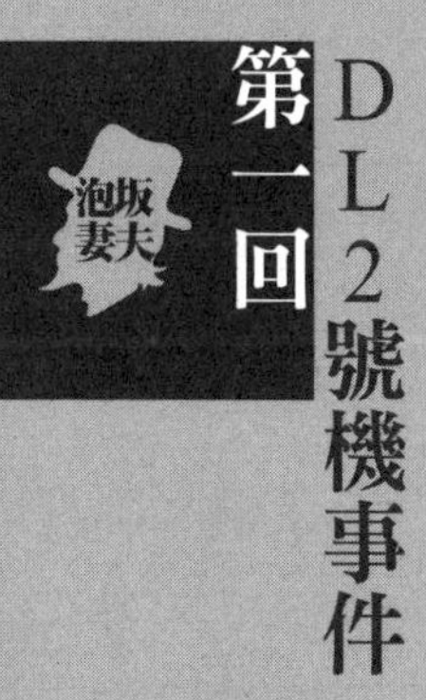

第一回 DL2號機事件

宮前機場東邊出現了霧靄般的白色物體，在轉眼間膨脹，直逼而來，化成一場透明的傾盆大雨，速度快得連豔陽都來不及轉弱。

一定有不少宮前市居民想起了前年的慘劇，而再度陷入驚恐之中。去年，同樣在這個季節，一場如這天的陣雨之後，震度七的大地震侵襲了整個宮前市。

大地化為波濤，茫然失措的人們只能壓低身子貼近地面。建築物倒塌、地表龜裂、山崖崩坍、火災一起接一起，回過神時，整個市的三分之二都嚴重受創。那次是五十年來最大的地震。

相傳一百五十年前，大地震發生的時候，這塊土地還是片荒野，地震造成流經震央的河川消失，大荒野成了牧場，當時只有五、六匹馬摔倒而已；五十年前的大地震，造成村長家的倉庫半毀；而去年的地震，最大的災情就是宮前機場的跑道出現龜裂。如此一來，這塊土地每五十年就會發生大地震的古老傳說，也將化為居民深信不疑的預言了吧。

「……這場雨過後，該不會又像去年一樣發生大地震吧？就算在同樣的季節、同樣下了雨，又不代表就會發生同樣的地震。再說，要是動不動就大地震，誰吃得消啊？」宮前警署的刑警巡查(註)羽田三藏自言自語著。

即使如此，他仍忍不住屏住呼吸數秒，穩穩地踏著機場的大地，試圖感受地面的動靜。地面文風不動，反而是紛飛雨絲淋遍他的全身，整個人成了落湯雞。

羽田刑警從兩小時前就一直站在宮前機場的迎送區。地震後重建完工沒多久的機場迎送區空有其名，連個屋頂都沒有，不過是拉了條草繩與跑道做區隔罷了。跑道另一頭是整片雜草地，連接遠處的田原，再過去則是平凡無奇的低矮山頭綿延。會出現在宮前機場的全是螺旋槳飛機，每週有幾個班次都數得出來。這片南國土地沒有任何觀光賣點，因此會大老遠飛來這兒的，幾乎清一色是皮膚曬得黝黑的本地有錢人。

羽田刑警結結實實地淋了這場驟雨，一身裝束變得又溼又黑。他很清楚自己成了什麼德性，卻只能苦著一張臉。他取出皺成一團的手帕，撢了撢帽子上的雨水。

「我現在的模樣一定和電視上重播的老電影裡頭，跟監中的鄉巴佬刑警一個樣兒吧。」他心想。

事實上，羽田刑警膚色黝黑，眼神凌厲，身手十分矯捷，卻長得一臉窮酸相；而且雪上加霜的是，他那皺巴巴的大衣和破舊的皮鞋淋得溼漉漉的，完全就是電影導演腦中描繪的典型鄉下刑警。

羽田刑警的體質很特殊，他會如同變色龍一般與環境同化。在警署裡，他有個綽號叫「刑警先生」，而且他的同僚連他升遷為警部時的綽號都幫他取好了，沒錯，就是「警部先生」。

羽田刑警有時會覺得，搞不好自己入錯行了——我盡忠職守地當個刑警，成了連同行都目瞪口呆的十足刑警人物。如果我當上畫家，一定會成為全世界最有畫家氣質的人，也一定會得

註：日本的警察組織，階級由下往上依序為巡查、巡查部長、警部補、警部、警視、警視正、警視長、警視監，最高階級為警視總監，為警視廳的本部長。

到「畫家先生」的綽號；如果去當魚販，就是「魚販先生」；若是當乞丐，就是「乞丐先生」吧……。對，我應該當演員的。羽田刑警有一段時期曾認真地這麼想，如果自己是個演員，無論被分派到什麼角色，都一定能演得栩栩如生，也就順理成章地成了大明星。其實羽田刑警曾經參加過劇團，不過一眨眼工夫，就成了個典型的劇團青年，他看著鏡中的自己，不禁厭煩了起來，於是脫離了劇團。

他望向手表。四點十分——再十分鐘，DL2號機就將出現在東方天際。看來剛才的驟雨並沒有引發地震，真希望時間能夠就這麼風平浪靜地過去。

機場內人影三三兩兩，當中有幾個人身負與羽田刑警相同的任務，正假裝若無其事地四處走動。縣警派出了眾多高手，都是羽田刑警認識的，正屏息潛伏在機場中。跑道盡頭，一輛方形車子靜悄悄地停著，一旦接到指令，那輛車會在數秒內急駛前來，露出它鮮紅色消防車的真面目；同時數百名警察與機動隊員也將從機場各處一擁而上，直升機、救護車、警車、電視攝影機等也會一齊嘩然登場。

看在羽田刑警眼裡，這當中只有四名男子非關係人等，其中三人就聚集在他附近，不過，其實是羽田刑警不動聲色走近他們的，因為他發現這群人不知怎的，有人不時「呀，呀」地發出宛如烏鴉的叫聲。

三人圍繞著一臺處處斑駁掉漆的黑色機械，忙碌地操作著。其中一名是個肥胖男子，穿著鬆垮的夾克，碩大的頭上戴著同樣鬆垮的帽子，整體給人感覺就是鬆鬆垮垮的；他撐了把黑傘不讓機械淋到雨，那把傘也是鬆垮的；另一名男子穿著同色的緊身夾克，黝黑的身材瘦得像根鐵絲，絲毫不在意雨和雨傘，只是一個勁兒盯著三腳架上的機械。

那兩人很像我呢——羽田刑警心想。這兩人都熱心工作，而且根據他們的服裝和態度，一眼就看得出他們是攝影師，對兩人的好感油然而生。

三人都約莫三十五歲，剩下的那名男子個頭很高，相貌英俊，膚色白皙，一身貴族秀才風範，眼神帶著學者的知性，外貌有著詩人的浪漫氣質，而且還像運動員般堅毅地緊抿著唇。他身穿褐色西裝，整齊地打了條色調典雅的條紋領帶，領帶夾和袖釦同樣是不招搖的低調風格。

一開始，羽田刑警望著男子的眼神接近羨慕，然而當機場瞬間被驟雨籠罩，男子居然有了令人大感意外的反應，只見他仰望天空，呆滯地張著嘴，雨點突然降下，他卻花了好幾秒鐘才察覺那是雨，接著他大叫著「下雨了！下雨了！」併起腳尖跳個不停。看他跳躍的動作，這人似乎是個運動白痴。

羽田刑警正望著高個兒男子，這時膚色黝黑的削瘦攝影師喊著「呀！呀！」刑警才發現男子的名字叫「呀」。「呀」張皇失措，好不容易從行李中抽出傘，卻花了好幾分鐘才打開它；而鬆垮攝影師早已以異於外貌的敏捷動作脫掉作業服，迅速地將衣服鋪在機械上面，接著一把搶下「呀」手中的傘，飛快地撐開幫機械擋雨。「呀」被搶走雨傘，又手足無措了一會兒，接著才拿出報紙，笨拙地蓋住散落地面的小道具。

羽田刑警難掩失望，卻也鬆了一口氣，因為他當場斷定「呀」是個沒用的傢伙。光看他外表和腦袋天差地遠，這一點就不及格了；再說，他那身不像攝影師的裝束也教羽田刑警看不慣。

驟雨嘩啦拉地落下，很快地過去了，陽光這才想起來似地減弱，接著一眨眼又放晴，就在這時，天邊出現了甜甜圈狀的奇妙綠色雲朵，先前降下驟雨的白雲已經縮到機場的西邊去了。

「哇，狐狸嫁新娘！(註)」「呀」說著了無新意的感歎，接過鬆垮男遞給他的傘，以令人擔心的笨拙動作收著傘。

「喏，出現了！」盯著攝影機觀景窗的鐵絲男突然大叫。

羽田刑警旋即看向手表——四點十四分。他望向天空，發現這處南國的東方天際出現了一個黑點。

那一定是DL2號機。羽田刑警知道自己的神經頓時緊繃，而且他的視線無法離開三名攝影師，因為他們似乎打算拍攝那架DL2號機。如果是偶然現身機場拍攝，也太湊巧了；若不是偶然，這三人拍攝DL2號機的目的何在？

此外，除了這三人，還有一名男子也很令他在意。

比起三名攝影師，這名男子更齊具了易引起「刑警先生」注意的各種條件。他是個瘦弱的蒼白男子，眼珠子驚慌地瞟動，感覺毛毛躁躁的，才看他突然陷入沉思，下一瞬間又焦慮地踱起圈子來。大約三十分鐘前，這名男子開著一輛黑亮亮的轎車來到機場，他頭戴白帽，身穿短袖襯衫，打扮像是前來接機的私家司機，然而羽田刑警看不順眼的理由和他對「呀」的偏見一樣——這人看上去也不像個司機。

總覺得這傢伙似曾相識。羽田刑警搖搖頭，卻想不起來，而可能是頭甩得太大力，眼角流出了一點淚。他以手背擦擦眼睛，就在這一瞬間，他想起來了——這個人叫緋熊五郎，今年一月酒駕肇事進了警署。一有了頭緒，後續的事便自然而然地浮現腦海。當時的被害人女子是個年輕柔道師父，她被緋熊的車子撞飛，卻奇蹟似地毫髮無傷，要是一般人，肯定當場被撞死了。女子將緋熊拖出駕駛座帶到警署，緋熊在交通課的巡查面前呼出濃濃的酒臭，啜泣個沒完，不停地懺悔道：我不再喝酒了，我不會再肇事了。羽田刑警當時也在一旁，緋熊悔恨交加的話語還留在他耳底。之後緋熊立刻遭公司解僱，但看他現在這樣，應該是又有人僱他為司機了，不曉得僱用他的人知不知道他之前闖下的禍。

緋熊五郎警覺地與羽田刑警保持距離，羽田刑警一走近，他便裝作若無其事地退去稍遠處。羽田刑警心想，他一定發現我是刑警了。雖然任誰都看得出羽田刑警的身分，但感覺上緋熊似乎刻意地躲避著這位「刑警先生」。

驟雨一來，緋熊第一個衝進灰色的航廈裡躲雨，但雨停之後，他又悄悄地探出頭來東張西望。

鬆垮攝影師又「呀」了一聲。轉眼間，天際的ＤＬ２號機愈飛愈近，穿過甜甜圈狀雲的正中央，來到了機場上空。

註：傳說狐狸嫁女兒時，天空會降下太陽雨，以警告人類勿出門偷看。

三名攝影師很顯然地將鏡頭對準了DL2號機，羽田刑警的眼神更加銳利了。

DL2號機起飛前二十三分鐘，也就是這天十三點五十七分的時候，東京羽田機場接到了歹徒的預告，說A航空的2號機被裝了炸彈。

歹徒可能是試圖改變嗓音吧，他以古怪的沙啞聲音說，他成功地將定時炸彈裝進了DL2號機，飛機將在離陸後三十分鐘於空中爆炸。總機人員接到電話，熟練地按下眼前的紅色緊急通報按鈕，接著刻意拖長話聲反問：你為什麼要做這種事呢？打電話來的男人一聽，頓時動怒，宛如反派角色訕笑著答道：因為我知道**那個人**要搭乘那班飛機。總機人員儘管嚇得快昏倒，仍裝出強忍哈欠般的睏倦嗓音說：那樣的話，機上其他毫不知情的乘客也會一起死掉耶，你還有良心嗎？男人囂張地回道：我也是逼不得已啊，聽好了，是前往宮前機場的A航空DL2號機，十四點二十分從羽田機場出發。男人再次重覆班機班次之後，掛斷了電話。

在這段拖延通話的時間裡，電話追蹤器早已開始動作，查出歹徒是從羽田機場內的公共電話打來的。保安官馬上趕到那座公共電話，只見一名小個子、三角臉的洋裝老婦人緊握著零錢包站在電話前。她一看到保安官，一把揪住他的衣襟。

老婦人說她打錯電話，可是話機竟然不吐回零錢。對她來說，比起一、兩架飛機被炸掉，她的十圓銅板拿不回來要嚴重多了。當然，她完全沒留意到之前有什麼形跡可疑的男人在這附近晃蕩。

機場方面一接到預告電話，立刻聯絡了警方。警察暗中搜遍DL2號機的每一個角落，卻沒找到任何疑似爆炸物的物品。

從歹徒的聲音推測，也有可能是性格異常者的惡質惡作劇。而且最詭異的是，歹徒指定的並不是常見的噴射客機，而是鮮少人知道的地方航線螺旋槳飛機。

羽田機場徹底確認DL2號機安全無虞之後，沒對乘客透露半點訊息，照預定讓飛機飛離了東京。當然警方也馬上通報了宮前市，二十分鐘後，宮前機場也完成了緊急戒備。

DL2號機離陸後三十分鐘（即預告爆炸時刻），並沒有發生任何異狀。而現在，羽田刑警望著DL2號機於預定時刻出現在南國宮前機場的上空。一定是哪個傢伙喝醉了亂打電話啦！——羽田刑警氣呼呼的。那通該死的預告電話害他在豔陽高照下罰站了半天，還被驟雨淋成了落湯雞，整個人愈來愈像「刑警先生」了。

熾烈的陽光下，機翼彷彿閃耀著光芒。看著DL2號機穩定地飛行，羽田刑警也逐漸平靜下來，心想：這下子今天的工作總算平安結束了，雖然還是有些在意緋熊五郎和那三名攝影師，應該沒多久就會忘諸腦後了吧。

DL2號機發出隆隆巨響降落。羽田刑警想起曾有個航空評論家說過：所謂「著陸」，就是平緩地落地。羽田刑警望著飛機輪子在地面擦出花火，飛機砰然著地，在跑道上搖搖晃晃地往前衝了好一會兒，終於在跑道最末端停了下來，機頭宛如插入跑道盡頭的草叢裡。羽田刑警嚇得屏住呼吸。消防車沒有衝上來，機場的工作人員也一切如常，世界彷彿電影定格似地，好一會兒沒有一絲動靜。

率先動起來的是三名攝影師。

「哈哈哈！好奇怪的著陸呀！」

羽田刑警嚇了一跳，望向聲音傳來的方向。開口的是鬆垮男，他正伸長了手指著飛機說：

「會不會是機師操作失誤啊？稻垣先生。」

鐵絲男稻垣也興致勃勃地望著飛機說：「真是的，難得這條跑道整理得這麼好，那架飛機是喜歡吃草不成？你說是吧？成山先生。」

「飛機又不是牛。要是爆炸的話……以這些底片……」

「……算不能撈到一筆，也可以……成山先生喜歡的……」

「……真是太可惜了……」

螺旋槳持續發出嘈雜的聲響轉動著，羽田刑警吃力地聽著三人的對話。

「……既然要爆炸，最好是在那塊甜甜圈雲的正中央……精采、驚異、奇蹟般地……」

「……刑警的……」說著這句話的「呀」忽地望向羽田刑警，兩人視線一對上，「呀」便一臉驚恐地躲到鬆垮男成山背後縮起了身子。羽田刑警瞪了「呀」一眼，決定這輩子絕不忘了這傢伙的長相。

一輛黑色牽引車出現在跑道上，彷彿早等待著上場。牽引車駛近機身，以繩索套住機尾，將飛機拖回跑道正中央，飛機就像個不聽話的大孩子被扯住頭髮拖拖拉拉地往後退。在作業員的口哨聲中，拖曳作業結束，活動梯架上了機艙門。

機艙門打開了，第一個現身的是一名三角臉的老婦人，她以驚人的速度奔下活動梯，一溜煙消失在航廈裡。

接著走出機艙門的是一名軟綿綿、白胖胖的男人，遠遠就看得出他的神情異常緊張。男人先伸出腳探了探活動梯，正要踩下梯子，似乎故意絆了一下，旋即恢復穩健的腳步走下了活動梯。

「怪了。」

羽田刑警聽見拔尖的話聲，原來是「呀」開口了，他正一臉訝然地盯著軟綿綿的蒼白男子。

「是你認識的人嗎？」成山問。

「噢，不是啦。」「呀」含混帶過。

接著一名絕色美女颯爽地步出機艙門，然後是一名身穿花俏襯衫的外國人，邊與美女交談邊悠閒地踱下階梯。之後魚貫走下活動梯的乘客約十名，但看樣子沒人發現機場氣氛詭異，旅客間一如平日洋溢著開朗的雰圍。

羽田刑警逐一檢視下機乘客的面容，確認所有乘客都落地之後，他慢慢走向航廈，而那三名攝影師也開始收拾機材。

狹小的大廳一時間被乘客和前來接機的人擠得水洩不通。三角臉老婦人高聲喊著她的接機人，那是另一名同樣有著三角臉的老婦人；羽田刑警瞥見緋熊的身影一閃，隨即如忍者般消失無蹤；一名身穿鮮紅色襯衫的外國人扛出約有一人高的行李箱，嘴裡念念有詞。

突然，軟綿綿的蒼白男人出現在羽田刑警面前。這麼近看，男人肥厚的雙唇泛白，給人的印象又更綿軟了。就在這時，出乎意料的事發生了——緋熊不知從哪兒冒了出來，來到蒼白男人面前深深一鞠躬。蒼白男人從丹田發出一聲渾厚的「唔」，把公事包遞給緋熊說：「你先等著，有件事我得處理一下。」

接著他一轉頭，對著羽田刑警語帶恐嚇地說：「叫你們署長過來。」

「署長？」羽田刑警不禁反問。

「對，宮前警署的署長。」他猛地把龐大的臉湊到羽田刑警眼前，「你是刑警吧？」

羽田刑警苦笑。

「說要炸掉我搭乘班機的歹徒，抓到了嗎？」

「咦？您怎麼……」羽田刑警心頭一驚，神情頓時嚴肅了起來。

「幸好沒有爆炸吶，要是有個萬一，我就在空中粉身碎骨了耶。可是你看看，現在是怎麼回事？這個機場沒有所謂的緊急戒備嗎？這可是非常狀況啊，警察只有你一個嗎？」

緋熊湊近蒼白男人耳語了幾句，男人只是稍微轉了轉眼珠子，繼續說：

「而且剛剛是怎麼搞的？我可是每三天搭一次飛機的，但剛才那種著陸我還是頭一遭碰到，機場方面卻沒做任何解釋，成何體統！你知道第一個尖叫著昏倒的就是空姐嗎？」

「您為什麼知道有人揚言要炸掉那班飛機？」羽田刑警踮起腳尖在男子耳邊問道。

「那傢伙也打電話給我了。」

此話不能置若罔聞。「您說的那傢伙是誰？」

「想殺我的人。那傢伙為了殺掉我，就算牽連幾百人都不當一回事。」

「那傢伙是誰？」

「不知道。總之，想幹掉我的人多達上千個，公司裡半數以上的員工都有這個念頭。那些傢伙就像得到傳染病似地，被革命主義沖昏了頭。聽好了，這可是殺人未遂，你們一定要給我逮到犯人。馬上叫署長過來！」

「請問您是？」

「我是柴綜合土木工程的老闆，姓柴，住在糊野台。我來這裡定居雖然不到一年，不過遲早會付給這裡莫大的稅金，那也將是你們的薪水來源吶。」

「搬來這裡不到一年……，也就是宮前地震發生之後沒多久的事吧。」

不知怎的，柴一聽到「地震」兩個字，態度登時轉為溫和。

「算了，一會兒我自己去找署長好了。……怎麼，你們是攝影師啊？」

羽田刑警回頭一看，「呀」一行人正扛著攝影機站在一旁。

「是、是的。」「呀」答道。

「這樣啊……」柴似乎鬆了口氣，「那麼只是我沒注意到，你們還派了電視攝影機過來是吧？」

「電視攝影機？有嗎？成山先生。」鐵絲男稻垣問鬆垮男。

「算了算了。」柴硬擠出笑容說：「我去找署長。他在署裡嗎？」

「他今天好像不在。」羽田刑警愈來愈不爽，語氣也顯得粗魯。

「不在？為什麼？」

「他去參加插花會了。」刑警看著柴的言行，不禁想扯謊整整他。

「插花……？」柴那蒼白的臉頰瞬間鼓了起來，「在這種非常時期跑去插花？可惡的鄉巴佬警察！你回去轉告他，最近我家附近有可疑人物徘徊，叫他給我加強巡邏，聽到了嗎！」

這時，兩、三名刑警若無其事地來到羽田刑警跟前。

緋熊湊近柴的耳邊，又說了什麼。

「唔唔……還有，我不知道你們宮前機場的負責人是叫所長還是場長，叫他來找我。今天我就先回去了。」柴丟下這句話，大步走了出去。抱著公事包的緋熊連忙追上去，羽田刑警也跟在兩人後頭。

走出航廈，得走下五階石階才會來到馬路。這時，柴在石階前停下步子，慢慢伸出一腳探了探第二階，身子踉蹌了一下，似乎是故意踩空，但接著只是面無表情、很平常地走下石階，前方緋熊已打開黑色轎車的車門等著了。柴上了車，緋熊恭敬地關上車門，坐上駕駛座驅車離去。

呼吸到柴的轎車揚長而去留下的廢氣，羽田刑警覺得很不舒服。他尋思著，自己到底在哪裡見過那張蒼白的臉。他想起來了，從前念書時，教科書上出現過被害妄想症患者的圖片，神情就和那男人一模一樣。嗯，沒錯，一定是這樣。——羽田刑警點了點頭。

柴方才差點跌倒的石階那兒，有個男子正低頭頻頻觀察著——是「呀」。他一和羽田刑警四目相接，立刻作勢要逃。

「等一下。」刑警第一次對「呀」開口了，「你這傢伙鬼鬼祟祟地在幹什麼？」

「我在看石階。」「呀」的聲音細如蚊聲。

「石階上頭有什麼？」

「什麼都沒有。」

「你說啥？」

「哦，剛剛那個人在這兒絆了一下，我在想會不會是石階缺了一塊還是……」

「石階有缺損嗎？」

「沒缺損。我覺得很納悶，所以過來查看一下，可是石階一切完好。刑警先生，您請看，就是這裡。」

「你叫我刑警先生？你怎麼知道我是刑警？」

「剛才您和胖胖先生談話時，我碰巧經過……」

「你耳朵真尖啊。你認識他嗎？」

「不，完全不認識。」

「你們也知道那件事吧？」

「『那件事』？」

「沒錯，我和他在談的那件事。」
「噢，您是說署長去插花的……」
「少給我裝蒜！我指的是DL2號機的爆炸預告。」
「噢，爆炸預告啊……」
「你們一定知情啦，不然怎麼會特地跑來這種鄉下機場架起攝影機拍那架飛機？你們打算拍下獨家頭條照片好大撈一筆對吧？」
「咦？這麼說，那位胖胖先生說的爆炸預告是真的嘍？」
羽田刑警沒回答，一逕瞪著「呀」。
「呀」哆嗦了起來，「不不，不是的。我們不是在拍飛機，我們在拍雲。」
「雲？鬼扯淡，拍雲做什麼？」
「稻垣先生，麻煩你……」「呀」向鐵絲男求救。
稻垣上前一步開口了，語氣意外地穩重：
「我們之所以來這裡拍攝雲朵，是為了研究地震與雲朵的重要關聯。許多報告指出，大地震前後，常會觀察到某種特定的雲朵和彩虹。而世上真有『地震雲』這種東西嗎？好比剛才我們也成功拍攝到珍奇的甜甜圈狀雲朵，那是……」
「飛機著陸時，我聽見你們在說什麼很可惜。」
「是成山先生說的嗎？」

「不是我呀。」成山急忙辯解。

羽田刑警轉向「呀」。「你叫『呀』是吧？」

「不是的。我不叫『呀』，是『亞』，亞硫酸的亞。我是攝影師，協助成山先生他們的研究。成山先生是東大副教授，專研地質學；稻垣先生也是副教授，專門領域是氣象學。確實我們看起來可能有些可疑，不過我們絕對沒有做出任何需要驚動刑警先生的事。」

「我是宮前警署的刑警，我姓羽田。」

羽田刑警以為是攝影師的人，其實是學者；而最不像攝影師的人，竟是貨真價實的攝影師，這下他完全亂了套，聽到亞主動自我介紹，自己也糊里糊塗地跟著表明身分。

「如果刑警先生您仍有疑慮，我們可以把洗出來的照片交給您審視。」成山說。

「嗯，那就麻煩你們了。還有，請告訴我你們的下榻處。」

「我們住在新格蘭飯店宮前店。」

這三人投宿的是宮前市最便宜的飯店啊。——羽田刑警心想。

翌日，天氣與前一天相同，羽田刑警前往糊野台。由於昨天的教訓，他今天帶了傘，從位於宮前市中心的宮前警署前往二十分鐘腳程的糊野台途中，他的傘開闔了十多次。

柴打了十一次電話來警署。署長早聽羽田刑警報告過了，卻甩都不甩柴，操著江戶腔破口大罵：「放你媽的狗臭屁！鄉下警察插花去了，不在你奶奶的家！告訴他老子不在！」

身為江戶幕府旗本〔註〕後裔的署長一旦鬧起彆扭，就很難恢復好心情。

「柴一直說他會被殺。」羽田刑警向警部補音羽鐵司報告。

「他看起來真的像是會有人要殺他的嗎？」警部補板起那張魔鬼般的面孔，鄭重其事地問道。

「宮前市這十年來都沒發生命案呢。」

「就是啊。柴那傢伙只說了這些嗎？關於爆炸預告呢？沒有新線索？」

「這部分他倒是什麼都沒說，他只說有人要殺他，但不曉得是誰。」

「別理他好了。」

「我等一下過去糊野台一趟。冷靜想想，那傢伙雖然頗惹人厭，人卻不壞，他好像收留了緋熊五郎呢。」

「你說那個酒駕肇事的傢伙？柴知道那起意外，還肯收留他啊？」

「我今早從交通課那裡聽說了，據說緋熊喜極而泣呢。」

「那傢伙本來就很愛哭。」

事實上，老江戶署長之前就被緋熊哭得心軟，而替他減輕了刑責。

「我現在就去柴家看看。」

「勞你跑一趟嘍。」音羽警部補模仿署長的腔調說道。

羽田刑警調查了一番，看來昨天柴說的也不全是瞎扯。柴綜合土木工程擁有兩千名員工，資產全是柴一手創立的，但也同時樹立了許多敵人，盛傳業者之間給他取了個綽號叫「倒戈柴」。如同柴所言，他在宮前地震發生不久後便搬來宮前住下。一般認為柴是看上了宮前市復興的商機，但以柴的個性來看，他不像是有興趣投資在這個小小宮前市的人，而且他似乎打算永遠定居在這塊交通不便的土地，這一點確實是個謎。東京總公司那邊，工會正在進行抗爭要求改善待遇，而至於這件事與有人意圖殺害柴是否有直接關聯，現階段並不明朗。

這天直到午後，宮前警署仍沒取得任何關於ＤＬ２號機爆炸預告的新線索，當然，那名歹徒連個影子也沒有。羽田刑警信步走出警署。

糊野台位於一道緩坡上方。聽說地震之前，這道坡是更陡峭的，可見那次的地震威力有多大了，前一陣子全國各地甚至謠傳糊野台將爆發岩漿隆成一座山頭呢。

有人受夠了這片土地的不安定，賣掉地皮搬走了；柴卻反其道而行，買下這裡的土地，整地之後蓋上房子。糊野台並不是什麼風景勝地，難道這對柴的事業有什麼特別的利益嗎？

羽田刑警抬頭一看，坡道頂端飄著雲朵，而雲下方看得見三名男子正繞著攝影機和三腳架忙來忙去的身影。

羽田刑警一走近，亞一臉訝異地說：「啊，刑警先生，我們又碰面了。」

盯著攝影機觀景窗的仍是成山與稻垣。

註：旗本為江戶時代直屬於將軍的家臣。

羽田刑警緩緩盤起胳膊，「你們又在拍雲了啊？」

「是呀，您看這雲多漂亮啊！」亞一臉陶醉地指著天空。

羽田刑警抬起頭，當然不是在看雲。他慢慢轉了轉脖子，接著指向一旁的圍牆說：「你們知道這是誰的家嗎？」

「是昨天在機場碰到那位柴先生的家吧？」亞爽朗地回答。

「你早知道他家在這裡？」

「不是的，我們聽說這一帶是地震受災最嚴重的區域，所以過來看看，結果就看到那塊大門牌了。」

的確，門前有塊大看板寫著「柴綜合土木工程股份有限公司」。

「不過也太巧了吧，你們昨天拍了柴搭乘的飛機，今天又跑來拍柴的住家。」

「不是啦……」亞似乎聽懂了羽田刑警的言外之意，一隻手連忙在頭上揮舞著，「我們拍的是雲。那位姓柴的先生真的是昨天第一次見到，我們對他一點興趣都——不，是有一點興趣啦。」

這人話說到一半，就開始前言不對後語來了。

羽田刑警決定等會兒再上柴邸打擾，他想先繞一下房子周圍。

柴邸的鑄鐵後門巨大得突兀；那輛黑色轎車擦拭得晶亮，停在車庫裡；院子草坪修剪得整整齊齊。宅邸是鋼筋水泥的二層樓建築，每道窗戶都嵌了鐵欄杆，緊緊關閉著。圍牆上插滿防盜釘，銳利得宛如真正的刀劍。感覺屋子周圍似乎裝了一圈無線防盜警報器，宅邸內悄然無聲。

柴十年前離婚了，也沒有孩子。宅邸裡除了柴，還有個傭人阿婆，以及身兼司機的緋熊五郎照顧他的大小事。

羽田刑警繞了屋子一圈，又回到三人身旁。

「這棟宅邸好新呢。」亞親暱地對羽田刑警開口了。

「應該落成剛滿一年吧。」

「那麼就是在地震之後建的嘍？」亞露出納悶的神情。

「怎麼？地震之後建的不行嗎？」

「不，沒什麼。」

這人覺得哪裡有蹊蹺嗎？

「你們在這一帶曾看到什麼人走動嗎？」羽田詢問另外兩人。

「中午的時候看到司機從後門走進宅邸。」成山的視線終於離開攝影機，一邊取出香菸答道。

「然後有個凶巴巴的女孩子，對著亞罵道：『你們在馬路中間拍什麼照片啊，妨礙通行耶！』罵完就離開了。」稻垣也興沖沖地加入對話。

緋熊走進柴邸很平常，反而是那位凶巴巴的女孩讓羽田刑警有些在意，他打算向兩人追問進一步詳情，兩人卻不待他開口，主動說了起來。

「那個女孩是跟司機一道出現的。」成山說。
「對，他們走到那道後門就分開了。」
「那女孩外表看起來很乖巧，沒想到一落單，就突然對亞動起手來。」
「因為我背對著沒看到她，一個不小心撞上了，差點被她摔出去。看她那副身手，一定會柔道吧。」
「不知道那兩人是什麼關係喔？看起來不像情侶，也不是兄妹吧？」
羽田刑警想了一下，說：「搞不好那女孩子是被害人。」
「被害人？」三人的眼睛閃閃發亮。看樣子，這三個傢伙生性都愛湊熱鬧。
「緋熊曾經開車撞到一位柔道師父。」
「咦？那是什麼時候的事？」亞似乎相當有興趣。
「……今年年初吧。」羽田刑警神情嚴肅了起來。
「難不成……那位緋熊先生因為那場車禍被革職，而柴先生僱用他當私家司機？」
羽田刑警瞪大眼睛，「就是這麼回事。你知道得很清楚嘛，聽誰說的？」
亞沒吭聲，因為他答不出來，一逕翻著白眼；而其他兩人也完全忘了工作，熱烈地討論著。
「預告要炸掉飛機的歹徒抓到了嗎？」
「柴家會發生什麼事嗎？」
兩人連珠砲似地發問，顯然很期待接下來有場警匪大戰可看。

羽田刑警板著臉，從糊野台俯視宮前機場。機場宛如一塊褐色砧板，上空飄浮著常見的雲朵。羽田刑警頻頻觀察亞，而亞只是茫然地盯著雲看。

老鷹在糊野台上方盤旋。

「好安靜呢。」成山低聲說道，就在這時——

柴邸傳出數聲詭異而不祥的聲響。

一開始是沉沉的一聲，接著是雜亂而急促的腳步聲，伴隨著「嘰咿」的鑄鐵傾軋聲，泛著黑光的後門開了一道縫隙，一個黑色塊狀物滾了出來，就倒在羽田等人的腳邊——是緋熊五郎，頭上血流如注，垂死掙扎著伸長兩手想抓住羽田刑警的兩腳，羽田刑警不禁倒退兩、三步。

「救、命……」

緋熊痙攣著擠出聲音來，羽田刑警遲疑數秒之後走近緋熊，緋熊已頹軟地蜷縮成一團了。他沒死，但半邊臉頰被鈍器深深地劈開。羽田刑警抱起他，緋熊蒼白的臉如魚般陣陣抽動。

「呀！」

羽田刑警想叫的是亞，因為情急之中，最容易喊的就是亞的名字。

然而只見亞半屈著腰，在原地不停打轉。這人是看到血，嚇壞了嗎？

「喂！你們兩個！」

羽田刑警心想，亞這傢伙終究是派不上用場，連忙伸長了手指著另外兩人，卻一時記不起名字。地質學者和氣象學者立刻跑來羽田刑警身邊。

「我去打電話。」其中一人說。
「麻煩你了。先叫醫生，然後報警。進去借用柴家的電話吧，他們家應該還有個阿婆在。」
此時亞突然跑過來，雙手古怪地揮舞著，接著以驚人的蠻力按住正要衝出去的兩人，喊著：
「不、不不、不行……」
羽田刑警心想，這傢伙驚嚇過度，終於發瘋了嗎？
「你在幹什麼？現在可是分秒必爭耶。你們別理會這傢伙，快去打電話！」
「不不、不行……」
兩人想甩開亞，但亞不知道在想什麼，身子輕巧地一轉。羽田刑警覺得自己彷彿看見一隻飛鳥振翅，下一瞬間，成山龐大的身軀劃過空中落到地面，摔了個四腳朝天；而稻垣削瘦的身子則宛如被風刮走似地翻倒在地。
亞將半開的鐵格門緊緊地關上。
「不不不、不行！羽田刑警，屋子裡有個手持利刃的瘋子。」
「瘋子？」
事後冷靜想想，亞說的話合情合理，因為事實上就有個渾身染血的男子從柴邸連滾帶爬地逃了出來，換句話說，加害人當然就在宅邸裡。可是在這個時候，羽田刑警完全無法理解亞口中的「瘋子」指的是什麼。
「很危險！非常危險！」亞不停地叫著：「那個人馬上就會追著這位司機衝出來了。」

「那個人？你說的那個人是誰？」

「嗯，叫什麼去了，就是那個白白胖胖的……，對了，就是這棟宅邸的主人——柴綜合土木工程的柴先生。」

這時不祥的聲響再度響起。亞剛剛關上的鐵格門另一頭，出現了一名身穿睡衣的巨漢，右手握著一把血淋淋的斧頭。

羽田刑警輕輕地把緋熊放回地上，站起身來。

「哇！」亞大叫。

「嘰」的一聲，柴打開鐵格門，走出來外頭。

羽田刑警沉穩地一步步走向柴，他以為柴是來解釋眼前狀況的。在他的推測中，預告炸掉飛機的歹徒就是緋熊五郎，想殺柴的也是緋熊。緋熊試圖殺害柴，卻反被柴劈傷了臉頰，所以柴是前來向自己說明這些原委的吧。

「別靠近他！」亞大喊。

就在下一秒，柴的舉動完全出乎羽田刑警的預料之外——他慢慢地舉起斧頭，朝羽田刑警的腦門劈了過來。

羽田刑警一閃身，亞撲上前抱住柴的雙腿。斧頭砍進地面，柴的拖鞋遠遠地飛了出去。亞緊抓著柴的腿，將他一路拖到門邊去。柴的雙腿歪成奇妙的形狀，口中如獅子般低聲咆哮。不知怎的，羽田刑警想起了先前那架被牽引車拖著走的飛機。

「刑警先生，手銬！」

「好！」

羽田刑警飛快地拿手銬銬住柴的腳，另一頭繫在鑄鐵格門上。

「這樣就放心了。喏，請用屋裡的電話報警吧。還有，能不能先給我一杯水……」亞頹然跌坐在地上。

方才被亞扔出去的兩人愣愣地看著這場亂鬥，一聽到亞這番話，立刻衝進柴邸。

「搞什麼，原來你說的瘋子是這傢伙啊？」羽田低頭望著不停低吼的柴。

「不僅如此，這個人……」亞一邊喘著氣說道：「還是預告要炸掉DL2號機的……歹徒。」

辦公桌前，宮前警署署長和音羽警部補兩人並坐，和亞、稻垣及成山面對面，三人身旁站著羽田刑警。

署長一身輕便的深藍色直紋西裝，瞇著眼逐一打量眼前的三人，身後的牆上掛著一幅大尺寸的風景畫，一旁擺了一盆漂亮的非洲菊，這些都是署長的傑作。他從口袋裡取出細長的菸斗，有模有樣地點上火。

音羽警部補從剛剛就扯著那凶悍的嗓音大聲說了一堆，三人都嚇得頭垂得低低的。

「緋熊五郎受的傷沒有想像中的深。我們也通知了柴這件事，他聽完後，才好不容易冷靜了一些。剛才他已經自白了，招出ＤＬ2號機爆炸預告是他的自導自演。」

「這件案子，在我不知不覺中奇妙地結束了吶，早知道我就跟你一起跑一趟糊野台了。」署長語帶遺憾地說。

羽田刑警苦笑道：「案子雖然結束了，還是有一堆令我一頭霧水的疑點。在緋熊遭到柴攻擊，逃出後門的時候──不，似乎在更早以前，亞就已經洞悉一切真相了，這實在讓我無法服氣，難道亞掌握了什麼我所不知道的線索嗎？」

亞宛如接受偵訊的犯人似地乖乖坐著。

而稻垣像是庇護主犯的共犯般插口道：「亞一直都和我們一起拍攝雲朵，我想他也沒有在半夜溜出飯店。亞接受到的訊息都和我們沒兩樣，可是亞似乎是靠著他獨特的判斷力，悟出了每一件小事的意義。我覺得糊野台發生的事件單純是一起意外啊。」

「喂，小老弟，跟我們解釋一下好嗎？」音羽警部補扯著嗓門說。

羽田刑警塞了根菸給亞，幫他點了火。亞蜷著身子吸了一口，姿態宛若英俊小生所飾演的失意天才藝術家，然而那優雅只存在短短一瞬間，亞馬上被煙給嗆著了。

「誠如稻垣先生所說，我擁有的線索，與各位的所見所聞完全相同。然而，這段期間圍繞著柴先生所發生的諸多事，每一件都與我所思考的某個答案相呼應。」

亞宛如自白的嫌犯般壓低嗓音緩緩道來，眾人不禁屏氣凝神仔細聆聽。亞可能是察覺了這一點，緊接著蜷起身子，瞅著眼，聲音又壓得更低了，因此接下來這五人的談話氛圍成了像在密謀什麼壞事似的。

「……所以緋熊先生差點被殺的時候，就像五之後是六一樣，我自然而然地推測到柴先生必定會握著凶器出現。」

「那麼，之前的一到五是什麼呢？」羽田刑警柔聲問道。

「我第一次見到柴先生，是他下飛機的時候。當時他踏上活動梯，故意佯裝絆倒，在那時候我並不覺得那舉動有什麼特別含意；然而柴先生在走下機場大廳外頭的石階時，又故意假裝絆倒，這讓我開始覺得一頭霧水了——這是一與二。三則是，我聽到柴先生事先曉得自己搭乘的飛機遭人放置炸彈，頭不禁痛了起來。四是聽說柴先生特地搬來曾發生嚴重地震的土地，得知此事，我開始理出一個頭緒來了。五是柴先生僱用曾酒駕肇事的人當私家司機，一聽到這件事，我心想，這人搞不好接下來打算犯下殺人罪行了。所以，當緋熊先生**沒被殺**，逃出後門的時候，我很確定柴先生一定會拿著凶器追出來。」

「換句話說，你很熟悉瘋子的心理嘍？」署長直視著亞說道。

「不是的，柴先生的所有行動完全有跡可尋，至少直到他拿著斧頭追著緋熊先生衝出來之前，他的思路都和我們一樣正常。」

「也就是說，他打電話來預告說要炸掉ＤＬ2號機，並不是毫無道理的恐嚇嘍？」

「是的。柴先生是周全地設想過之後，才打那通電話的。」

「關於這部分，麻煩你再說明得詳細一點好嗎？」

亞不知道在想什麼，從口袋掏出一個白色的小東西，輕輕扔到桌上，白色物體發出輕脆的聲響滾動著，是骰子。圍著桌子的五人全湊上前盯著那顆小骰子瞧。

「擲出了一點呢。」亞撿起骰子虛握在手心，再次輕晃著手說道：「現在，我再擲一次。署長先生，您賭幾點呢？」

「警署裡怎麼能賭博呢？」這話聽起來像是「署外的話，我隨時奉陪」。

「我們只是模擬賭博的狀況呀。」

「那，我賭二點。」

「署長先生的想法和柴先生有相似之處呢。」

亞擲出骰子。骰子在桌上滾了滾，這次出現二點。

但署長臉上並無甚喜色，羽田刑警則是捏起骰子把玩著。

「人們在預測不可知的事情時，通常有三種思考方向。以方才的骰子為例，第一種想法是——一開始出現一點，接下來極可能也出現一點。職業賭徒當中，似乎有些人正是秉持這樣的想法，也就是俗話說的『有一就有二』。第二種想法則是完全無視於第一次的點數，這種人的想法非常理智，不受人情左右，對他們來說，過去是過去，今後是今後；而且我記得在數學上，第一次出現一，接下來同樣出現一的機率是……？」

「算數什麼的無關緊要啦。」肥胖學者說：「一提到數字，我肚子就餓了。」

「喔，好的。那麼最後是第三種人的想法，柴先生就屬於這一種。這些人相信，一旦第一次出現一點，接下來絕不會再出現一點。就好比，今天下了這麼多雨，明天一定不會再下了，是一樣的道理。」

「一般人不都是這麼想的嗎？」署長說。

「署長先生，您顯然聽懂我的意思了，太好了。那麼假設現在有個第三種思考的人，他的行動強烈地受到這種想法支配，已經接近信仰的地步；若再加上這個人一直處在某種強迫觀念裡，老覺得自己可能遇害或遭逢某些災變，好比地震之類的，如此一來，這位極端恐懼遇到地震的人，對他來說，應該住在什麼地方最好呢？」

「我明白亞想說什麼了。」稻垣說：「以剛才預測骰子的第三種思路去想就對了吧？怕地震的話，搬去剛發生過大地震的地方就行了，因為對第三類思考的人來說，他們相信一塊土地不可能接連發生大地震……」

羽田刑警想起自己在宮前機場碰到驟雨時，當時他是這麼告訴自己的——「該不會又像去年一樣發生大地震吧？就算在同樣的季節、同樣下了雨，又不代表就會發生同樣的地震。再說，要是動不動就大地震，誰吃得消啊？」換句話說，自己那時不也依循了與柴相同的思考軌跡嗎？

「會這麼想也是人之常情吧，要是像連續擲出同點骰子一樣接連發生地震，誰受得了。」署長說。

「可是理論上，某個地點發生過地震之後，並不保證不會再次發生地震啊。」鬆垮的地質學者開口了。

「那是當然的啊。事實上，去年的地震之後，也有人說受不了這種會發生大地震的地方而搬去外地；不過我們在地居民大都認為，這下子至少五十年內大可高枕無憂了。」

「誠如成山先生所說，姑且不論這種『信仰』正確與否，總之柴先生依著第三種思考，跑來宮前市買下土地定居了。」亞繼續說下去，「再假設另一個狀況：有個肥胖而且腿力差、常跌倒的人，他非常恐懼跌倒。在他的思考模式裡，一旦不小心絆到石頭跌倒，站起來之後絕不可能馬上再次跌倒，因此他養成了一個習慣——每當下樓梯時，先佯裝絆倒再走下樓梯。我第一次見到柴先生，是在他走下飛機活動梯的時候，那時他絆了一跤，但怎麼看都像是故意的，我心想這個人還真古怪。後來，他走下機場大廳外頭的石階時，同樣假裝踩空階梯。我以為是階梯缺了角或是有小石子在階面上絆到他，便靠過去仔細檢查，然而石階毫無異狀。那麼柴先生為什麼要這麼做呢？答案只有一個——那是極端害怕跌倒的人，為了不跌倒所做的儀式。

後來我無聊地試著揣摩柴先生的思路，好比說，要是附近鄰居發生火災，暫時就不必擔心自家會發生火災了。想著想著，我忽地心生一個奇妙的假設：如果我極度害怕墜機，我會怎麼做呢？我得出的答案是，如果怕墜機，只要搭乘剛墜機班次的下一班飛機就沒事了。可是飛航事故不是隨便遇得上的，這種時候該怎麼辦呢？不必等待事故發生，自己製造事故不就得了。——想到這，我赫然一驚。

在自己搭乘班機的前一班飛機裝上炸藥，炸掉它。——可是呢，這種荒唐事畢竟只有瘋子幹得出來。所以退而求其次，讓機場陷入相同的緊張氣氛，這點倒是辦得到的，只要煞有介事地向機場預告自己即將搭乘的班機被裝了定時炸彈，那麼機場方面一定會全力戒備保護此架班機。我想，如果柴先生近乎異常地害怕墜機，難保他不會做出假的爆炸預告。

本來我覺得這些奇妙的推理只是我的妄想罷了，然而隔天聽到刑警先生說，柴先生主動僱用剛駕車肇事不久的緋熊先生當司機，我心頭不禁一驚。曾經肇事的人，再次肇事的機率，比從未肇事的人低；而恐懼遇上交通意外的人，自然會強烈傾向僱用曾經肇事的人。推測至此，整個推理已經不是我的妄想了，這正是柴先生奉為圭臬的思想。

於是當我看到刑警先生巡邏柴邸周邊，理所當然地想起了柴先生前些日子的言行舉止。他供稱有人在自家一帶出沒，打算伺機殺害他。當自己有被殺的可能，該怎麼做才能夠保護自身安全？依循柴先生的思考模式，我得出了一個駭人的解答。

只要柴邸內發生殘虐的殺人案，宅邸裡從早到晚都會有刑警出入，在這樣的狀態下，總不可能再次發生殺人案了吧……？」

羽田刑警覺得後頸一陣發麻，伸手一摸，一隻大甲蟲正在他頸子上爬行。抬頭一看窗外，太陽已經下山了，小蟲子被室內燈光吸引飛進窗內。他起身拉上紗窗。

亞的話還沒結束：

「柴先生一下飛機，發現機場乍看之下十分平靜，連我們也萬萬沒想到當時機場正處於緊急戒備狀態。再加上ＤＬ２號機經過爆炸預告的加持，應該要平平安安地降落才是，卻很明顯著陸失當，我想一定是機師太緊張了吧。但是機場方面不但沒有對著陸失誤做出任何說明，柴先生下了飛機一看，只見到一名髒兮兮的刑警在那兒閒晃，而鄉巴佬警署署長還跑去參加插花會，不在崗位上——啊，抱歉……我只是代替柴先生說出他的內心話罷了。柴先生看在眼裡，明白這場自導自演的飛機爆炸預告毫無效果，我想我能體會柴先生當時內心有多狼狽。這麼一來，想要更周全地保護自己的安全——沒錯，只有在自家引發一場貨真價實的殺人案了……

我才剛推論至此，緋熊先生居然真的渾身是血地從柴邸逃了出來，嚇得我腿都軟了。柴先生因循他那套信仰，打算在宅邸裡殺害緋熊先生，可是他的信仰卻在最後關頭不堪一擊地崩潰了——因為柴先生在拿斧頭砍殺緋熊先生的時候，也為了絕不失手，故意在第一擊失準，錯開緋熊先生的腦門劈下。沒想到緋熊先生察覺動靜回過頭，這下第二擊也沒能砍中緋熊先生的腦門，而是劈到了臉頰，緋熊先生才能留下一命逃出宅邸……」

後來羽田刑警收到了幾張照片，是亞寄來的，上頭拍到了甜甜圈狀雲朵以及DL2號機。可是每個人看了照片都沒留意到雲朵，只說：「咦，飛機照片呀？」

——完——

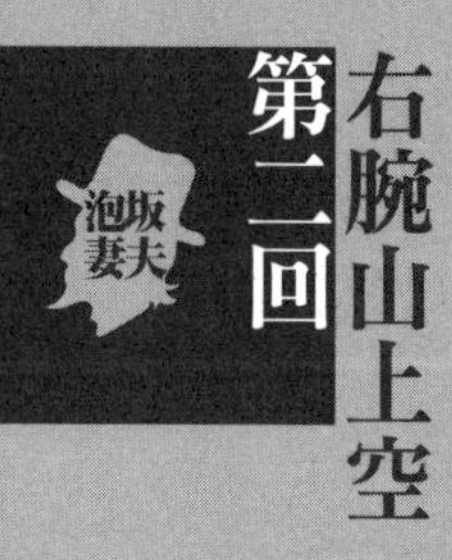

第二回
右腕山上空

抬頭一看，天空蔚藍澄澈，彷彿近在眼前。

春季的南國清晨，天晴。右腕山上空稀疏地飄浮著卷雲，銀光閃爍。支配這個世界的，只有太陽。

鹽田景吉緊緊踏著腳下的牧草。——看著吧，再過不久，我所製作的鮮豔熱氣球，就要成為這片遼闊天空的帝王了。

這份情緒近似兒時在積雪清晨感受到的興奮，每每看到潔白如新的雪原，他就坐立難安，不住地四處奔跑，只為了在雪原印上自己的腳印，甚至忘了雙腳受著冰凍的疼痛；每當看到純白的紙拉門，他也無法克制想拿墨汁在整面白紙上亂塗一通的衝動；而站在波平如鏡的池子前，他必定會扔顆大石頭進去。鹽田景吉的壞毛病隨著年紀增長變本加厲，遇到清純的少女，便以笑容隱藏獠牙接近。他自稱曾與七名女子結過婚，現在正與最後一任妻子分居中。

鞋底傳出牧草折斷的聲響，鹽田這才發覺，整片草原一直是寂然無聲的。他閉上眼數秒，睜開眼，對著祕書小倉汀指了指汽車音響。祕書露出一臉厭煩，將錄音帶插進音響裡。其實，鹽田十多年前便深深愛上了這位宛如蟋蟀的老處女，但是這十年來，鹽田對待小倉汀的態度就像現在，淨做一些讓小倉汀瞧不起的行徑。

音響傳出刺耳的電吉他樂聲，彷彿把右腕山都震矮了。這首歌是震天價響的〈大蛇歌〉，歌詞是鹽田景吉填的。嘈雜的音樂聲中，第三輛宣傳車抵達了。

紫色山脈橫亙在從北到西的地平線上，山脈西端蹲踞著一座半島般的高山。

「喏，很像人枕著胳臂躺著的模樣吧？所以角落那座山叫做右腕山，高度有八百五十公尺哦。」技師赤鈴雛子告訴鹽田。

「不能是左腕山嗎？」

「那座山一定是右撇子吧。」

這位擁有三百趟飛行紀錄的女傑戴著一頂又黑又緊的帽子，像極了江戶時代救火隊員綁的頭巾，衣服上交叉綁著紅繩，穿著紮腿褲。她個子很小，像隻松鼠般機敏地動作著。

草原上停著三輛車。米色保時捷是鹽田的座車，由祕書小倉汀載他過來。另一輛小型巴士是赤鈴雛子部下們的車，鹽田一行人在赤鈴技師的帶領下，迂迴繞行右腕山來到了這個地點。還有一輛是方才抵達的宣傳車，粉紅色車體上以鮮紅大字寫著「**太陽多媒體製作公司**」。宣傳車熄火後，一名曬得黝黑、下巴修長的男子走出車門，他是太陽製作公司的導演嵐長介；接著一名身材和鹽田同樣渾圓的男子跳也似地下了車，湊到鹽田身邊。

「天氣真好吶！鹽田部長，老天爺也很幫忙呢！」渾圓男子一臉興奮地說。

鹽田沒吭聲，兀自點燃菸斗，「你還是老樣子，話中帶刺啊。」

渾圓男子被噴了一口煙，別開了臉，他最討厭香菸了。

「我說屁屁大石，你也太晚到了吧？而且你的眼睛怎麼紅成那樣？該不會昨晚喝掛了？」

「只有門外漢會為了隔天上陣，而在前一天養精蓄銳。請你拭目以待吧，我絕對會讓世人大吃一驚的。」

「你倒是很有自信嘛。」

屁屁大石丟了顆口香糖到嘴裡，瞄了一眼手中的包裝紙，說道：「恕我直說，你們家的口香糖實在不是人吃的，簡直像是撒了沙子的粘蟲膠嘛。」

「這話跟生產部說去，咱們的口香糖可不是做給宿醉的傢伙吃的。」

「咪咪淺野到了嗎？」

「還沒看見人。你居然會在意咪咪淺野，真是難得。」

「我還得準備一些事情，先告辭了。」屁屁大石擠出怪異的笑容，又蹦蹦跳跳地回宣傳車那頭去了。

一團顏色刺眼、巨大而厚重的布袋從宣傳車裡搬了出來，攤開在草地上。布袋周圍架起攝影機三腳架，嵐導演高聲嚷嚷，雙手比畫著。屁屁大石嬉皮笑臉地向小倉汀和赤鈴雛子打過招呼後，鑽進了宣傳車。

喧鬧的電吉他樂聲中，突然響起「轟」的一聲，巨大的燃燒器點上了火。

屁屁大石不僅身材與鹽田相仿，連想法都和他有著相似之處。

「鹽田部長，聽說你和五個女人結過婚啊？」屁屁有次這麼問，「那我比你多一個。我現在的老婆是第七任。」

鹽田很清楚屁屁在想什麼，他立刻打電話給徵信社。一星期後，報告書送來了，果不其然，屁屁剛和第五任老婆結婚，比他宣稱的少了兩任。其實鹽田也才剛辦好第六次的結婚登記，比外傳少了一任。就像這樣，他逐漸了解該如何抓住屁屁的把柄。

草原上的大布袋有如仰躺的青蛙肚子鼓了起來，兩、三名年輕人抓住袋口，讓燃燒器加熱的空氣送進布袋中。整個操作過程應該有什麼竅門吧，只見赤鈴技師俐落地指導著年輕人。鹽田湊近一看，她的眉毛和頭髮有部分燒焦了。赤鈴的助手一臉陶醉地告訴鹽田，沒讓燃燒器的火燒過眉毛，就算不上獨當一面的熱氣球飛行員。

逐漸膨脹的布袋上，畫著一條鮮紅的蛇，緩緩抬起頭來展現昂首吐信的姿態，蛇頭還戴著一頂黃色貝雷帽。

「兔子、企鵝、大象、鴿子？真是老掉牙到無可救藥。你們就是這麼老古板，才永遠沒有出頭天啦。」當年，鹽田這麼唾罵「飴辰」的掌櫃。

當時飴辰只是小鎮上的一家糖果店，而鹽田是飴辰的菜鳥店員，頭頂早禿得精光了，但他的同居人正是飴辰老闆的獨生女。鹽田話沒說完，飴辰的死忠老掌櫃已賞了他下巴一拳。

「兔子和企鵝落伍，那該用什麼形象才好呢？」溫厚的飴辰老闆趕忙上前調停，手足無措地問鹽田。

「我覺得應該用蛇。沒錯，蛇。蛇的形象既勁爆，又有話題性。」

「蛇？我是不曉得蛇勁不勁爆啦，可是做為兒童食品的商標，實在……」

「正因為要賣給小孩子，所以更應該用蛇。小孩子本來就很殘忍，像蛇一樣陰險又狂暴。請務必以蛇當商標，責任由我來負。」

「責任？你一個小毛頭負得了什麼責任？」掌櫃掄起拳頭，又被飴辰老闆給擋下。

事實上，以蛇做為商標的點子，並不是鹽田的創意。他只是正巧在前晚看到一齣電影，裡頭有個喜歡蛇的小孩殘忍地殺了人，在他腦海留下了印象。鹽田後來的發想也全沿用這一套，不是捷足先登用掉別人的創意，就是抄襲得連原創者都看不出來。

儘管掌櫃極不痛快，飴辰的新商號決定命名為「大蛇製菓」，商標是一條盤起的大蛇昂首吐信的姿勢，愣著一張臉，吐出心形的舌頭。

但鹽田猛烈地抨擊畫出這條蛇的插畫家，「這是什麼鬼東西？這叫蛇嗎？簡直像癱在陰暗處的蛞蝓嘛。你根本沒見過真正的蛇吧？去水族館給我看個仔細再來畫！」

鹽田至今仍深信，這名插畫家是滿懷惡意照著鹽田的頭形畫出商標的蛇頭。蛇頭所引發的紛爭，最終還是在飴辰老闆的仲裁下，讓蛇頭戴上一頂貝雷帽而平息了。

重新出發的大蛇製菓第一彈發售的商品就是「大蛇糖」，那只是把普通的糖果捲繞起來，加上視覺刺激強烈的包裝罷了。大蛇糖非常暢銷，並不是因為它迎合小孩子的口味，完全是大肆宣傳的效果。前飴辰的老闆食髓知味，背著掌櫃私下和鹽田策畫，緊接著推出了「大蛇仙貝」，但這也不過是表面印了漩渦圖案的普通仙貝。

大蛇製菓為數眾多的產品中，不三不四的東西也不少，像是「大蛇巧克力」，它並不像大蛇糖一樣彎彎曲曲的，外形只是再普通不過的巧克力，但宣傳語寫著「巧克力裡面有大蛇的蛋哦！」而所謂的蛇蛋，其實只是一顆花生米。大蛇巧克力同樣熱銷，賺得差不多的時候，這句宣傳詞引來通產省〔註〕的關切，不得不停止販賣了。但透過這件事，大蛇製菓獲得了兩大利益：一是惹來父母們的反感，二是與政府官員攀上了關係。

鹽田的第五任老婆跑掉的時候，他已是大蛇製菓炙手可熱的宣傳部長了，住家也遷至二十層樓高的大廈頂樓。屁屁大石初次拜訪鹽田的住處時，從窗戶眺望外頭，讚歎不已，「真是絕景吶！可是看著看著不會頭暈嗎？」

「我本來就喜歡高的地方。」

屁屁感歎了一番，忽地這麼說了：「部長，那你想不想玩玩看滑翔機？」

「你在玩滑翔機？」

「不是啦，是咪咪淺野最近正在興頭上，他帶我去參觀過一次，不巧被我看到一架滑翔機晃呀晃地倒栽蔥摔下來，打死我都不敢碰了。」

「所以你是打算在地上等著看我從天上摔下來嗎？多謝你的推薦，我還是免了吧。話說回來，沒想到咪咪淺野連滑翔機都玩啊。」

「不止滑翔機，那傢伙真的很亂來，賽車也玩，高空跳傘也玩，他還有輕型飛機的駕照呢。那種人啊，什麼危險的東西都想碰一碰。」

鹽田雖然是行動派，卻從不涉險，他對於生存的執著近乎卑鄙地強烈。

註：即通商產業省，日本負責管理通商貿易等事務的中央行政機關。

「屁屁？你想不想開著飛機，噴出彩色煙霧在空中畫滿大蛇？」

「我？不行啦，我又不會開飛機。」

「去學啊。」鹽田壞心眼地說：「不願意的話，我大可撤掉你，簽下咪咪淺野當專屬藝人。」

「請別開玩笑了，你說換人就換人，我可怎麼辦？……話說回來，你覺得這個點子如何？——讓畫有大蛇圖案的氣球飛上天！」

「你是說由你駕駛嗎？不過飛行船很容易爆炸哦。」

「部長，你落伍嘍，我看你不知道有熱氣球這玩意兒吧。只要在球囊下方的吊籃上，燃燒丙烷加熱空氣送進球囊裡，氣球自然就會飛上天嘍。」

「原來如此，熱氣球啊……」

突然間，剽竊的念頭充塞鹽田的腦袋，他立刻拿起電話，對著祕書的電話答錄機一個勁兒地留言：「一定有熱氣球協會或是俱樂部之類的機構，妳去調查一下，打電話聯絡技師，排定計畫，我們要讓宣傳熱氣球環遊全國一周。記得調查所有熱氣球飛行紀錄，讓屁屁大石變成隨便哪一項紀錄的保持者。還有，策畫一起有獎活動，把熱氣球取名為「大蛇一號」，獎金以現金支付。春季出發，順著季風環日本島。聯絡以下幾個單位：航空局、警署、消防署、防衛廳、報社、百貨公司協會、動物園……」

接下來一週，開始了屁屁大石的熱氣球特訓。

「都怪我說話不經大腦，現在可吃足苦頭了。沒想到熱氣球這玩意兒這麼麻煩，聽說還得帶著小型電腦一起飛上去呢。總之我對儀器或機械類的東西最沒轍了，又被逼著做奇怪的體操，也不准熬夜。本來一聽到教練是女的，我還期待了好久，天曉得那名女教練真是嚴格到不行……」

「都是託訓練的福，你才能作息正常、身體健康啊。這件事關係到我的生意，不許你失敗。無線電和直升機我都安排好了。」

「部長，你真是有夠壞心的，動不動就拿咪咪淺野來嚇唬我，根本是威脅嘛，我也是賭上性命為你效力耶。」

屁屁大石是個漫才師(註)，搭擋是瘦小的咪咪淺野。屁屁大石與咪咪淺野這對禿子加矮子，怎麼努力都無法走紅；兩人愈是走通俗路線，展現出來的舞臺愈是不堪入目。咪咪淺野是有錢人家的敗家子，屁屁也從他那兒得到了不少金援，但兩人的表演完全不受青睞。屁屁大石與任性的浪蕩子終究合不來，這對搭擋不到兩年就拆夥了；而其實直接的原因是，屁屁大石娶了咪咪淺野的妹妹為第三任妻子。之後咪咪淺野淡出演藝圈，屁屁大石則繼續表演單口相聲或擔任主持人，發揮著兩人份的下流鄙俗，繼續折騰著臺下觀眾。

這個時候，鹽田景吉偶然收到一份寄給大石製菓的投書，上面寫道：「社會上雖然有許多父母厭惡貴公司的產品，但我不同。小孩子瞞著母親購買貴公司的商品，是比什麼都安全的冒險行

註：漫才類似於中國的對口相聲。

爲。」鹽田對這名通情達理的母親感到莫名的火大。當晚，鹽田在某間廉價酒館看到屁屁大石，立刻讓他與大蛇製菓簽下了專屬藝人契約。接下來好一段時間，大蛇製菓的大蛇商標旁總是並列著屁屁大石的禿頭；大蛇製菓贊助的電視節目上，也出現屁屁大石與小孩子胡鬧撒野的畫面。自此之後，大蛇製菓再也沒收到這類明理的投書了。

「部長，直升機再十分鐘就抵達了。」

「咦？還有幾分？」

「九分五十九秒！」

小倉汀大聲吼道，一邊伸手進車裡將汽車音響的音量轉小。音量變小後，反而聽得清楚歌詞了。

大蛇　大蛇　狼吞虎嚥　喀喀喀喀
大口　大口　唏哩呼嚕　喀喀喀喀
嚼嚼　吞吞
翹辮子嘍

鹽田忽地覺得有些寂寞，或許他這輩子都不會有機會向小倉汀告白愛意了。

大蛇一號的豔毒色彩宛如癌細胞的照片，眼看著膨脹擴散開來。柳編吊籃裡，赤鈴技師正再三確認儀表盤的每項數值；嵐導演在熱氣球與攝影機之間來來去去。

「你覺得如何？部長。」屁屁大石又出現了。

他穿著金光閃閃的寬鬆衣服，戴著三角帽，嘴塗成鮮紅色，直咧到耳邊，眉毛則畫到額頭上，而且還裝上橘子大小的紅鼻子，黃色假髮垂在耳旁。鹽田一回頭，看到那副驚悚的造形，不禁嚇了一大跳。仔細端詳那雙混濁的眼睛，這人的確是屁屁大石沒錯。

「喏，夠講究吧？」屁屁像鳥一樣敞開雙臂現給鹽田看，他戴著只有四根手指的鬆垮白手套，每根手指都像香蕉那麼粗，「這手套也是耐火棉材質的哦。」

一旁備有數個裝滿水的大水箱、裝了毛毯的麻袋、要兩個人才抬得動的大置物籃，還有許多沙袋、雨傘和週刊雜誌。

「你也帶太多東西了吧？裝那麼多，熱氣球飛得上去嗎？」

「上空很冷，肚子也會餓啊，那位穿紮腿褲的大嬸會幫我們仔細計算總重量的啦，聽說這個熱氣球就算載上四、五個大男人，也能輕輕鬆鬆飛上天，真是好氣魄。我們備有足夠的燃料，飛上一個月也不成問題，要是能載上一張床和美女就更完美啦。要是這趟成功的話，我們下次來橫越太平洋吧。部長你可要好好地賺錢，到時候才拿得出贊助金哦。」

螺旋槳的聲響接近，一架直升機在離熱氣球有段距離的草地上降落。而約莫同一時刻，三輛巴士駛到熱氣球旁停下，放出滿車的小孩子。孩子們被熱氣球的龐大、以及直升機和燃燒器發出的巨大聲響給嚇住，張皇失措地跑來跑去，隨行的教師、嵐導演和他的部下忙著指揮小孩子。

「別說熱氣球了，這些人連直升機都是頭一次見到，真是折騰死人了。而且那個老太婆又……」嵐導演一邊喃喃抱怨著一邊跑過鹽田和屁屁面前。

即使天涯海角，似乎都有愛湊熱鬧的當地居民。廣大的草原出現了三、四名看熱鬧的人，不曉得從哪兒冒出來的，一逕張大著嘴仰望熱氣球。其中有位三角臉的洋裝老婦人，就算被一趕再趕，還是硬要擋在攝影機前，搞得嵐導演不時得上前把她拉開。

球囊幾乎呈現圓形了，整個熱氣球宛如倒立的大壺，鮮紅的蛇威風凜凜地飄浮空中。

吊籃裡的赤鈴技師舉起手來。

「好！我要出發了，請好好觀賞我的英姿吧！拜拜！」屁屁說完後，啪噠啪噠踩著巨大的鞋子跑了出去。他穿過孩子群，吆喝著翻身進入吊籃。

「嗨！我是屁屁！」

孩子們「哇」的一聲，朝吊籃一擁而上。小孩子和導演一干人的格鬥戲碼再度上演。

一名高個兒男子像是被孩子群給彈開似地冒了出來。鹽田不禁心想：怪了，我這次企畫又沒找演員來。眼前這名男子膚色白皙，容貌如希臘雕刻般典雅，一身優雅的黑色系西裝，打著筆挺的深褐色細條紋領帶。鹽田還是第一次見到有人走路的姿態如此高貴而輕巧，也因為男子的外貌，他一眼就直覺這人是個演員。但是，男子提著Éclair攝影機，氣質又與攝影機格格不入。鹽田猜想，如果這人真的是攝影師，搞不好本事相當驚人呢。

宣傳車裡搬出了幾個紙箱，工作人員開始將箱裡的大糖果袋分給每個小朋友。

「現在不可以吃。那個是誰？誰准你現在就打開的？等熱氣球上去之後，對，要等熱氣球飛上去以後，大家一起舉起糖果袋……，都叫你們不要吃了！」

「記下來。」鹽田粗聲吩咐陶醉地望著那名攝影師的小倉汀說：「一，企畫熱氣球攝影會。二，研究橫越太平洋的可能性。三，研發並發售大蛇氣球口香糖……」

這時，赤鈴技師跑了過來。

「一切都很順利。」她像個男人般咳了一聲，說道：「機械和天候都沒問題，可是，屁屁真的做得來嗎？」

「看他自信滿滿的啊。」

「那只是虛張聲勢罷了。我剛才一靠近他身邊，竟然聞到渾身酒臭，他是不是宿醉？氣死我了，到現在連氣壓計和溼度器都分不清楚。要是出了什麼事，我會變成其他俱樂部的笑柄耶！」

「我想應該不會發生什麼丟妳面子的事，屁屁那傢伙從不打沒把握的牌。」

「可是他竟然載了一個月份的食物，真是太不知天高地厚了。我敢打包票，他能在空中待上一整晚就算他了不起了。」

小倉汀拿來耳機和望遠鏡：「直升機準備好了。」

「好，我馬上去。」鹽田戴上耳機，前往直升機。

直升機裡悶熱無比，螺旋槳的振動傳遍身體。一名身材魁梧、膚色黝黑的男機師在駕駛座上大剌剌地張腿坐著。鹽田在他後面的位置坐下，繫上安全帶。鄰座是一名身穿深色西裝的男子，正是剛才那名攝影師。男子扛著Éclair，隔著窗戶從攝影機觀景窗望著熱氣球。

「部長，聽得見嗎？」忽然，耳機傳來小倉汀的聲音。

「嗯，聽見了。」鹽田對著耳機麥克風說話。

朝外頭一看，繞著熱氣球的孩子們總算安靜下來，以熱氣球為中心排成同心圓。吊籃裡的屁屁對孩子們獻著殷勤，神情輕鬆得彷彿只是要搭電車去隔壁車站似的。鹽田心想，搞不好那傢伙比我有膽量呢。熱氣球似乎略偏向一邊，是被直升機捲起的地風吹偏的吧。

突然間，鹽田身子往前一傾，直升機離陸了。

「噫！」不知是誰尖叫出聲。

鹽田怎麼都想不到那是鄰座攝影師發出的怪叫。機師忍俊不禁地笑了出來，肩膀微微顫動著。鹽田這才發現方才尖叫的正是身旁這位攝影師，但他仍花了好一會兒才將眼前的俊俏容貌與剛才的怪叫聲兜在一起。

「你是第一次搭直升機嗎？」

「直升機怎麼了？」小倉汀的聲音傳來。

「不，不是說妳。」鹽田連忙拿下耳機麥克風，再次問男子：「你是第一次搭直升機嗎？」

「呃，是、是第一次。」

仔細一看，男子的臉都嚇白了。

「振作點啊，你不會連攝影機都是今天第一次拿吧？」
「沒、沒問題的，雖然今天的工作有點算是我的專門之外……」
「你的專門是什麼？」
「哦，我大部分……是拍攝雲、氣流、化石、草履蟲、埋葬蟲之類的。」
鹽田頓時湧上一股怒火。這名男子的氣質和攝影機會那麼格格不入，正是因為他的攝影經驗太少，果然真正的攝影師就該穿著皺巴巴的夾克啊。可惡的太陽多媒體，竟然在小地方給我偷工減料，這傢伙八成是臨時廉價僱來打工的吧，這下可被我抓到把柄了。
「記下來。」鹽田對麥克風低聲說道。
「是，部長。」
「爛攝影。聽到了嗎？」
「聽到了。」小倉汀也低聲回答。她的聲音搔癢癢地留在鹽田耳底。
直升機緩緩繞行熱氣球一圈。熱氣球的大影子清楚地落在地面，從空中遠望的右腕山也更顯雄偉。
鹽田朝攝影師一看，不知是否多心，攝影師正笨拙地操作著Eclair。看吧，絕對不能以第一印象評斷一個人。
綁在吊籃上的沙袋逐一被扔到地面，最後繫住熱氣球的繩索同時放開。
「升空！」小倉汀的聲音也帶著些許緊張。

大蛇一號輕飄飄地離開了地面。

孩子們同時將糖果袋舉向天空。小孩子的叫聲、直升機的噪音、燃燒器的轟隆聲、大蛇歌，鹽田心想，現在地面上肯定吵得震耳欲聾吧。吊籃裡的屁屁瘋了似地拚命揮手。

鹽田覺得熱氣球升起的速度意外地緩慢，一定是因為自己搭乘的直升機也在移動的關係。鹽田拿起望遠鏡眺望吊籃裡頭，看見屁屁正不停朝地面拋飛吻。沒多久，屁屁注意到直升機，也拿起望遠鏡朝鹽田揮起手。直升機再次繞行熱氣球一周後，折回原處著陸。熱氣球愈變愈小，這是鹽田景吉最後看到屁屁大石活著的模樣。

鹽田下了直升機，立刻拭去臉上的汗。小倉汀搬了椅子來草地上，鹽田一坐下，她便端來咖啡。鹽田喝著咖啡，漫不經心地望著在右腕山上空愈來愈小的大蛇一號。這麼沐浴在春陽下，鹽田覺得自己暖和得就快融化了。那名攝影師仍在直升機內，恐怕還在和座椅安全帶奮鬥吧。沒看到他拍出來的片子之前，實在很難說熱氣球企畫一切順利。

手持糖果袋的孩子們被塞回巴士，三輛巴士立刻駛離。

「無線電接通了。要說話嗎？」小倉汀遞出麥克風，一旁的四方形機械發出沙沙噪音。

「喂，屁屁，聽得見嗎？」鹽田望著遠方的熱氣球說道。

「嗨，是部長啊，聽到了。」機械滋滋地傳出話聲。

「感覺怎麼樣？」

「好爽快吶！真想讓你看看這個景色，果然是絕景啊！你看得見我在揮手嗎？」

鹽田把麥克風收進胸前口袋，拿起望遠鏡。

「嗯。雲很亮，看不太清楚，不過看得到你動來動去的。熱氣球愈飛愈遠耶，你開始怕了吧？」

「多謝關心。從我這兒看地面，轎車就像蒼蠅一樣小呢。啊，先這樣嘍。」

機械「喀」的一聲，和屁屁的對話突然中斷，他最後那句話口氣顯得相當匆促。

「怪了……」

「怎麼了嗎？」赤鈴技師靠過來。

這時，熱氣球開始緩慢上升。

「那一帶是山頂嗎？還是碰上上升氣流了？」

「上面有風，應該已經越山了。」赤鈴技師說。

攝影師不知何時站到鹽田身後，眾人一起注視著右腕山的上空。

「咦？」鹽田從椅子站起來。

「怎麼了嗎？」赤鈴技師問。

「吊籃晃得很奇怪。」

就在這時，熱氣球突然急速上升。

「搞什麼，我交代過他，要是突然提升高度，不習慣的人會得高山症啊。」赤鈴技師蹙起燒焦的眉毛說道。

「要是被捲進亂流就糟了。」

「不可能，我們已經來這個地點測試過好幾次了。」

「無線電連得上嗎？」鹽田問小倉汀。

「我從剛才就一直呼叫屁屁，都沒回應，他好像切掉開關了。」

「屁屁這個蠢蛋，該不會忘了怎麼操作機械吧？」

透過望遠鏡只看得見吊籃，裡頭似乎沒人在活動。

「熱氣球現在的高度是？」

「一千三百——不，更高。」

而他們討論的這段時間，熱氣球仍不斷地往上升。鹽田研判狀況極不尋常。

「好，我搭直升機過去看看。你也上來。」鹽田抓起攝影師的手臂。攝影師被鹽田氣勢洶洶的模樣嚇破了膽，手忙腳亂地拿起Éclair。

攝影師還沒繫好安全帶，直升機已再次起飛。

「現在距離熱氣球多遠？」

「大約三、四公里吧。」機師從容地答道。

「幾分鐘到得了那兒？」

「五、六分鐘。」

「這樣啊，希望沒出什麼事才好……」

然而一旁的攝影師卻異樣沉著。人有時會因為過度緊張而全身癱軟，這人也軟腿了嗎？

「喂，你叫什麼名字？」鹽田拍了拍攝影師的肩膀。

男子嚇了一大跳，轉過頭來。

「謝謝您讓我搭了兩次直升機。」男子大聲回了句風馬牛不相及的話。大概是噪音太大，沒聽清楚鹽田的問話吧。

「不是，我在問你的名字。」

「……我嗎？我姓亞。」

「呀？」鹽田張大了嘴反問。

「對，亞，就是亞硫酸的那個亞。名字是愛一郎，亞愛一郎。」

直升機很快地追上了熱氣球。

「對了，你先準備好攝影。」

「攝影？」亞一臉詫異，「攝影已經結束了呀？」

「是沒錯，大蛇一號的宣傳廣告攝影已經結束了，可是等會兒搞不好得拍給新聞報導用。」

「不行呀。」亞頑固地搖頭。

「不行？為什麼？」

「沒底片了。」

「你說啥？」鹽田目瞪口呆，怒罵道：「全部用完了嗎？」
「也不是全沒了，攝影機裡大概還剩一公尺。」
「一公尺可以拍幾分鐘？」
「五秒左右吧。」
前方熱氣球上升速度逐漸減緩，不久便膠著在天空似地一動不動，接著開始朝地面降落。
「可以定格拍攝吧？」鹽田對亞說。
「定格拍攝的話，我很拿手。」
「先準備好。」
「還是拍那個熱氣球嗎？」
「對，我來告訴你為什麼吧。」
鹽田認為趁現在告訴亞事實比較好，要是等他突然看到吊籃裡面發生的事，這個人肯定會當場昏倒。
「聽仔細了，因為屁屁大石死在大蛇一號的吊籃裡頭了。你壯好膽子，給我盡量拍啊。」
直升機距離熱氣球只剩五十公尺，開始繞行熱氣球一周。透過望遠鏡，吊籃裡面的情況一目瞭然。
熱氣球的運轉機械似乎全部停止了，燃燒器的火也熄了，吊籃內一片死寂。屁屁帶去的大水箱、麻袋和毛毯全部原封不動，屁屁大石在吊籃正中央倚著籃緣似地坐著，臉朝上，三角帽斜斜地滑落；塗成星形的小丑眼睛裡，屁屁真正的眼睛眨也不眨地空虛圓睜；巨大的假鼻子一如先前，但鮮紅的嘴異樣地占據了臉部的大範圍，簡直像半張臉都是嘴巴似的。仔細一看，屁屁的右邊太陽穴開了一個黑色小洞，原來是從洞口噴出的血和口紅混成一片了。他帶著白手套的右手裡，有個漆黑的東西反射出光芒。鹽田確認了那是手槍。

「死、死掉了。」亞顫著膝蓋說道。

「小倉，聽得見嗎？」鹽田以沉著的聲音對著麥克風說：「屁屁大石死了。」

耳機另一頭傳來小倉汀的驚叫。

「仔細聽好，屁屁大石在大蛇一號的吊籃裡死掉了。他手裡拿著手槍，右邊太陽穴有彈孔。嗯，槍擊彈孔。明白了嗎？馬上報警。現在熱氣球正在下降，機械好像全部停止運作了，妳立刻把所有人集合到降落地點等著接熱氣球下來。嗯，山這一側和那側一樣，地表全是草原，到處都有牛群，全部給我趕走。完畢。」

鹽田怒火中燒，因為屁屁破壞了整個計畫。想死的人愛怎麼死都行，幹嘛偏偏給我搞這種死法？難道這傢伙到最後都以藝人自居？還是他只是想痛快地死去？選擇在這片草原升空的也是屁屁，難不成他打一開始就在為自己的死亡鋪路？而我竟然沒察覺到，真是太大意了。

鹽田望向直升機下方。兩輛小小的車子迂迴繞過右腕山而來，一道黃色的細線劃過綠色地面，應該是牛群經過拉出的路線吧，車子似乎循著那條路前來。

吊籃裡的屍體就這麼一清二楚地暴露眼前，就算不想看到也避不開，簡直像是屍體輕飄飄地繞著直升機打轉似的。鹽田擦掉額上的汗水。

「真是令人不舒服。我們先下去等熱氣球吧。」

「說的也是，熱氣球落下的速度也變快了。」

直升機降落在草地上，鹽田衝出直升機，抬頭望著熱氣球。機師預測的熱氣球落下地點看來相當準確，只見熱氣球穩定地朝著鹽田一干人的方向飛來。

不一會兒，由赤鈴技師駕駛的小型巴士領頭，太陽多媒體製作公司的粉紅色宣傳車緊接著抵達。

「到底是怎麼回事？」赤鈴急得差點沒揪住鹽田逼問。

「我也是一頭霧水，可是，屁屁真的死了。」

「小倉祕書開車去找電話聯絡外界了，看樣子警察不會那麼快到。」

「反正我們能做的，只有讓熱氣球順利降落，盡量保持現場等警察來了。」

「可是也還沒聯絡上醫生，萬一屁屁還活著，誰幫他急救？」嵐導演擔心地問。

「他右邊太陽穴開了個大洞耶，肯定當場死亡了。」

熱氣球分秒接近，愈來愈大。數條繩索繫在兩輛車上，技術人員準備將繩索另一端綁上熱氣球，為它煞車。

亞提著沉重的Eclair走近鹽田。

「部長先生，方便請教一下嗎？」他的聲音扭扭捏捏的，態度卻異樣地自信。

「什麼事？」

「熱氣球的球囊裡頭，或是吊籃下方，還是那個超大置物籃裡面，會不會有人藏著？我在想，要是有人藏在裡面，那個人搞不好能趁著陸時的混亂逃走……」

聽到這名男子古怪的臆測，鹽田不禁傻眼。

「你的意思是，屁屁是被殺害的？」

「我是建議，等一下最好還是徹底檢查一下熱氣球……」

「就這麼辦吧。」

鹽田暗地數了數目前在現場的人數——自己、亞、赤鈴、嵐、機師、嵐的部下兩名、赤鈴的部下三名，總共十人。不過鹽田會這麼做並不是出於乖乖聽從亞的提案，他只是難以忍受乾等熱氣球降落這段空檔的煎熬。

「車子裡沒人了吧？」

「沒有啊。為什麼這麼問？」嵐導演一臉狐疑。

熱氣球迅速地接近地面，一旦靠得這麼近，更看得出飛行速度其實相當驚人。赤鈴和嵐跳上車，順著熱氣球的飛行方向駛去，部下們也抓著繩索衝了上去。

「嘿咻！」

五名年輕人撲向熱氣球，迅速地綁上繩索。車子猛地煞住，吊籃頓時整個傾倒，沉沉地掉落地面。受到著地的強烈撞擊，大置物籃、週刊雜誌、雨傘等全飛出了吊籃。數人立刻上前抓住球囊，開始放掉裡面的空氣。

一直望著攝影機觀景窗的亞移開了視線。

鹽田問他：「怎麼樣？有人逃出熱氣球嗎？」

「沒有人出來呢。」

「熱氣球降落前，現場有幾個人？」

「十個。」

「現在呢？」

「十個。」

「大置物籃裡有人嗎？」

答案很快揭曉了。大置物籃受到撞擊，蓋子整個掀開，數量驚人的罐頭、香檳、威士忌、毛毯等全撒在草地上。

吊籃橫躺在地，屁屁的上半身被拖出草地，他的帽子飛了，黃色假髮也掉了，染得鮮紅的腦袋像顆球似地擱在地上。熱氣球的球囊皺成一團，成了個巨大的布袋。

鹽田深深地嘆了口氣，點燃菸斗。亞看在眼裡，突然露出怪表情。

「你討厭菸味嗎？」鹽田交互看著死掉的屁屁和亞。

「不，我也喜歡抽菸，只是我從剛才一直覺得有股淡淡的菸味，但這裡並沒人抽菸啊……」

這傢伙動不動就說些莫名其妙的話，可是亞這麼一說，鹽田也覺得的確有股菸味，而他似乎就是因為聞到菸味，才會下意識地點起菸斗。

赤鈴下了車，看到屁屁的屍體，深深嘆了口氣說：「竟然死在空中，這種自殺手法也太侮辱人了吧。」

「這……應該不是自殺哦。」亞悄聲地說道，然而在場所有人都聽得一清二楚。

「你說什麼⁉」鹽田覺得亞未免太瞧不起人了，「你從剛才就一直說些屁屁是遭人殺害什麼的。如果屁屁不是死在空中，管他是被人槍殺還是被勒死，我都不會吃驚。可是他現在是死在熱氣球裡，哪有可能是他殺啊？大蛇一號從升空到降落，我們可是全程盯著。若屁屁是遭人殺害，就代表有個兇手，可是有誰看到嫌犯嗎？你的意思該不是右腕山上有飛碟，是綠色外星人射殺了屁屁吧？」

亞一臉茫然，拉長了臉說：「我想那個外星人應該不是綠色的，比較有可能是灰色的。」

「你這人真的怪怪的。我也一直監控著熱氣球的所有動靜，說什麼屁屁是被人殺死的，哪有可能啊！」赤鈴也生氣了。

亞被她氣呼呼的模樣嚇到，一臉狼狽地說：「我也覺得難以置信，可是，請仔細看看這具屍體。屁屁先生戴著很大的白手套對吧？每根手指都有香蕉那麼粗，而且只有四根手指，如果他是自殺的，就表示他脫下手套，握住手槍，射殺自己之後，重新戴上手套，握好手槍，再安心地死去。請看，戴著手指這麼粗的手套，根本不可能扣下扳機啊。」

十五分鐘後，小倉汀開著保時捷回來了。然後又過了二十分鐘，救護車與縣警搜查大隊的兩輛警車終於抵達。

警官們默默無語地瞥了一眼那塊色彩豔麗的布袋，走近吊籃開始驗屍。他們拍了好幾張照片，一身白袍的男子檢視屁屁的槍傷。

而當中忙碌地坐鎮指揮的，是一名留著滿臉黝黑大鬍子的大個男。這人有個習慣，一發現什麼狀況就「啪」地擊掌。鬍子男從屁屁大石手中拿起採過指紋的手槍，嗅了嗅槍口；一發現亞在他身後探頭探腦的，便大聲斥喝：「不許靠近！」聲音大得亞不禁踉蹌。

「你們沒碰屍體吧？負責人是誰？」

鹽田景吉走上前說明原委，而鬍子男只是簡單自我介紹說，他是縣警搜查一課的「鬍子」，沒遞出名片，所以鹽田一直不知道鬍子是本名還是綽號。對鬍子來說，演藝圈、廣告界都像另一個世界似的，搞不懂那些圈子的人在想什麼。

「搞什麼啊！竟然幹這種毫無意義的事！」鬍子一聽完鹽田的說明，當場不悅地大聲罵道。鬍子認為鹽田等人的企畫從頭到尾都是「毫無意義的事」；而當鹽田被鬍子問到屁屁尋死的動機，鹽田難掩對鬍子的反感，只冷冷答了句「完全沒頭緒」。鬍子一聽，「啪」地拍了手，更是拉大嗓門吼道：「搞什麼啊！竟然毫無意義地死掉！」

屁屁大石的屍身被搬上擔架，宛如一具破爛的大布偶。白袍警官將一塊灰布覆上屍體。遠遠有幾個人朝這兒跑來，不知是否看到熱氣球和直升機而跑來看熱鬧的。

吊籃裡的物品一一被搬運出來陳列在草地上，當然用不著翳子嘀咕，這些備用品現在都成了毫無意義的東西了。

翳子一逕瞪著空蕩蕩的吊籃底部，突然彎下身子拾起塞在編籃網目上的某個東西——那是一張小紙片和錫箔紙，一看就知道是口香糖包裝紙。翳子一面和白袍警官討論著，一面湊近屁屁的腦袋東看西看，接著直起身子，那張大翳子面容宛如凶悍的仁王（註）。

「你們通報說是自殺，可是這明明就是他殺嘛！」翳子說。

小倉汀輕呼出聲。

「少給我裝蒜！屍體口中留有口香糖，我可從沒見過有人一邊嚼口香糖一邊拿槍打爆自己的頭。喂，你們哪個人給我動這種手腳的？是誰殺的？好，要我把你們這些一丘之貉全部以重大殺人嫌疑逮捕嗎!?」

鹽田站出來了，「屁屁是獨自一個人搭熱氣球升空的，之後熱氣球返回地面，就是現在你看到的狀態了，這是千真萬確的。」

「什麼氣球在天上飛，誰相信這種鬼話？」

「熱氣球起飛的經過，我們派了三架十六厘米的攝影機全程記錄，還有三百名小學生臨時演

註：仁王，即金剛力士，俗稱哼哈二將，傳說為佛前的兩位守護神「阿形」與「吽形」，面貌凶惡，雕像常被擺放在寺廟門前以震懾惡靈。

員和領隊老師目擊。之後熱氣球降落的狀況，也有定格攝影記錄存證。」

這時，三名年輕學生突然衝了過來，三人都一臉紅通通的，氣喘如牛。

「我們目擊到了！」學生的眼中閃著光輝，「我們三個都看到了！肉眼觀測只看到五秒左右，可是我們拍下來了，我們有自信拍得清清楚楚的！」

這名平頭學生一身髒兮兮的黑色高領制服，口沫橫飛地說道。

「你們是什麼人？」鬍子看到三人興沖沖的，也不禁愣了一下。

「我們是右腕中學一年級的學生，都是天文社的。上午十點十八分，我們成功觀測到在右腕山山腰出現幽浮，形狀就和史特勞奇看到的圓盤一模一樣。」

「史特勞奇？那是啥？」

「一九六五年十月二十一日，在美國明尼蘇達州聖喬治附近，保安官亞瑟・史特勞奇所拍攝到的幽浮……」

「你從剛才就一直喜孜孜地說什麼油壺、油壺，油壺到底是什麼玩意兒啊？」

平頭學生突然噤口，一臉錯愕地打量著鬍子，那副神情彷彿在說——真不敢相信世上有人不知道幽浮。

「所謂幽浮，就是不明飛行物體。簡單來講呢，就是俗稱的飛碟……」亞笑嘻嘻地上前說明。

「飛碟？」鬍子的臉轉眼之間漲得通紅，「再胡扯我就通通抓起來！你們不知道用了什麼手法殺了屁屁，把現場偽裝成自殺；一被我發現是他殺，現在又想誣賴到外星人頭上去！」

「可是這位同學和屁屁先生一點關係也沒有啊，我想有必要聽聽看他們觀測到了什麼……」

一陣微弱的引擎聲傳來，遠方有輛車子朝這兒駛來。

三名學生一臉訝異，東張西望了一圈，然後面面相覷。他們還沒發現擔架上的屍體，但似乎隱約察覺了自己與現場的氣氛格格不入。

「請問……你們不是搭直升機和熱氣球追著幽浮來到這裡的嗎？」平頭學生問亞。

完全被學生冷落的鬍子還是很在意，豎耳偷聽兩人的對話。

「嗯，從某個層面來看，我們的確是在追外星人啦。不過話說回來，方便請你詳細說明你們觀測到了什麼嗎？」亞擺出一副明理教師的態度。

平頭學生的眼神再度充滿神采。

「我們今天早上九點來到這座牧場，觀測火星的托勒密效應（註）。觀測進行得很順利。十點零三分，我們在右腕山上空看到你們的熱氣球，本來還以為是幽浮，我們興奮得不得了，不過很快就發現是宣傳用的熱氣球。我們大失所望之餘，觀賞了熱氣球一會兒，又回頭繼續觀測火星。然後過了十五分鐘，十點十八分，大耳突然望著右腕山大叫：『真的有幽浮！』」

那位叫大耳的學生，人如其名，有雙大象般的大耳朵。

註：托勒密是本系列作品中的架空人物，事蹟不時出現於整個系列。

「我們朝大耳指的方向一看，在右腕山大約三分之一高度那一帶，有個圓盤正在移動。要是它一直是靜止不動的，恐怕我們也不會發現吧。那個圓盤猛一看宛如融入背景的山壁，顏色似乎是帶綠的灰，形狀就像史特勞奇圓盤，直徑約五到十公尺之間……」

「你們應用了$x \fallingdotseq \alpha / \sin\theta$的公式對吧？」亞和學生們顯然意氣相投。

「我們三人同時看到了。大耳帶了攝影機，他立刻按下快門，可是圓盤旋即像是融入山壁似地消失不見，前後觀測時間不到五秒，圓盤也沒發出任何聲響。不過，緊接著就是你們的直升機越山而來，就算幽浮發出了聲響，也被直升機的噪音給蓋過了吧。」

亞用力點頭，「就是說啊，直升機發出的聲響真的很煞風景。對了，有個分析幽浮聲響的學者，叫做M・休傑特，根據他的研究……」

「哼。」鬍子聽著覺得無趣了起來，狠狠瞪了鹽田一眼說：「不管你們看到飛碟什麼的，我打死不會相信是外星人殺了屁屁。」

一輛米黃色轎車在粉紅色宣傳車旁停下，車門打開，走出一名穿著鮮紅色法蘭絨外套的小個子男人——是屁屁大石的前搭擋咪咪淺野。他雙手插在灰色長褲口袋裡，一派悠閒地踱來鹽田旁邊。

「哎喲，屁屁也沒他宣稱的那麼了不起嘛，我還以為那傢伙能飛到哪兒去，怎麼，才過了個山頭就拋錨啦？」

鹽田默默地指著擔架。

「咦？不會吧？掉下來了？」

鹽田依舊沒吭聲，比出拿槍射擊自己太陽穴的手勢。咪咪淺野忍不住張望了眾人一圈，閉口不語了。

鬍子盤起胳膊，一一掃視眾人。屁屁的屍體被搬進救護車裡。咪咪淺野一臉尷尬地倚著自己的車子，點燃細長的香菸，一個勁兒地吞雲吐霧。亞正和學生熱心地聊著，突然翻起白眼，接著一個轉身悄悄地走到鬍子身旁，附耳說了些什麼。鬍子頓時望向鹽田，亞也向鹽田招了招手。

「部長，您記得熱氣球著陸後，技術人員在替球囊洩掉空氣時，我們聞到了香菸的味道對吧？當時明明沒人抽菸，我也覺得很納悶，但現在我明白為什麼了。那是因為，在空中抽菸呼出的煙霧飄進球囊裡面出不去，落地後才和熱氣球的空氣一起被排放出來，所以那時會出現菸味。然而，屁屁先生並不抽菸，也就表示，另有他人在吊籃裡抽了菸。而抽著同牌子香菸的人，現在出現了——就是在外套底下穿著灰色毛衣的那位。」

鬍子默默走近那輛車子。咪咪淺野正關上車門，發動引擎，打算揚長而去。

透過警署的窗戶，看得見遠方的右腕山。

鹽田一行人全累壞了，再加上熱氣球企畫化為烏有，內心的疲累更是倍增。他們在疲憊不堪的狀態下接受訊問，做筆錄，還被關在一個陰暗房間裡不准離開，等了三小時，送來的只有一杯泡到沒顏色的淡茶。房間裡有股牛騷味，沒人提得起胃口吃便當，原來緊鄰窗邊就是一間巨大的牛舍，室內木長椅上積了厚厚的灰塵。

「沒想到咪咪淺野那麼憎恨屁屁啊……」鹽田說道。他已經被牛叫聲搞得快要精神耗弱，要是不說點什麼，他覺得自己一定會瘋掉。

「屁屁對淺野，根本是吃人不吐骨頭。」因為沒人接話，無奈的小倉汀只好開口了，「淺野不是有錢人家的長男嗎？屁屁不曉得花掉了淺野多少錢，也多虧了那些金援，他們這對拍擋的工作總算漸有起色，沒想到屁屁在這時卻提議拆夥，還說『誰要跟那種沒才能的傢伙搭擋？』其實根本是因為他自己接到了頗有賺頭的工作。淺野的確沒有演藝天分，但屁屁這樣過河拆橋實在說不過去。而且屁屁還狠狠地玩弄了淺野的妹妹之後休了她，把離婚的原因全推到淺野的妹妹身上，自己全身而退，順利恢復單身。錢和工作的事倒還好，淺野最無法原諒屁屁的應該是妹妹的事，他早就想幹掉屁屁了，只是一直沒機會下手吧。」

鹽田聽在耳裡，覺得小倉這段義正辭嚴的話語句句都衝著自己而來。

木門「嘰呀」一聲打開，鬍子晃著龐大的身軀走進來。

「那傢伙招了。」他走到房間角落洗手臺嘩啦嘩啦地洗起手來。

看到這一幕，鹽田全身不禁一陣戰慄。鬍子就是以那雙手，把不肯招供的咪咪淺野打成一塊破布吧？

「可是那傢伙還沒全招就昏倒了，所以他究竟是怎麼犯案的，我們還沒弄清楚，得再問問你們才行……」鬍子掃視房間一圈，馬上就找到了亞，「那個攝影師，你叫亞是吧？你知道些什麼對吧？」

亞完全嚇壞了，整個人蜷在長椅上，「不……，我什麼都不知道，我只是稍微想像了一下咪咪淺野是怎麼離開熱氣球的……」

「我就是要你說明這件事。」鬍子「啪」地一擊掌，說道：「聽好了，你要是不講清楚，大家都甭想回去了。明白了沒？亞？」

「是、是……，那我要從哪裡開始說才好呢？」

鬍子塞給亞一根皺巴巴的菸，拿火柴為他點火，「這個嘛，淺野是怎麼坐進熱氣球裡的呢？——就從這兒說起好了。」

亞戰戰兢兢地吐煙，小聲地開口了，「讓咪咪淺野坐進熱氣球裡的不是別人，正是屁屁先生本人……」亞娓娓道來：「屁屁先生一個不小心接下了乘熱氣球旅行的任務，但我想，他打從一開始就沒自信能在天空待上好幾天，駕駛熱氣球的技術知識等等對他來說，一定是愈學愈困惑。」

赤鈴技師用力地點頭說：「就是啊，我第一次碰到記性那麼差的人。明明學習力差，又自以為是。幫他特訓上課上到後來，這人根本毫無學習熱忱，還故意開一些惹人厭的玩笑。」

「但相反地，屁屁先生的創意點子很多。要讓熱氣球旅行計畫成功，換作一般人，可能會拚命地學習技術，他卻不這麼做，因為他已經想好了一個狡猾的計畫——讓專家神不知鬼不覺地躲在吊籃裡，熱氣球升空後，所有工作全丟給這個人，自己只要躺著睡覺，就能完成大冒險。而且人選他一開始就想好了，就是咪咪淺野。要是沒有淺野在，屁屁肯定不會答應大蛇製菓的計畫的。咪咪淺野會駕駛滑翔機，甚至有小型飛機的駕照，等於是熟悉天空與機械的專家；再加上淺野個子小，沒人比他更適合藏進熱氣球的吊籃裡了。如此這般，屁屁先生私下找來淺野要求協助。淺野一開始很生氣，因為屁屁老是自私自利地吃定他，但仔細一想，淺野發現這正是殺害屁屁的大好機會。後來的準備工作都由淺野一手包辦，好比挑上這塊土地，也是淺野的主意。他需要的舞臺是——無人的草原、高度約一千公尺的高山、熱氣球越過那座山飛到另一側的路線；除了齊備這些條件的地形，背景還需要有早晨的太陽和映著陽光閃閃發亮的卷雲。」

「我完全不曉得屁屁背後有咪咪淺野在操縱。」鹽田驚訝不已，「屁屁那傢伙明明很忙，卻送來一份非常嚴謹的企畫案，我當時還對他刮目相看呢。」

「屁屁先生會打扮成色彩豔麗的小丑，也是淺野的主意。因為只要淺野也做同樣打扮，即使遠遠地被人看到，也會誤以為是同一人。」

「屁屁一直要把非必要的行李搬進吊籃裡，我壓根沒想到那竟是兩人份的備品。」赤鈴技師說。

「就這樣，兩人準備萬全，終於到了出發這天。小個頭的咪咪淺野裹著毛毯躲進大置物籃裡，神不知鬼不覺地被搬進了吊籃。然後熱氣球便按照計畫，載著咪咪淺野和屁屁先生升空了。」

「我想起屁屁出發前那自信滿滿的態度了。」鹽田說道。那光景彷彿歷歷在目。

「熱氣球順利地飛行，來到右腕山上空一帶，地面的人即使用望遠鏡看，也無法看清楚吊籃上頭的人影。這時，淺野從置物籃爬了出來，他是個瘾君子，當然會先來上一根菸。」

屁屁在右腕山上空透過無線電探問鹽田的視野極限，當時他匆忙切斷通訊，想必是因為淺野爬出置物籃之故吧。

「然而，淺野一現身，屁屁先生大感意外，因為淺野的穿著並不是說好的小丑打扮——他穿著灰色緊身衣，戴的不是粗胖的手套，而是貼手的橡皮手套，還有就是……」亞說到這，不知怎的含渾帶過，「屁屁先生正要指責淺野的服裝，淺野立刻將屁屁先生的注意力轉移到地面，好比撒謊說：『咦？直升機又飛上來了！』要是被人看見吊籃裡有兩個人就糟了，屁屁先生急忙拿起望遠鏡俯視下方。一旦眼前架上望遠鏡，會發生什麼事呢？視野會變得極端狹隘吧，此時淺野只消從容地從口袋取出手槍，對準屁屁先生的太陽穴，扣下扳機……」

嚼嚼、吞吞、翹辮子嘍。鹽田擦掉額上的汗水。是冷汗。

「淺野把手槍放到屁屁先生手裡讓他握著，接下來只要逃出吊籃就大功告成了。但是他沒注意到許多細節。第一，他沒有脫下屁屁先生的手套；第二，他不知道屁屁先生的嘴裡有口香糖；第三，他沒發現自己抽菸的煙霧留在球囊裡面了……」

一隻蒼蠅從窗外飛進來，鬍子像打蚊子似地拍死蒼蠅，揉一揉扔到地上。

「接下來，淺野要離開吊籃了。他先把所有的機械運轉停掉，因為要是讓燃燒器繼續開著，熱氣球不曉得會飛到哪裡去，萬一掉進海裡，他的計畫就泡湯了。必須讓人目擊到屁屁先生自殺的模樣才行，所以淺野關掉機械，逃出了吊籃。」

「逃？逃到哪裡？吊籃底下嗎？熱氣球裡面嗎？哪有地方逃啊？」嵐導演連珠砲似地問。

「是更廣闊的地方——淺野逃進空中了。」

「跳進一千公尺高空中？太胡來了！」

「一般人當然不可能辦到，但對淺野來說顯然不成問題。請想想，淺野的專長是什麼？」

「遊艇、滑翔機、飛機……」小倉汀屈指數著，「……高空跳傘！」

「沒錯。一身灰色緊身衣的淺野背後就揹著降落傘。他把嬌小的身軀蜷成一球跳出吊籃，背景是陽光下晶瑩耀眼的卷雲，以肉眼是不可能發現到他的。如果是透過望遠鏡呢？看得到嗎？」

「看不到。不，應該說我沒注意到吧。我的注意力全在吊籃上面。要是望遠鏡的視野範圍再大一些或許看得到，可是就算看到了，也想不到那是人吧。」鹽田答道。

「所以熱氣球才會突然上升啊。」

「熱氣球一下子失去了四、五十公斤的重量，當然會不斷地往上升。如果不是因為靠山邊有遇上亂流的可能，我們一定會更早注意到有東西跳出熱氣球吧。接著，淺野在右腕山的山背打開了降落傘。在七、八百公尺的上空打開降落傘的話，右腕山這一側是完全看不到的。而且對高空跳傘的老手來說，撐到五百公尺上空才拉開降落傘似乎也不是件難事。」

「如果山的這一側有人目擊到怎麼辦？」

「這可能性的確必須考量進去，即使是杳無人跡的山間草原，事實上就有三名中學生看到降落傘了。如果淺野使用的是白色傘面，這幾位學生可能也不會誤以為是幽浮，所以我想，淺野可能用了染上迷彩的傘面吧。」

「迷彩？」

「就是綠色和土黃色的混合花樣，遠距離看上去會和大地的自然色融合在一起，難以分辨。要不是因為這些學生剛好是幽浮愛好者，應該不會有人察覺吧。」

「淺野的後車廂裡就塞著那種花紋的布，原來那是降落傘啊。」鬍子大聲地說道。

「降落傘平安無事地降落在右腕山山腳，而且是精準著陸。淺野事先把自己的車子停在預定落地地點，車子應該也被蓋上灰色布、放上樹枝之類的做掩護吧。接著只要迅速摺好降落傘收進後車廂，換過服裝逃開就行了。」

「犯罪者的心理就是這樣吧，總會忍不住重回現場看狀況。是因為有相當的自信不會被逮嗎？」說著鬍子雙手一拍，「聽好了，這件事不許洩露給任何人，知道嗎？」

這句話裡，露骨地透露出他想獨占破案功勞的私心。

「部長，你的臉色很糟呢。還好嗎？」小倉汀很擔心。

「唉，我也得跑路去了。」

鹽田也知道自己的臉色一片慘白。可能的話，他真想帶著小倉汀一起逃走。

屁屁大石的死，肯定會徹底毀掉大蛇製菓的形象，產品立刻滯銷，不消多久，業績就會像大蛇一號一樣無止境地墜落吧。宛如做著白日夢似地，鹽田清楚地看見屆時飴辰掌櫃拿著手槍頂住他腦門的光景。

——完——

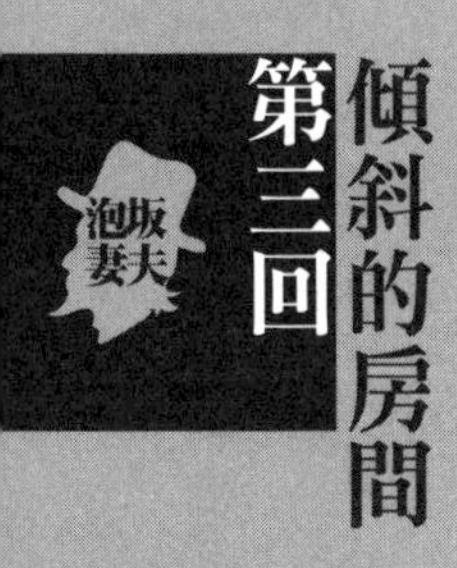

第三回 傾斜的房間

「俗話說，住慣了就是天堂。不過這種話啊，是沒住過社區的人才會胡言亂語，我住的地方根本是愈住愈像地獄。嗳，課長，做為日後換房子的參考，有空過來見識見識吧。」鳥尾杉亭發著牢騷。

小網敦心想，鳥尾差不多醉了吧，這傢伙每次一醉就會邀人說：「喏，來我家逛逛嘛。」

這是間狹小的酒吧，或許因為時間尚早，客人只有小網和鳥尾兩人。店內流洩著懷舊的香頌，唯一的員工就是店經理，也不見他招呼客人，一逕躲在角落埋頭研究著一臺黑膠唱機。店經理是個留著鬍碴的中年人，看他拿著一張小紙片，一下子塞進音響底下墊高，一下子又抽出，煞費苦心地試圖讓唱機的迴轉盤呈現完全水平的狀態。打從這兩位客人進店門到現在，他只顧沉迷在這項作業當中。

「聲音這玩意兒啊，就像生物一樣纖細。我這人很神經質的。」店經理將兩杯兌水酒整齊地擺到兩人面前，搔了搔鬍子，撒出白色的皮屑。但他只是以骯髒的袖子一把抹掉皮屑，又匆匆趕回唱機旁邊去了。

「我記得你住的地方叫『美空之丘新社區』是吧。」小網敦溫和地說。

初次邂逅小網的人，常會被他幹練的風貌及俐落的口吻給吸引，不少實業家和大老闆對他極為欣賞，開出優渥的條件延攬，但小網還是不肯離開目前袋町鎮公所的戶籍部門職位。其實他滿喜歡維護古老官吏的傳統，而且他的嗜好很老氣，這天也剛從袋町鎮公所的俳句（註）俱樂部散了會來這兒。

「什麼美空之丘新社區啊！」鳥尾咯咯大笑，「不管哪裡的民政課，都有你這種充滿無可救藥少女情懷的傢伙吶。課長，我得先告訴你，如果你要找我家，跟人家說什麼美空之丘，那一帶沒人聽得懂的啦。」鳥尾小氣巴拉地啜了一小口兌水酒，故意壓低聲音說：「我住的社區，可是人稱的『妖怪社區』呀。」

「妖怪社區……？這名稱很好記，不錯啊。」

「哪裡好了。說起來，一旦搬進社區這種地方，大部分都是一住好幾年，唯獨我住的那個社區啊，住戶只要住上半年，快則三個月，就會被整得神經衰弱。我家樓上也有兩戶剛搬來三個月的人家，我看他們也差不多要拱手投降了，期待得很呢。最佳的印證就是，正上方那戶人家的太太啊，先前遇到的時候，連聲招呼也不打，最近卻動不動上我家串門子；說到她丈夫，喏，好像是那個死掉的狡貍茂平的親戚哦。另一戶倒是還看不出投降的跡象，內子也說沒見過那戶的人，大概還能撐久一些吧。」

「你搬進那邊多久了？」

「到五月就滿一年了，打從社區落成就一直住到現在，像我這麼堅忍不拔的住戶剩沒幾個了啦。真是的，想不到我住不到一年，在社區就被當成老狐狸看待。」

「現在房子很難找，你們社區遷出率還那麼高，真的很稀奇呢。是因為鬧鬼嗎？」

註：日本的一種詩詞，形式為以五、七、五音構成的短詩。

「我們社區的人都說，要是鬧鬼還好多了。唉，每到現在這個季節，五月也是，因為風向的關係，火葬場的煙常會吹進窗戶裡來哦。」

小網頓時神情僵硬，「這真是……」

「很慘吧。」鳥尾忽地望向天花板，唱道：「春神來了怎知道？死人氣味報到……。對吧？嘻嘻嘻……」

「別笑得那麼噁心。不如向衛生所連署陳情呢？」

「不曉得陳情過多少次了，你覺得政府有可能為了一個小社區、區區不到百名的住戶遷移火葬場嗎？」

「火葬場離你們社區真的那麼近嗎？」

「根本就是近在眼前啊。唉，為什麼搬進去的時候沒注意到呢？」

留鬍碴的店經理總算離開唱機，來到兩人面前，「如何？音質大不相同吧？」

「以前還有社區專用的唱機呢，因為社區住宅空間狹小，為了讓唱機擺設不占空間，特意設計成唱片傾斜著也能迴轉放音的哦。」

「社區專用啊……」店經理搖了搖頭，神情帶了一絲遺憾，似乎覺得和兩人聊不起來，便默然不語了。

而鳥尾也是一臉遺憾，繼續說下去：「我學生時代有個文學同好，現在在週刊編輯部，也不曉得他從哪兒聽到消息的，說想把這怪現象寫成一篇有趣的報導，要我協助他採訪。開什麼玩笑？我日子過得還不夠慘嗎，現在又要我去當別人的笑柄，誰受得了啊？可是這傢伙比我還纏人，居然說，就當他只是上我家玩玩。朋友嘛，人家說要來玩，總不好拒絕啊；而且我搬到這個社區之後，就沒半個朋友上門拜訪啦。欸，課長，我那朋友敲定這個星期天上我家坐坐，他那人很有意思哦，你星期天也來我家看看吧。」

鳥尾繼續說明。據說那塊土地，自古就被稱作「妖怪」。

妖怪社區所座落的土地，原本是一塊小小的沼澤地，正式名稱叫「桶沼」。據當地人說，因為那塊橢圓形沼澤的形體就像只桶子似的，但當地人不稱它為桶沼，而習慣稱呼它「妖怪沼澤」。沼澤上頭覆滿黏稠的藻類，周邊密密麻麻地長滿了深色低矮灌木；而這塊陰森森的森林，就被稱為「妖怪森林」，活脫就是戲劇「小幡小平次」（註）的舞臺。

妖怪沼澤附近有一家火葬場，同樣歷史悠久。當地人的喪葬習慣原本是土葬，火葬場開工的機會極少；但到了大正關東大地震那年，瘟疫蔓延，自此火葬就成了慣例。

或許因為地形的緣故，空氣滯悶的日子，火葬場的煙就像把傘似的籠罩整個妖怪沼澤上方。

如此陰森幽暗但平穩寧靜的日子突然宣告終結。某一天，妖怪沼澤這塊彈丸之地被三輛推土機眨眼間填成平地，森林的灌木也被除得一乾二淨，水泥樁徹夜打進土裡，上千隻蝙蝠受到電燈

註：小幡小平次是江戶時代怪談《復仇奇談安積沼》中登場的一名歌舞伎演員，飾演幽靈角色大獲成功，後來卻遭妻子的情夫推入安積沼溺死，成了真正的幽靈出沒作祟。

泡光線的驚擾，飛個精光。
妖怪沼澤的遺跡化為西部片中沙漠的色彩，上方唐突地冒出兩棟四四方方的鋼筋水泥公寓。四周不見任何丘陵，但這一帶不知為何卻被冠上了「美空之丘」的新地名。
在公文上捺印、確立新地名的官員當中，有個叫二毛茂平的議員，外號是「狡貍茂平」。這名極富實行力的狡貍茂平接下來著手的事，就是審閱新產業道路的建設計畫書，然而事業未竟，這位政治家突然腦溢血死去。
狡貍茂平的死，對他本身，以及對於即將遷入新社區的將近五十戶居民來說，都是場不幸。狡貍茂平一死，居民便發起反對建設幹道的運動，他們說，道路能為這塊土地帶來的只有噪音和廢氣。不過這只是表面說法，事實上，幹道早已決定遷往其他實力派政治家所選定的地點了，茂平的部下也一個接一個叛逃至反對派。於是茂平生前夢想以美空之丘為中心，打造出東洋第一大社區的建設計畫，不知不覺間全化為泡影。
而蓋在妖怪沼澤上頭的兩棟樓也就這麼被孤立了。即使如此，五月爽朗的星期天，還是有許多卡車捲著煙塵載來嶄新的家具，住戶一一搬進社區，面南的陽臺上晾著純白衣物，年輕主婦們開朗的話聲在水泥鋼筋建築中迴響。然而隨著日子過去，這些鄰居間的談笑逐漸變得歇斯底里，怨聲四起。
搬進社區的新住民首先得面臨的問題便是極為不便的交通。要前往美空之丘，必須先在公營急行電車不停靠的私鐵車站下車，換乘一天只有幾班的巴士到一個叫「古袋」的地方，接著必須走上五公里的田間小徑。從古袋到美空之丘這段狹道原本是供馬車通行的，或許是全日本最長的一條私有道路吧。載著家具前往社區的卡車將這條狹道的路肩撞得殘破不堪，道路兩旁的農家憤怒不已，在路的出入兩端打下了幾根木樁阻擋車子通行，自此之後，想開車從古袋到美空之丘，得迂迴繞行五倍遠的路程。主婦們即使只是買盒火柴，也得走上五公里前往古袋，再筋疲力盡地回家。

有孩子的人家也為了學校的問題傷透了腦筋。離社區最近的學校同樣位在古袋，一開始覺得多走路有益健康的母親們，也在教學參觀之後，被學校的水準之低、讓孩子宛如擠沙丁魚般上課的狹小教室、以及粗野至極的當地學生嚇得臉色蒼白地返家。但因為這所學校原本就不是以升大學為教育目的，家長也莫可奈何。

美空之丘社區共有南北兩棟，每棟四層樓，設有三道通達四樓的樓梯，每道樓梯在每層的兩側各有一戶人家面對面，是很常見的社區建築規格；換句話說，一棟共有二十四戶，南北兩棟就並列蓋在妖怪沼澤上。

南側一號棟的某戶人家遷進去沒多久，便吵著說屋子是傾斜的。他們說鉛筆靜靜擺在桌子上，沒人動它卻會滾動。

這戶人家之前就聽過當地人稱他們社區是「妖怪社區」，因此剛開始發現鉛筆自行滾動，心裡直發毛。他們起初懷疑可能是桌子的問題，便向賣他們書桌的百貨公司提出客訴。百貨公司的負責人員立刻趕來，檢查了老半天，終於偏著頭低聲說道：

「我這麼說您別生氣，依我看，你們這棟建築物似乎有點傾斜哦。」
負責人員把原本帶來要當作賠禮的禮盒收回皮包便離去了，社區建築是斜的一事於是鬧了開來。
的確，雖然不甚明顯，但一號棟確實朝著南北向傾斜。之前住戶一直相安無事，消息一曝光，馬上有主婦開始抱怨頭疼，也有些人家說他們家水杯裡的水面是傾斜的——不過這戶人家的餐桌本來就是斜的了。
「要是碰上地震怎麼辦！」
社區住民跑去民政課大吵大鬧。
官員氣定神閒地在紙上寫下一堆混著數字的文字：根據先前調查確認，地下岩盤爲○公尺□公分，粘土層爲○公分□公厘，建築物的傾斜度爲○度□分△秒。因此，當遇上七級地震時，某某度會變成△，六級地震的話則是□……
「所以結論是，不管從物理、數學、化學來分析，貴社區的建築物絕對不會倒塌。不過當然，我們會妥善處理的。」
「你住的是幾號棟？」小網望著鳥尾問道。
「請歡呼吧，正是一號棟。」
「別自暴自棄嘛。……真的傾斜得那麼嚴重嗎？」
「很好玩哦，早上起床睜眼一看，自己居然是躺在房間角落裡呢。」

「胡說八道。」

「很顯然是施工瑕疵啦，就和比薩斜塔一樣，一樓的傾斜情況還算輕微，樓層愈高，傾斜得愈厲害。」

「現在還有人以比薩斜塔那種技術施工嗎？」

「我是不清楚啦，可是屋子千真萬確是傾斜的。」

「所以你住的是四樓嘍？」

「我住三樓。」鳥尾不知怎的語氣帶著遺憾。

「民政課後續真的妥善處理了嗎？」

「很妥善啊，他們到現在都沒上門說要修建呢。要是真要修建什麼的，我不就又得搬家了。」

發現社區建築是傾斜的之後，過了約莫兩個月，七月初，某戶人家太太發現社區的小孩抓著奇怪的甲蟲玩。那是一種體長約兩公分、漆黑骯髒的甲蟲，有著噁心的黃色腹部，一捏住甲蟲，甲蟲的嘴巴和肛門便分泌出散發腐臭的褐色汁液。美空之丘社區周圍全是這種蟲子。

「這是ㄇㄞˊㄗㄤˋ蟲啦。」前來社區賣蔬菜的大嬸這麼告訴社區住民，「可是形狀跟以前的有點不一樣耶。」

「寫做『埋葬蟲』。」鳥尾以手指在吧檯上寫字，「這種蟲專吃動物屍體的腐肉，吃剩的就帶回巢穴埋起來，所以被取名為埋葬蟲。但是聽說社區發現的品種並不是一般的埋葬蟲，而是江戶時代和南美洲帶進來的種交配得出的雜種，學名叫『姬大草食腐甲蟲』〔註〕，其實埋葬蟲就是食腐甲蟲的俗稱啦。」

這種姬大草食腐甲蟲以妖怪社區為中心大量繁殖，恐怕是因為妖怪沼澤地帶的環境變化，改變了某些生態循環。黑色的食腐甲蟲集團不知從何而來，成千上萬不斷增加，社區的住民人心惶惶。有一次，社區裡發現了貓的骸骨，那是過了一個晚上便被食腐甲蟲啃蝕殆盡的貓殘骸。而食腐甲蟲短期間內的大量繁殖似乎也改變了甲蟲自身的習性，原本只食腐肉的食腐甲蟲，卻在某個夜裡啃光了社區裡唯一一塊草坪的幼苗，目前連昆蟲學者都尚未解開這種甲蟲之謎。到了夏季的黃昏時分，涼爽的北側牆壁上密密麻麻地爬滿了食腐甲蟲，原本米黃色的外牆成了一片漆黑。即使夏日炎炎，住民也不敢開窗。但儘管嚴密地關好了門窗再出門，回家一看，還是會發現數千隻食腐甲蟲在家裡到處肆虐，研判是從通風扇和排水孔裡爬進來的。

衛生課緊急在社區內外噴灑大量農藥，這麼一來，食腐甲蟲的瘋狂增生似乎暫時休止了。然而一個月後，仍有小群落四處出現威脅著住民。到了秋天，食腐甲蟲總算銷聲匿跡了，但難保不會有別種奇怪的生物出現襲擊社區。進入夏季的尾聲，社區主婦全變得憔悴不已。

妖怪沼澤這一帶原本就是溼地，沼澤被填平之後，匯流至此處的地下水失去了出口，就這麼在社區底下漸漸滲開來。秋初，一場颱風大雨過後，美空之丘的地面隱約出現恢復為沼澤的跡象，社區住民不得不四處尋找販賣及膝雨鞋的店家。到了冬天，町營的自來水管因為嚴寒破裂而停止供水，住民為了汲水，甚至有人太過勞累而病倒，但醫院也位在古袋，只有一位七十八歲的醫師駐守。

「哎喲，已經春天了，不會再有那些情形了吧。」小網安慰道。

「別說那種言不由衷的安慰了啦，我清楚得很，一年裡頭，最難熬的就是春天了。」

妖怪社區即將迎向第二個春天，天空卻異樣地迷濛。住民本來以為是春暖的關係，但似乎不太對勁，開始有人抱怨空氣裡有股怪味道。

「是因為火葬場的煙嗎？」

「正是。春天風向變了嘛，冬天雖然也有風，大家門窗都關著才沒發現吧。我想去年春天應該也有火葬場的煙吹來，但那時我們剛歡天喜地地搬進新社區，根本沒留意到。火葬場冒出煙的那根是叫煙囪吧？從我家窗戶看出去可是看得一清二楚啊。請過來看看吧，我想姬大草食腐甲蟲又要開始活躍了，我可以請你嚐嚐醬煮食腐甲蟲！這個星期天，等你來我家玩嘍……」

小網敦在古袋下了巴士。這天從一早就下著霧般的細雨，他耐著性子走著，路況並沒有鳥尾說的那麼糟，但讓他大感吃不消的是，似乎怎麼走都走不到美空之丘社區。好不容易路邊開始出現像是妖怪森林碩果僅存的樹叢時，小網與四、五名身著喪服的人錯身而過。

通過低矮的灌木區，登上緩坡，小網老遠就看見前方有名年輕女人，穿著醒目的紅裙和純白

註：為本作虛構的昆蟲，實際上查無此學名。

毛衣，蹲在路旁像在撿拾什麼。小網一走近，女人便站起來快步離去。小網走到女人先前蹲踞的位置停步，張望了一下，沒看見什麼特別的，只有幾隻黑色甲蟲在樹幹上爬行。小網抓起其中一隻，沒想到甲蟲強而有力地掙扎著推開他的手指，落到泥土地上翻了個四腳朝天。甲蟲腹部是黃色的，而小網的手指則留下了黏稠褐色汁液。他心想，這就是埋葬蟲啊。

雨勢轉小了。小網收起了傘，但因為空氣很潮溼，他覺得比起撐傘時，身子溼得更厲害了。他在寂靜的路上走著，突然前方有名男子蹲在路邊，正架起攝影機三角架觀察著什麼，半開的傘就扔在腳邊。

小網偶然與男子四目交會，男子微微頷首，肢體動作宛如日本舞蹈般優雅完美，接著又轉頭回去看攝影機觀景窗。他的膚色白皙，相貌英俊，穿著有些花俏的淡褐色西裝，打著細格子花紋領帶，服裝極為講究，而他的攝影機鏡頭正對著一群埋葬蟲。

小網經過灌木叢之後，視野豁然開闊，灰色天空下，看得見前方矗立著兩棟四方建築物，正迎著小網的方向整齊地並排兩列。他停下腳步，瞇起眼睛望向建築物，一邊左探右探地張望，想讓前棟和後棟在視野中重疊，然而兩棟建築物的垂直稜線確實無法完全吻合，前棟顯然略往前傾斜。

「……唔，不過不至於像比薩斜塔那麼誇張啦。」

小網喃喃自語著，忽地發現身後有人靠近，回頭一看，方才那名男子提著攝影機跟了上來，他看到小網，似乎有些害臊，乾咳了幾聲。

小網來到一號棟正下方，仰望建築物外牆，牆上爬滿了無數的黑點。他在成排的信箱中找到鳥尾杉亭的名字，走上水泥階梯，而身後的腳步聲也緊緊跟隨——那名帶著攝影機的男子似乎也上了樓梯。

小網一口氣爬到三樓，左側就是鳥尾家，門牌旁標示著房間號碼——三〇二號。他摁下門鈴。

門把位於門扉左側，隨著「喀嚓」一響，門打開了，探出頭來的是鳥尾。

「嗨，課長，我等你好久了。」鳥尾發現小網身後還有一個人，登時一臉詫異，「咦？亞先生也一道嗎？」

「是你朋友嗎？」小網噘起嘴，「我們不是一道的，是他自己跟過來的。」

「我不知怎的愈待心裡愈毛，正好這位先生經過，我就跟在他後頭一起過來了。」男子說。

真是人不可貌相，看來這男子十分膽小。

鳥尾不禁笑了出來，「課長，這位是黃戶先生的朋友，他想拍攝姬大草食腐甲蟲的生態。你叫亞……？」

「我叫亞愛一郎。」男子爽朗地報上名來。

「對對，亞先生。咦？你沒帶傘嗎？」

「啊。」亞張大了嘴，「我、我忘在路邊了。」

一行人走上玄關，右手邊就是一扇飾板及腰的精緻紙門，紙門後方是木質地板的餐廳兼廚房，擺了冰箱、洗衣機、餐桌等一般家庭常見的生活用品。右側有座流理臺，盡頭處還有另一道和玄關相同的高腰紙門，紙門裡側是鳥尾家的起居室。

起居室深處擺著音響，兩側是大小書架，塞滿了褪色的書本。

有訪客先在房裡等著了，是一名面頰赤紅、身材肥胖，給人感覺很幹練的男子，他向小網自我介紹，說他是《週刊人間》的編輯，名叫黃戶靜夫。

「這裡就只有採光好。」鳥尾的妻子——浩子端來茶水點心，指著南側的陽臺說道。她生著一張瓜子臉，是位神情俏皮的美女。

《週刊人間》的黃戶靜夫像在喝冷水似地灌了一大口熱茶，一口氣塞了三塊點心到嘴裡，沒怎麼嚼就嚥了下去，接著大聲地開口了，話說得很快，小網從沒見過這麼急躁的人。

「說到狡貍茂平啊……」黃戶講起話來一下扯東一下扯西，只見他吸了口菸，性急地呼出煙來，往菸灰缸裡摁熄菸蒂，菸灰缸一眨眼就滿了，「那個狡貍茂平，喏，就是把妖怪沼澤給填了的傢伙、美空之丘新社區的創造者，那個人吶，魅力非凡哦。」黃戶魯莽地喝了口茶，卻嗆著了。

這人的頭雖然長得像顆馬鈴薯，但腦筋似乎轉得很快；相對地，亞正想把攝影機收進黑色皮包裡，卻卡到皮包拉鍊還是什麼的，一逕笨拙地扯著攝影機零件。小網看著眼前這兩人的組合，有種身處非現實世界的感覺。

「狡貍茂平這人很有意思，我調查過了，他出生在九州的宮前市，不過當時還不是市，應該是宮前村什麼的吧。茂平是小佃農家的五男，長大後去一家毛筆店當伙計。毛筆店是他人生的出發點，有一說他綽號的貍字就是出自這點（註），當然是牽強附會啦，他在毛筆店那兒連一個月都沒待滿。會有這個綽號，其實是因為他是個像貍子般黑心的傢伙。雖然在毛筆店當伙計，但似乎手腳相當地笨，根本幹不來，後來逃去東京當拉車夫，之後還幹過做木箱的、賣襪子的……嗳，這些細節不重要。總之，就在他輾轉各地時，不知什麼因緣際會，他和古袋一門望族的千金結了婚。這位姑娘如今還活著，不過當然已經不是小姐了，現在的綽號叫貍婆子。茂平長相抱歉，確有副好嗓子，聽說貍婆子當初就是迷上他的歌喉，這消息應該是真的吧。狡貍茂平娶了這個老婆，婚後就是他亨通的開始。他雖笨拙，卻有股蠻勁，一旦拚上老命，什麼事都做得出來。好比他把古袋地區的流氓收服為手下的事蹟，真是比電影情節還精采啊。」

這時玄關門鈴響了，浩子戀戀不捨地起身去開門。黃戶沒理會，繼續口沫橫飛地說：

「總之，茂平後來飛黃騰達，當上了議員，晚年全副心血都傾注在建社區上。他有個夢想，打算夷平這塊土地，建設一個巨大的社區。男人嘛，總是夢想著雄霸一方，但茂平的野心更大，他要在這兒開超市、蓋學校、牽鐵路、延攬工廠，應該是想成為這裡的一國之主吧。然而他才剛踏出一小步，竟然說死就死了。從這點來看，這人實在很不走運吶。」

黃戶說到這，彷彿自己就是那個倒楣人似的，仰望天花板嘆了口氣。不過，他很快又恢復原先的神情。

註：貍毛也是毛筆製作的主要素材之一。

「狡貍茂平就失敗在沒有培養任何接班人，不，或許他是太過埋頭向前衝，根本沒工夫顧到後路。而茂平的心腹在他死後一個個背叛，他身後留下來的，只有妖怪社區的這兩棟樓以及反茂平派而已。貍婆子年輕的時候，似乎是鄉下地方難得一見的美人胚子，但現在也痴呆得差不多了，在偌大的宅子裡臥床不起。……對了，茂平還留下了一個兒子。但是這兒子比茂平更不知死活，打從十四、五歲起，賭博、恐嚇、強姦樣樣來，只差沒殺人了，好幾次差點被警方逮捕。那時茂平才剛開始嶄露頭角，不得已只好給了兒子一筆錢，形同斷絕關係地把他趕了出去，而他兒子也求之不得地從此離開了家門。聽說這兔崽子很像茂平，歌喉相當不錯。人們常說喜歡音樂的孩子不會學壞，都是騙人的啦，我就認識四十名愛好音樂的殺人犯。小兔崽子等茂平一死，便三天兩頭往貍婆子那兒跑，當然是為了討遺產。喏……」黃戶豎起粗肥的手指，指著天花板，「那傢伙就住在正樓上，四〇二號室，很有意思吧？貍婆子有個貼身女傭照顧起居，女傭嘴角有顆黑痣，頗有姿色，茂平兒子似乎就搞上了那個女人。」

「你說的那位美女女傭也住在樓上哦。」鳥尾也指著天花板，「一開始在樓梯遇到時，她正眼也不瞧我一眼，這陣子卻突然會打招呼說：『我是二毛家的太太，平日承蒙府上多方照顧了。』不過我連她先生長什麼樣子都沒見過就是了。」

「哦？這傢伙手腳還真快吶。」黃戶連忙抽出記事本翻著頁，「二毛茂平的兒子——二毛敏胤。哼哼，貍婆子的女傭叫佐久子。」

就在這時，紙門突然拉開來。

「哎呀！」傳來一道年輕女人的驚叫，嗓音非常開朗。

紙門就位在亞的正後方，亞嚇得跳了起來。

女人身穿紅裙搭純白毛衣，睜著一雙美麗的大眼睛，形狀姣好的唇邊有顆黑痣。她發出銀鈴般的笑聲說道：「對不起，我走錯間了。」

亞急忙坐直身子，回頭仰望女人，那模樣完全像隻雨蛙。

「哎呀，二毛太太，是這邊啦。」傳來浩子的呼喚。

黃戶聽言，立刻把手帕揉成一團塞進嘴裡，臉頰鼓鼓的。

「對不起呀，我實在是太冒失了！」

華美的氣氛隨著女人輕盈地移往餐廳去了。亞把頭探出紙門，目送女人離去，他雙手握得緊緊的，看樣子受了相當大的驚嚇。

小網與黃戶也望向女人的背影。穿過餐廳就是玄關的紙門，浩子幫她拉開紙門。二毛佐久子一走到玄關，突然伸出右手撫了撫牆壁。浩子則是伸手按下設在左牆面上玄關燈開關，燈亮了。

「真是謝謝妳，打擾了。」

二毛佐久子回身向浩子道謝，看她大約二十三、四歲吧，身材中等，一雙鳳眼令人印象深刻。接著她轉身穿上拖鞋，不知怎的又伸手摸了摸大門門扉左側。浩子幫她開了門，佐久子像西洋人似地略聳了聳肩便離開了。

佐久子離去後，亞仍僵著四肢俯撐在榻榻米上。浩子回到起居室，強忍著笑意說道：「哎呀，真是抱歉，嚇著各位了吧。」

亞重新坐正來，深深吁了口氣；黃戶也吐出嘴裡的手帕，直接塞進口袋裡。

「她沒聽到我剛在說什麼吧？」

「我想應該沒聽到。」浩子忍不住噗哧笑了出來，「我們家那臺快壞了的洗衣機正在洗衣服呀，喏，聲音很大吧？」

「那就好。不過反正我又沒說謊，被她聽到也不會怎麼樣啊。」黃戶虛張聲勢說道。

「她是不是眼睛不好啊？我看她在玄關那兒一直摸牆壁。」小網問。

「怎麼可能。」浩子甩著手中的小紙片，「眼睛不好的人，哪讀得到這麼小的字。」

「那是什麼？」

「瓦斯帳單。二毛太太常不在家，她託我這個月開始幫她一起繳錢，聽說銀行轉帳手續還沒辦好的樣子。他們家的瓦斯費還不到我們家的一半呢，一定是常在外頭用餐吧。」浩子露出一臉羨慕的神情。

「妳們女人家動不動就這樣。」鳥尾陰沉地說：「要是可以，我也想天天外食啊。不過話說回來，怎麼好像住在相同格局屋子裡的人，都會想過一樣的生活啊？還真恐怖。」

亞慢吞吞地起身走去玄關，傳來大門開開關關的聲響。

「他怎麼了？」鳥尾一頭霧水。

「別理他，那傢伙常會突然這樣。不過別看他愣頭愣腦的，這人可是出乎意料地聰明，力氣也很大呢。」黃戶說。

小網心想，黃戶的價值判斷基準和自己差真多。

「他是不是看上二毛太太了？我看他眼神不太一樣哦。」浩子悄聲問道。

這時亞慢吞吞地回來房裡，仔細一看，他竟然翻著白眼。

「你眼神還真的變了耶！玄關那邊怎麼了嗎？」

「沒什麼……」亞恍惚地說道：「沒事。可是鳥尾太太，洗衣機的水快滿出來了……」

浩子急忙衝出房間。

「浩子老是這樣冒冒失失的。」鳥尾一臉不高興，「然後又強詞奪理說什麼屋子是歪的，洗衣機的水也會比別人家早滿出來。」

「話說回來，關於姬大草食腐甲蟲的大量增生……」黃戶又扯著嗓門繼續聊下去。

「『妖怪社區』終於露出妖怪原形嘍！課長，我快住不下去了啦。」

一個月後，俳句會的歸途上，熟悉的酒吧裡，小網敦正聽著鳥尾杉亭發牢騷。

「喏，這張唱片音色很美吧？」店經理瞇起眼睛問道。

「我不覺得耶。」鳥尾臭著一張臉，喝著兌水酒，「而且雜音會不會太大了點？」

「鳥尾先生你聽力根本不行嘛，這張可是休傑特在一九〇三年發行的《來自托勒密》呀，能讓這張唱片發出如此優美音色的人，我看全世界只有我一個了吧。」

「琴蕾〔註〕，再一杯。」

有人喚了店經理，他連忙前去招呼。這天店裡有別的客人在，是一名三角臉的洋裝老婦人，這首曲子似乎也是她點播的。

「你說妖怪社區發生什麼事了？」小網壓低了聲音問道。

「……出人命了。」鳥尾回答的聲音更低。

「是鄰近你家的住戶嗎？」

「非常近。」

「該不是二毛敏胤被殺了吧？」

「不是，二毛敏胤和二毛太太都活著，被殺的是二毛家對面四〇一號室的住戶，他叫底波友治。話說回來，命案不是發生在我家正上方還真是萬幸，底波友治正樓下的人家——也就是我家對面的三〇一號室，說天花板滲出血水怎樣的，鬧得不可開交啊。二毛太太好像也終於受不了，決定搬出妖怪社區了。」

「那人是被砍死的嗎？」

「不，先被勒死，然後頭被砸碎。他的寢室是兩坪大的小房間——不過在我們社區，每戶都把那間兩坪大的小房間當寢室用。屍體就在雙人床上，呈現這種姿勢……」

「你親眼看到了？」

「看到了啊，臭得要命呢。天氣又這麼悶熱，門窗卻關得死死的，整整一個月都沒人發現。

不過就算有味道飄出來，大家也只當是火葬場的煙味吧。屍體腐爛成糊糊的，沒被衣物遮到的皮膚上全爬滿了食腐甲蟲……，噁……」鳥尾邊說邊渾身打顫。

「兇手呢？」

「還沒抓到。兩天前才發現屍體，可是聽說一個月前就被殺了，警方要搜查也是困難重重吧。這兩天啊，刑警什麼的一堆人在我們一號棟進進出出，一下子問有沒有聽到怪聲，一下子問有沒有看到可疑人物，煩都煩死了。我老婆嚇壞了，根本不想出門買菜，這陣子都拿剩菜煮雜菜粥打發我吶。」

「唉，苦了你了。」

「我們社區的人一碰面就聊這件事，我還見到不少平常沒機會遇上的生面孔哦。我也見到二毛敏胤了，本來以為是個貍子臉的粗線條傢伙，沒想到根本是個陰沉的奸險人物。然後啊，嘿嘿嘿，我跟二毛太太也藉機混得頗熟了呢。」

「所以住在那個社區也不見得全是壞事嘛。」

「這點可能算得上是好事吧，但怕就怕日後食腐甲蟲又開始增生啊，那些蟲子可是啃了底波友治耶。」

「那個底波友治是怎樣的人？」

註：gimlet，琴酒加萊姆汁調合而成的一種雞尾酒。

底波友治，約二十五、六歲，確實年齡不詳，在古袋鎮上一家小工廠工作。工廠老闆說僱用底波還不到兩個月，前來認屍時顯得非常不甘願，抱怨忙得要死還浪費他的時間。警方循工廠留存的履歷表查過底波的本籍，卻查無此人；社區的入住契約上也留了底波妻子的姓名，但從沒人見過底波的妻子。工廠老闆說，底波有時候會接到女人打來的電話，但底波從沒提過自己有家室，屋裡也沒有女人出入的形跡。

工廠老闆說，底波話不多，不怎麼顯眼。

「以前我也僱用過像底波這種老實人，後來才曉得竟然是個通緝犯。唉，沒想到底波會被殺吶……」

聽他的口氣，似乎底波殺人還比較有可能。

底波不與人交際，也不提自己的事，就算說了什麼，也全是謊話。事後回想，他的話語常前後矛盾。警方推測底波遇害時間是在五月初，當時底波曾向工廠老闆說他想請一個月的假。

「真不曉得現在的年輕人在想什麼，上工剛滿一個月就跟我討假？我罵了他一頓，他就沒來上班了。」

老闆寄出的解僱通單原封不動地塞在信箱裡。

最先覺得底波家不太對勁的，是一名「強養鮮奶」的送貨員。五月初時，強養鮮奶接到底波家來電，說要離家一陣子，請他們暫停配送牛奶；而派報所也在同時期接到底波家通知說要暫停訂報。強養鮮奶的送貨員是個熱心做生意的人，追根究柢地詢問底波要停送幾天？底波回說大約一個月，於是整整一個月後，強養鮮奶又上門了。

「我早就覺得怪怪的了。」強養鮮奶的送貨員大剌剌地到處說，「我去管理員那兒打聽，一聽說底波家也欠繳房租，就開始覺得不對勁了，所以我們就拿了備份鑰匙開門進去查看。」

消息一傳開來，大半的社區住民都為此震怒——管理員手上有備鑰，而且還擅闖住戶家中，簡直豈有此理！

底波一身便服死在家裡，死前似乎略有抵抗。

以一名單身漢的住處來看，底波的屋裡整理得相當整潔。衣櫃、電視、音響、冰箱、洗衣機，還有少許衣物，全是高檔貨。

「總覺得底波這個名字是假名。」鳥尾說：「感覺這個人似乎拚命想隱藏自己的過去，恐怕是犯了罪在逃亡中，大概是和人結夥搶銀行吧？沒想到有一天，同夥起了內訌，底波遭到殺害，伙伴則逃之夭夭……」

「聽起來黃戶先生應該對這消息會有興趣。」

「你說到重點。那傢伙又要來我家了，他說亞先生還想多拍一些食腐甲蟲，想也知道是幌子。黃戶的腦袋裡肯定已經想好新聞標題了——『妖怪社區死狀悽慘的屍體』，呵呵呵……課長你也來我家玩吧！」

「欸，黃戶，還是別這樣吧。我是為你好才這麼說啊。」鳥尾頻頻制止。

但是黃戶靜夫一臉不在乎，從口袋嘩啦啦地掏出鑰匙串，一一和鳥尾家大門的鑰匙相比對。

「不會怎樣啦，又不是要攪亂現場，不過是拍張照片罷了。對吧，亞？」

小網朝亞看去，亞整張臉都嚇白了。

「我……不是來拍你說的那種照片……，我只是想再來拍姬大草食腐甲蟲……」

「什麼雞啊草啊的不重要啦，責任我來負，不會怎樣啦。」

「還是向警察申請，取得許可之後再行動比較好吧？」但小網只是嘴上說說，其實他正萬分期待黃戶擅闖四〇一號室。

「我可沒有前科哦，不過警察對我來說就像鬼一樣。不過是寫過一次警方的壞話，他們就把我當成了眼中釘。」黃戶望向時鐘，「剛過七點啊，真是天時地利。樓上二毛夫婦在嗎？」

「不在。他們平常都過八點才回來。」浩子眼睛閃閃發亮地說道。

「哼，就算他們在家又不會怎樣，我們在對門又不會發出多大的噪音。」

「你這麼堅持的話，我也不阻止你了，可是別太亂來啊。」鳥尾一臉惶惶不安。

「我知道啦，五分鐘就搞定了。你不一起來嗎？」

「當然要啊，要是沒有我跟著，天曉得你會幹出什麼事。」

「小網先生呢？一起嗎？」

小網直接站起身，代替回答。

「鳥尾太太也一道去看看吧？」

「妳別去啦。」鳥尾忙不迭地揮著手。

「我也去！你每次都自個兒去尋樂子！」

小網這才發現，先前鳥尾說他老婆被殺人案嚇壞了，不過是習慣性地抱怨夫妻生活瑣事罷了。

一行五人躡手躡腳地步出鳥尾家玄關。帶頭的黃戶興沖沖地衝上樓梯，而亞只是笨拙地比著手勢禮讓三人，說著：「各位先請。」這傢伙似乎打算最後一個上樓。

待小網來到四樓，黃戶早已貼在四〇一號室的門前，將手中成串的鑰匙一一插進鑰匙孔，卻遲遲試不到合孔的鑰匙。

「欸，不要緊嗎？」浩子探頭問。

「噓！」鳥尾說。

「不會怎樣啦，我看就算把家具偷搬出來也沒人發現吧。」

但是五分鐘過去了，黃戶的額上開始泛出汗水。

「我們還是回去好了啦。」

是亞的聲音。他在樓梯間探出半顆頭窺看著。

開鎖持續了好一會兒，終於「喀嚓」一聲，門打開了。

「這下傷腦筋了。」黃戶站起來，一雙大眼骨碌碌地轉，「門開是開了，鑰匙卻拔不出來，果然不該勉強打開的。」

說著他又蹲下去弄了好一會兒，最後說道：「算了，雖然鑰匙拔不出來，反正門都開了，不會怎樣啦。喏，我們進去吧。」他拋下插在鎖孔上的鑰匙，溜進漆黑的屋裡。

「啪」的一聲，玄關燈亮了，好像是黃戶開的燈。

「喂，不要緊嗎？」鳥尾屏住呼吸。

「不會怎樣啦。要是不開燈，我也會毛得待不下去啊。喂，亞，你在哪？不許給我落跑啊。」

四人擠成一團走進玄關，領頭的是浩子；而黃戶已經跑去餐廳打開電燈了。

「大門先關上吧，把玄關燈也關了。」黃戶指揮道。

但大門關上的同時，響起一道尖銳的金屬聲響。

黃戶嚇得跳了起來。「怎麼了？」

「我一關門，卡住的鑰匙就掉下來了。」是亞的聲音。

屋內有股令人不舒服的味道，像是黴菌與腐爛食物混合的臭味。餐廳的空間大小和鳥尾家的完全相同，卻異樣地空蕩。

「嘩！全自動洗衣機耶！好好哦！」

「妳不要那種口氣好嗎？」鳥尾說。

「又沒叫你買給我。不過你們男人真的很不會買東西耶，你看，洗衣機如果要放在廚房這個位置，就該買排水口在右邊的機型，這樣排水管就不用繞一大圈了嘛。」

「妳少講兩句啦。」

黃戶拉開兩坪房間的紙門，五人探頭一看，那張命案雙人床就在眼前。

「嘩！好棒的雙人床啊！」

「妳不要那種口氣好嗎？」鳥尾又說了。

「鳥尾太太，請看床單上面，嘻嘻嘻……那可是血跡呀。喂，亞，麻煩你拍一下這裡。」

亞嚇得縮著身子，但還是「啪啪啪」地閃著閃光燈按了幾下快門。

「這樣就行了。喏，鳥尾，我就說沒問題的嘛。好了，我們打道回府吧。」

第一個衝出寢室的是亞，然而他來到廚房，卻停下腳步一動不動，接著不曉得在想什麼，忽地掀開了洗衣機蓋子。

「喂，不要亂碰家具啦。」鳥尾慌了起來。

「裡面有什麼嗎？」黃戶探頭過來看。

「有衣服留在裡面。」亞從洗衣機拖出一團布。

「那種東西別理它了，放回去啦。」鳥尾說。

亞甩了甩布，「鏘」的一聲，一個銀色的小東西落到地上。

「是鑰匙！」黃戶把它撿起來，「看來底波的備鑰扔在某件衣服的口袋裡了，哇哈，真是天助我也！」

「哼，你們男人真沒用，衣服口袋裡的鑰匙也不拿出來就丟進洗衣機裡洗。」

鳥尾發現亞不見了，而起居室的紙門開著，鳥尾急忙衝進去。

起居室的窗戶位於南側，窗簾是拉上的，窗外應該和鳥尾家一樣是陽臺，室內東側牆邊擺了一套大型音響。

「哎呀，好棒的音響！」

「妳不要那種口氣好嗎！」鳥尾吼道。

亞站在音響前，一臉納悶地歪著頭。

「喂，回去了啦，我可不想一直待在這種鬼地方。」鳥尾顯然很焦躁。

但亞只是緊握著拳，手甚至微微顫抖。

「喂，這套音響怎麼了嗎？」黃戶湊到亞身旁問道。

其他四人也來到音響前。

「歪、歪的。」亞總算擠出聲音來。

「歪的？什麼歪的？」

「不，應該說是故意弄歪的吧……。你們看。」

亞把一根菸擺到音響上，只見菸朝著窗戶方向滾去。

「這是當然的吧。」黃戶粗聲粗氣地說：「這棟樓本來就朝南傾斜啊。」

「不，就算屋子是歪斜的，這套音響也歪得太厲害了。」

「那又怎樣？」

「請幫我一下。」
「要幹嘛？」
「把音響抬起來看看。」
「別鬧了啦。」鳥尾還在囉唆，亞已經使力抬起了音響的左側。
「小網先生，請幫我拿下嵌在音響支腳下的橡皮套子。」亞說。
小網迅速拔下左側支腳的套子。
「橡皮套子裡面應該塞了東西。」亞放下音響說道。
小網把指頭塞進套子裡，挖出白色的東西。
「那是啥？」
「塞了一張捲起來的紙。」
「那上面一定寫了兇手的名字！」浩子不知怎的顯得很興奮。
小網慎重地攤開紙張：「是強養牛奶的收據。」
「背面呢？」
「什麼都沒寫。」小網把紙交給浩子。
「唔，真的只是張收據。」浩子舉起紙來對著光透視，「還是要用火烤烤看？」
「不，那上面並沒有寫兇手的名字。」亞像要制止浩子的妄想似地揮了揮手，「那張紙是為了墊高音響才塞進去的。」

「墊高音響？」

「如果把這套音響轉個面重新擺好——也就是把音響正面朝著牆壁擺，音響就會恰好呈現水平狀態了。」

鳥尾從浩子手中搶過紙張，照原狀塞回套子裡，說道：「喂，你要說夢話說到什麼時候？那種無聊話等我們回去再說吧。」

「就是啊。」黃戶也焦躁了起來，「反正照片已經拍到了，我們快點回去吧。」他兩三下把橡皮套子套回音響支腳，關掉了燈。

鳥尾一行人聚集在玄關。

「沒忘了東西吧？」鳥尾說邊說邊轉身面向大門，伸出左手撫了撫牆壁。

「啪」的一聲，玄關燈亮了，是亞按下開關的。鳥尾像個化石般一臉茫然地僵住了。

「……這是怎麼回事？我居然和二毛太太去我家時做了一樣的舉動……，這代表什麼？」

「搞什麼，怎麼大家都開始說起莫名其妙的話啊？走了走了，出去吧。」

黃戶將四人趕出四〇一號室，關了燈，拉上大門，從口袋掏出鑰匙正要插進鎖孔……

「黃戶先生，那支鑰匙是洗衣機裡的鑰匙嗎？」亞問。

「是啊，怎麼了嗎？」

「我想那支鑰匙絕對不合這道門的。」

「胡扯什麼，底波的鑰匙怎麼會跟底波家的大門不合？」黃戶一個勁兒地把鑰匙往鎖孔插，

「可惡，插不進去。這是怎麼回事？」

「這支鑰匙恐怕是……四〇二號室的大門鑰匙……」

黃戶頓時瞪大眼，一個轉身就要把鑰匙插進對門四〇二號室的大門。

「黃戶先生，不可以！怎麼能亂開別人家的大門呢？」

「別擔心，鳥尾太太，我只是試一下鑰匙而已。」

話聲未落，響起「喀嚓」一聲金屬聲響。

「開了！」眾人全都一副親眼目睹魔術表演似的訝異神情。

就在這時，傳來有人走上樓梯的聲響。

「不好了，快關上！」

但黃戶卻慌了手腳，「手指……動不了！」

樓梯轉角處出現一男一女兩道人影，四隻眼睛銳利地掃過一行人。

「你們在幹什麼！」男人大叫。

「晚、晚安。」鳥尾行禮道。

黃戶好不容易鎖好門，正要把鑰匙抽出鎖孔。鳥尾以身子遮住黃戶，但黃戶的手抖得太厲害，鑰匙「鏘」的一聲掉到地上，那道聲響聽在五人耳裡，巨大得宛如洪鐘。

「你們闖進我家幹什麼！」女人叫道。

「絕對沒那回事。二毛太太，我們怎麼會做那種事呢？」

然而鳥尾的謊言實在太蹩腳了，要撒謊也不撒得漂亮些。

「鳥尾先生說的對，我們並沒有進去府上。」亞走上前，凜然地說道。

「因為四〇二號室並不是二位的家，對吧？底波友治先生。」

雨夜漸深，小網的興奮情緒仍久久不散。尤其是亞，他似乎受到相當大的衝擊，宛如瘧疾發作似地全身顫抖不已。浩子端了威士忌給亞，他喝到第三杯才勉強止住了顫抖。

別看他這樣，方才在四樓，亞之後的奮戰令人駭異。他抓住拔腿就逃的兩人，先後甩了出去；小網並不討厭湊熱鬧，所以雖然一頭霧水，也跳進去參加了格鬥；最後由於浩子的堅持，一行人只好依著她，圍著被亞摔昏的兇手拍了張記念大合照。亞一拍完照，頓時回過神來，癱軟在水泥地上。小網和黃戶費了好一番工夫才把亞搬回三樓鳥尾家裡。警察來了之後，亞語無倫次地述說兇手的所作所為，整理內容如下：

「底波友治的妻子佐久子（看來應該是姘頭）在二毛茂平死後，一手打理二毛未亡人狸婆子的大小事。另一方面，離開家門的二毛敏胤形同被斷絕父子關係，卻在凶悍的父親茂平死後，開始不時出現在母親住處，當然是為了向母親討錢花用，另一方面也企圖把遺產據為己有，佐久子與敏胤便自然而然地認識了。狸婆子已經完全痴呆，敏胤能拿到錢，恐怕都是靠著佐久子的手腕，換句話說，佐久子想必並不樂見敏胤的出現。

我總覺得他們會住進同一個社區的同一層樓，並不是偶然，應該是佐久子推薦敏胤搬進來的吧。這個社區的搬遷頻率很高，只要找上認識二毛茂平的人說說情，要保留對門的兩間空室不是難事。或許那個時候，佐久子就已經打算殺害二毛敏胤了。她的算盤是，殺了敏胤，再讓她老公底波友治冒充敏胤，奪取二毛家的遺產。二毛家的遺產之龐大，會讓人起殺機也不足為奇；同時佐久子也曉得敏胤早就離家，二毛家的遺族親友當中沒人知道敏胤的長相。

於是早在三個月前，計畫逐步進行著。首先，佐久子夫婦以底波為姓氏（我不曉得他們的真名，不過刑警先生你們調查一下，應該很快就有答案了。）搬進四〇一號室，男方辭掉工作，進入新的職場，這是為了創造出一個架空的『底波友治』，也因此底波絕口不提自己的過去。此外，他還寄出假的搬家通知給老朋友們，為抹殺過去的自己鋪路。

而佐久子呢，她仔細地觀察敏胤的生活習慣，調查他的交友關係。敏胤的朋友也全是流氓混混，就算敏胤人間蒸發了也不會有人在意。最要防的是敏胤的母親，但狸婆子早已痴呆，憑著佐久子一張嘴，總有辦法哄騙過去的。準備萬全之後，佐久子便變身為二毛太太。不過說是說變身，她既不必整形，也不用變裝，只要向社區的居民打打招呼，拜託他們代繳瓦斯費等等，就能不著痕跡地表明自己是二毛太太了。而且佐久子會挑上進出不便的四樓入住也是有原因的，因為三樓以下的住戶雖然會看到佐久子走下或走上四樓，卻不會有人目擊到她是否真的出入敏胤的四〇二號室。」

小網為社區奇妙的生活方式訝異不已。

「即將下手前，佐久子停掉了鮮奶和報紙的配送。此外，我想佐久子還採集了大量的姬大草食腐甲蟲，下手地點則是在四〇二號室的敏胤床上。佐久子應該是先扮演淫蕩的人婦勾引敏胤，再和丈夫一起化身為凶殘的殺人兇手吧。然後兩人趁夜將四〇二號室的敏胤屍體和全部家具搬至四〇一號室，再把四〇一號室的家具搬回四〇二號室，自己也跟著成為四〇二號室的住民。

會這麼大費周章，是因為這對夫婦再怎麼大膽，也不敢睡在搞得血淋淋的床鋪上，更何況被害人還是斷命在自己手中。再者，要是只把敏胤的屍體搬到四〇一號室，兩人家庭的家具和單身漢的家具完全不同，警察一旦仔細搜查，一定會從指紋等處發現屍體並不是這間屋子的屋主。

當然，這兩人已事先將能證明二毛敏胤身分的印章、證書、證照等全數弄到手了。關上四〇一號室的大門之後，接下來只需要屏息等待——等待屍體腐爛，被食腐甲蟲啃得面目全非。雖然被強養鮮奶的送貨員發現屍體是意料之外，這兩人應該是想再稍等一陣子就搬走吧，但這下子他們也有搬家的藉口了。以上就是我的推理，報告完畢。」

「喂，亞，再多喝點。」黃戶不停地把鳥尾的威士忌倒進亞的酒杯裡，這位編輯在打什麼主意，再清楚不過。因為整起事件的關鍵部分，亞一項都沒透露給警方。黃戶為了問出新聞爆點，拿起威士忌代替自白劑拚命地灌亞，「底波友治和佐久子可真是賭了好大一把吶，他們的賭注乍看之下成功地瞞過了警方，但是很可能在二毛家族分配遺產時露出狐狸尾巴，或者是出現一名底波夫婦意想不到、非常熟悉敏胤的人，揭穿底波夫婦的陰謀。底波要不是就此伏法，再不就是把那名指認者也殺了，卻不慎留下新的證據遭警方逮捕。——這幾種下場都合情合理。可是我覺得你的推理似乎早在一個月前，敏胤還活著的時候就盯上底波夫婦了。我試著回想一個月前的事，你實際見到佐久子的時間應該不到一分鐘，更何況你們完全沒交談。我實在想不透，難道你會讀心術嗎？請告訴我其中的原委吧。」

亞被灌了不少威士忌，眼神迷濛地說道：「整起事件就如同我對警方所說，那就夠了吧，其他的小事不值一提啦，完全不足以當成週刊的題材。」

「你這傢伙一醉，連說話都懶了是吧!?可是我怎麼都想知道啊！」黃戶猛力一拍桌子。

亞被他凶悍的模樣嚇了一跳，也一臉正經了起來，話語含糊地低聲說道：

「的確，只憑一個月前底波佐久子闖進這間起居室的短短幾秒鐘，我是不可能看破這對夫婦的犯罪計畫的。只不過，我第一次見到佐久子時，就覺得她怎麼能睜眼說瞎話，但我完全不明白她為什麼要撒那種謊。後來那一整個月，我連做夢都夢到那個情景，實在快受不了了。直到今天，我在四〇一號室看到音響的瞬間，頓時明白佐久子那天為什麼要撒謊了。」

小網閉上眼，回想著佐久子那天拜訪鳥尾家的一舉一動，記憶猶新，但印象中一切都很正常啊……

「佐久子撒謊？她撒了什麼謊？」

「請回想一下。我們第一次見到她是一個月前，就在這間起居室裡。當時佐久子突然闖了進來，是因為她把這道紙門和玄關的紙門搞混了。但如果只是這樣，我只會覺得她是個冒失的四樓太太，就這麼忘了這個人。沒想到她接連又犯了兩次錯誤。首先，她在玄關的右牆上摸索燈的開關，但鳥尾先生家的玄關燈開關是設在左牆上。接著，她又在大門門扉的左側摸索門把，可是這個家的大門門把是設在右側。從鳥尾太太的介紹得知，這位四樓太太就是住在四〇二號室的二毛佐久子。姑且不論她的姓氏，但她絕對不可能住在四〇二號室，非得是住在四〇一號室才合理。」

「為什麼？難道佐久子脖子上掛著她家門牌嗎？」

「她心裡頭掛著她家的門牌。因為她所犯下的三個錯誤，是住在四〇二號室的人絕不會犯的錯。會出這種錯的人，家裡流理臺左側的紙門一定是通往玄關、玄關燈開關在右牆上、大門門把在門的左側。」

「和我家的格局完全相反呢。」鳥尾說。

「可是竟然連門把設置的位置都相反，真詭異耶，哪裡有這種人家啊？」浩子說。

「這個社區就恰好有一半的人家住在那種格局的屋子裡。」亞神情茫然地說：「也就是說，四〇一、三〇一、二〇一這些奇數門牌的住家，與四〇二、三〇二等偶數門牌的住家，屋裡的格局是呈鏡像設置的。」

「鏡像？」

「在拓撲學上稱作『呈鏡影對稱』，好比說，在鳥尾先生家的玄關放上一面能照出整間屋子的大鏡子，鏡中呈現出來的屋內格局，就完全等於三〇一號室的設置，連門把也是。而相反地，在三〇一號室的住戶眼中，鳥尾先生夫婦就如同生活在鏡子裡一般。我想不只是妖怪社區，大部分的社區都是如此，一半的住家與另一半的住家格局都是呈鏡像設置。」

小網不禁擰了一把臉頰。他突然有種錯覺，彷彿現在坐在屋裡的自己正生活在童話故事裡，自己的存在好似變得曖昧不明。

「隔著一道樓梯，左右兩戶住家的格局是完全正相對的。奇數號的門牌掛在大門右側，偶數號的門牌則在左側。大門門把也是，奇數號的人家在門扉右側，偶數號的人家在左側。玄關，鞋櫃、電燈開關、傘架、浴室入口……一切設置都在相反的位置。這麼一來，習慣生活在奇數號室的人家，要是突然闖進偶數號室裡，會發生什麼狀況呢？當然就會像那時的佐久子一樣，接二連三地出錯了。」

「對耶……，我剛才在四〇一號室就犯了同樣的錯，在反側的牆上摸索玄關燈的開關……」

鳥尾低吟著。

「如此這般，根據我的觀察，佐久子應該住在四〇一號室才是，那怎麼會是二毛敏胤的妻子呢？我完全想不透。然而今晚，我在四〇一號室發現了駭人的東西——就是那套比傾斜的四〇一號室傾斜得**更厲害**的音響。音響之所以傾斜，是因為左側支腳上的橡皮套裡被塞了紙張。一般為了讓音響呈現水平，若要擺在四〇一號室裡，只要把**右邊**的支腳墊高就好了，然而屋主卻把左邊的支腳墊得更高。住在傾斜屋子裡的人把音響弄得更傾斜，這奇怪的舉動讓我耿耿於懷。接著我忽然想到，只要把音響轉個頭，音響就能呈現水平了，很妙吧？這麼一來，喇叭就對著牆壁了呀。那時候鳥尾先生也罵我，叫我不要再說夢話了，而就是在那一瞬間，我突然明白音響傾斜的原因了。因為，那座音響若不是擺在四〇一號室，而是擺在偶數號室裡，就能呈現水平了。好比如果想把這間屋子裡的音響調整成水平，只要比照四〇一號室的那套音響，把左邊的支腳稍微墊高就行了。」

浩子一臉驚恐地注視著自家的音響。

「此外，四〇一號室的洗衣機只要移到偶數號室的廚房，排水管位置就能與排水孔完全吻合。想想，應該住在四〇一號室的佐久子住在四〇二號室，而配合四〇二號室格局的家具卻出現在四〇一號室。於是我整理出一個假設——搞不好四〇一的住民和家具全移去了四〇二，而原本住在四〇二的人和家具全部移到了四〇一。還有另一條線索——二毛家有夫婦兩人，瓦斯費卻只有一般兩人家庭的一半。」亞已經喝得一臉醉茫茫的，「我的推測，在最後終於獲得了印證。四〇一號室的洗衣機裡找出的鑰匙打不開四〇一號室的大門，卻完全吻合四〇二號室的大門，接下來便自然而然地得出推論了——在四〇一號室的屍體其實是住在四〇二號室的二毛敏胤，而現在住在四〇二號室的，正是原本住在四〇一號室的底波友治和佐久子。」

隔天早上，亞在鳥尾家的鏡子前待了好長一段時間。小網快趕不上上班時間了，不耐煩地等著亞打好領帶。

「真是困難呢。」亞歪七扭八地扯著領帶說。

「……？」

「望著鏡子把自己的領結打出鏡影對稱，真的好難。」亞嘆息道。

——完——

第四回 掌上的黃金假面

「如何？這光景夠瘋狂吧？」

這名同行男子一副自誇的口吻，一邊觀察藻湖刑警的表情。藻湖刑警那張黝黑和善的圓臉轉向男子指的方向，瞪大了眼低聲驚歎，宛如入神地看著怪奇小屋〔註一〕裡的奇妙展示物。

「哇，我之前就聽過傳聞了，但實際看到本尊，還真是十足震撼吶。」

同行男子嘴咧得開開地笑了。他戴著墨鏡，一頭長髮，身穿時下流行的黑色風衣，一手插在口袋，個子相當高。「站近一點看，會更驚人哦。」

秋陽即將西沉，落葉在馬路上鋪出長長的暗影，秋天清澄的寂寥氣氛，與這名男子昂揚的態度莫名地契合。

中央大道筆直朝西延伸，映著橙黃的夕陽。剛升格為市的羽並市，馬路雖然氣派，夾道的建築物卻相當低矮。南側是傳統人家，留有不少過去老街客棧沉黑厚重的房舍；另一側為了拓寬道路，老房子全被拆除，顏色新穎的新建材亮晶晶地反射著夕陽，後方緊鄰農田，收割完畢的田地無邊無際地擴展。

男子口中的瘋狂光景，就位在這條路的盡頭，分踞道路兩旁對峙著——那是突兀地聳立在秋空之下的兩座巨大黑色建築物。

位於北側的，是一尊身披薄布的女性坐像，略低著頭，右手心朝上，舉在下巴底下。

「高三十八・五公尺，寬二十二・九六公尺，大小是奈良大佛的兩倍以上……」男子邊走邊說道。

如果眼前只有這尊像，除了大得醒目，其實不足為奇。真正詭異的是，坐像正前方矗立著一座長方體箱型建築。

「你看，像這樣從側邊看去，就像個女人在偷窺行燈〔註二〕吧？再加上那手的姿勢，簡直就像是女人伸出舌頭在舔燈油似的。現在羽並的人們甚至流傳著，這尊像在滿月之夜會伸出舌頭來妖異地笑呢。」

「你這麼一說倒是，看起來完全就是個『舔行燈油的女人』嘛。」

「最先起鬨的是小孩子。小孩子哪見過什麼行燈啊，關於妖怪的知識倒是不少。」

當然，沒有人會無聊到在大地正中央蓋尊女人舔行燈油的塑像，這兩座建築物是因著不同意圖建起來的。女性坐像是一尊彌勒菩薩，而箱型建築物只是一間普通的飯店。那麼，這尊彌勒菩薩怎麼會成了舔行燈油的女人呢？

故事要從中樞新幹線穿越了田地正中央，在上頭蓋起羽並車站說起。男子說道：

「當時引起了相當大的爭議，因為中樞新幹線就這麼一路蓋下去，棄許多大市鎮不顧，偏偏挑個田地正中央停靠，人們甚至戲稱這是條吃稻米的『蝗蟲新幹線』。而且最不可思議的是，車

註一：原文為「見世物小屋」，江戶時代流傳至今，於廟會等祭典中盛行的展示空間，綜合馬戲團、美術館、動物園、鬼屋等元素，展示如蛇女、雙頭犬等奇奇怪怪的物件供遊客欣賞。

註二：一種和紙製成的方形油燈。

站周邊的土地其實分屬向井和千賀井集團。」

向井和千賀井都是大財團，旗下擁有建設、不動產、建材等事業。在野黨得知將在此處蓋新站，立刻抨擊背地必有官商勾結，但勢均力敵的向井和千賀井對此都一笑置之，說這種土地能為他們帶來的利益，在他們公司的業績裡連顆鼻屎都算不上。「更何況，中樞新幹線的設站是依等距離截點方式決定的呀。」

確實，規畫這條新幹線時，大人物們不耐煩各方利益糾葛，決議在新幹線路線全長除以車站數的等間距處設站——也就是採取等距離截點方式。這種方式雖野蠻，卻極為公平，因此有一處新站竟是設在河川的正上方。

然而紛擾並不算是解決了，有人質疑車站總數是否事先洩露給向井和千賀井，不過這嫌疑也在不知不覺間無疾而終，大興土木的聲響響徹了整個羽並。

沒多久，在羽並車站旁、向井的土地上搭起高高的鷹架，市民原以為要蓋大樓，等建築物逐漸成形，眾人不禁大驚失色——那竟是一尊巨大的鋼筋水泥菩薩像。

傳說彌勒菩薩是為了拯救未受釋迦開示的眾生而出現在未來的。向井的會長對外公開說，他建這尊菩薩像是為了祈求世界和平、心想事成，但真正動機其實另有內情。

這尊菩薩像的設計者是隸屬藝術院（註）的一位佛師。某一天，向井拿了一張舊相片給佛師看，照片上是向井數年前過世的妻子昔日的年輕模樣。

「我想請你把她的容顏塑進菩薩像裡。」向井這麼交代佛師。

然而這位藝術家私底下是廣隆寺彌勒菩薩半跏思惟像的狂熱信徒，因此他所塑出來的像，即使他自己不自覺，怎麼看都肖似廣隆寺的彌勒菩薩，也因此成品一再地被向井打回票。某一天，這位藝術家仰天許久，突然大叫一聲，接著在極短的時間內完成了原像便出國旅行去了。

這尊完成的塑像，顴骨比廣隆寺的彌勒菩薩高，有點暴牙，但向井大為滿足。待菩薩像成功矗立於羽並車站前，向井立刻請來眾多僧侶，舉行了盛大的入魂典禮。這尊菩薩被命名為「櫻花彌勒菩薩」，不用說，「櫻花」正是他亡妻的名字。

這尊像果然吸引了新幹線上所有乘客的目光，乘客從車窗看見菩薩像，就知道到了羽並車站，也對羽並市留下深刻印象。然而，好景持續不到一年。

千賀井集團在自己的土地上，迎著菩薩像的正前方打進樁子，搭起高高的鷹架，從此從羽並車站望出來，再也看不到菩薩像了。想當然耳，誰都會認為千賀井蓋這棟大樓是蓄意遮住菩薩像，但千賀井蓋的這座建築物，既非菩薩也非仁王，不過是棟十五層樓高的飯店。

「千賀井旗下有那麼多土地，愛在哪裡蓋飯店都不成問題，偏偏選在櫻花彌勒的鼻子前，把菩薩搞得像舔行燈油的女人，何必呢？其實啊，千賀井有理由非這麼做不可。」男子語帶諷刺地笑著說。

「是因為兩大集團的競爭意識嗎？」藻湖刑警像要窺看男子墨鏡底下的眼睛似地，伸長他那

註：全名為日本藝術院，為表揚藝術上有卓越貢獻的藝術家而設的榮譽機關。

短短的脖子問道。

「這也是部分因素。最主要是因為，櫻花這個女子原本應該是千賀井的妻子，卻被向井横刀奪愛。千賀井直到現在仍這麼深信不疑。」

「真有此事嗎？」

「坊間是這麼傳的，無風不起浪吧。不過也有人說是千賀井妨礙了向井的事業，向井才會搶了千賀井的女人做為報復。」

這兩大財團的競爭意識執拗地代代延續至今，要一一細數，可是沒完沒了。最早的開端，是天明二年（西元一七八二）的一月，向井祖先在吉原的角海老（註）對同是木材批發商的千賀井祖先罵道「你這個蠢貨」所引發的。

藻湖刑警及男子來到菩薩像和飯店之間，仰望兩座建築物。一如男子所言，這幅光景的確異常得近乎瘋狂。

一邊是高聳入雲的彌勒菩薩坐像，給人一種強烈的壓迫感；而坐像的正對面，飯店純白的外牆在夕陽照射下，幾何狀的玻璃窗就像視覺藝術般，讓人看得頭暈目眩，感覺好像自己突然形體縮小，被扔進了玩具箱裡似的。

飯店兩側是商店街，可能正巧碰上下班時間吧，人們熙來攘往，宛如站前的熱鬧景象。

「藻湖先生，您今晚住哪兒？」男子突然問道。

「伊勢屋。」

「這樣啊，您就奢侈一晚，在這家千賀井飯店過夜吧，住起來感覺很奇妙哦，這尊菩薩會從窗子窺看房間呢，記得訂房訂得愈高層愈好。」

「不會很詭異嗎？」

「新婚夫婦的話是會啦。」男子輕聲一笑，「可是，現在菩薩已經可悲地淪為搞笑漫畫的元素了。只有一尊菩薩的時候，還覺得頗神聖；沒想到『對比』這玩意兒真奇妙，一個胖碩的女人跟一個瘦小的男人，分開來看也不覺得怎樣，但站在一起，就成了一對完美的漫才搭擋了。」

「飯店生意好嗎？」

「我看應該是虧損連連吧，有菩薩在窗外窺看，的確教人發毛啊；而菩薩也因為那家飯店，顯得一點也不神聖了。不過這點小事可嚇不倒向井，他計畫索性把那尊菩薩弄成一處遊樂園。」

「遊樂園？」

「嗯，人都喜歡高處嘛。現在也有推出一些像這樣的限定行程，讓部分信徒在菩薩塑像的胎內進行巡禮。櫻花彌勒菩薩目前只開放觀光客爬上內部水泥梯，爬到頂就是塑像的頭頂了，而菩薩的寶冠上方就是觀景臺。向井想把規模弄得更盛大，好比挖空下方臺座，在內部設置遊樂場和餐廳，搭電梯就能直通觀景臺……」

「上野的西鄉隆盛銅像也變成這樣了，現在的西鄉先生可是立在餐廳上頭呢。」

註：江戶時代著名的花街。

「不過西鄉隆盛像是花了好幾十年才變成觀光景點，這尊菩薩落成還不到一年耶。我想不消多久，菩薩的寶冠上就會有色彩鮮豔的摩天輪開始旋轉了吧，屆時肯定會蔚為奇觀啊。」

兩人背對菩薩站在飯店前，正要推開飯店入口旋轉門，突然有個東西「啪」的一聲貼到藻湖刑警臉上。

「什麼啊？」他急忙揮開。

男子拾起來一看，「是紙鈔！」

那是一張一萬圓鈔，仔細一看，還有兩、三張紙鈔在飯店前飛舞。

「呀！」藻湖刑警揉揉眼睛，忍不住叫出聲來。

「欸？」有人緊接著發出奇怪的聲音，與其說是驚呼，更接近傻愣愣的應聲。藻湖刑警往聲音來源方向一看，只見一名男子正張著嘴呆呆地仰望天空。藻湖刑警回頭望向人行道，同樣的紙張正四散落下。

行人紛紛停下腳步，有人以驚人的速度跑過藻湖刑警身旁，幾個人衝進馬路，而且很明顯地，路上的行人正逐漸變多。

曾有個偷竊旅人行李的慣犯這麼對藻湖刑警說：「宛如母親的大地常會送紙鈔來給我……」

那麼宛如父親的天空，也打算與大地較勁，開始撒下紙鈔來了嗎？

這天沒什麼風，落下的紙鈔愈來愈多了。人們追逐著紙鈔，眼睛忍不住朝天空的一隅望去。

許多汽車緊急煞車，喇叭聲此起彼落，人群已經完全堵住了車流。

——大量的紙鈔從櫻花彌勒菩薩的掌中泉湧而出。

菩薩溫柔地睜著細眸，略微暴牙的嘴部浮現微笑，迎著橙色夕陽的側臉漸漸染上紫色，輪廓清晰地浮現空中。

菩薩的右掌手心朝上，靠近下巴下方。有個人正站在右掌的一根手指上，以奇妙的手勢不斷撒出紙片。紙片遠遠看上去宛如演戲用的道具雪花，但是飄至地上，就成了紙鈔大小。

望著上空的藻湖刑警很不高興，因為他覺得那個站在掌上的人也太亂來了吧，這簡直就像走鋼索一樣危險啊，萬一失去平衡，肯定會整個人倒栽蔥摔下來；而且更令他不悅的是，那人打扮得十分怪異。

「是黃金假面！」

群眾異口同聲地叫著。

藻湖刑警覺得自己正在做一個不合理的、亂七八糟的怪夢。地上高高聳立著一尊菩薩，正對面箱型的飯店狀似行燈，構成一個女人舔燈油的巨大世界，而她的掌上還有一名一身奇裝異服、戴面具的人正撒著紙鈔。

金光閃閃的斗篷、寬簷大禮帽，金色頭髮中露出一張低俗的面孔，那是張面無表情的面具，眼睛很細，頂著高高的鷹勾鼻，薄唇如弦月般張開，無聲地笑著。那人在菩薩手指上慢吞吞地移動著，詭異地扭曲手臂，不斷撒下紙鈔。

「黃金假面!?」藻湖刑警不禁退了兩、三步，頓時撞到身後一名男子。男子跌倒在地，發出

「噫」的一聲怪聲。

藻湖刑警氣呼呼地罵道：「幹什麼慌慌張張的啊！」自己也踉蹌了一下。男子慢吞吞地掙扎爬起來，藻湖刑警把一張紙鈔翻過面，亮到男子面前，「這是假鈔啦！」

看到掌上人那身黃金假面裝扮，其目的為何便一目瞭然了，因為黃金假面的身體前後都掛著宣傳板，上頭寫著：「黃金假面酒吧　近日開幕」，視力極佳的藻湖刑警可是看得一清二楚。

而且，紙鈔背面也同樣寫著宣傳文字：「攜帶本鈔來店，免費贈送啤酒一杯」。

看來這是新的宣傳花招，但紙鈔印製之精美，顯然有構成刑事犯罪之虞，更何況它還引發了交通混亂。

「不……，要是不快點，就要變了。」跌倒男子說著奇妙的話，一邊爬了起來。

難道天上掉下來的紙鈔會變成樹葉嗎？這個男的大概是利慾薰心吧，連腦袋都變得莫名其妙了。

「就跟你說這是宣傳用的假鈔嘛！」藻湖大聲罵道。他覺得這個為了區區兩、三張紙鈔昏頭的男子很可憐。

然而男子依然兩眼發直，說出意想不到的話來：「管他什麼真鈔假鈔的，都拿去餵馬吧！要是雲變了就糟了。」

「雲？」

藻湖刑警重新打量這名男子。看他手忙腳亂地從黑色皮包掏出攝影機，操作攝影機的動作之笨拙，讓人看得提心吊膽；但男子一直起身子，沒想到竟是個修長挺拔的美男子，打扮十分得體，側臉輪廓很深。

男子手上的底片遲遲裝不進攝影機裡，皮包就扔在地上，各種小道具散了一地。藻湖刑警抬頭看天空，菩薩頭頂上方浮現葫蘆狀的粉紅色雲朵，男子是要拍那朵雲嗎？怎麼感覺他像是要拍攝菩薩掌上的黃金假面。

「怎麼辦？」藻湖刑警的同行男子望著眼前難以收拾的交通亂象，不禁問道。

「這個嘛……」藻湖刑警的心意已定，「交通課的人應該馬上就趕來了吧。再說，光憑我們兩個也無能為力啊，你說是吧，高波刑警……」

這兩名刑警暫停追捕強盜殺人拍擋——藤上萬次及井筒友江的任務，仰望著天空。

十月二十五日，三石銀行西上野分行在即將打烊的兩點五十五分，遭到一對鴛鴦大盜行搶，損失總額高達九百八十二萬七千五百圓。這起搶案之所以能得手，是由於強盜將相當於損失金額的五十倍——五億圓的紙鈔吹進了銀行裡頭。

強盜事先準備的是印刷在粗糙紙張上的假鈔，大多只是印在白報紙上。透過送風機吹送，這些假鈔宛如化學滅火劑的泡沫灌滿了整間銀行。事情發生在一瞬間，銀行員看到吹進來的大量紙鈔震懾不已，哪還顧得了手上一束束的真鈔，聽說甚至有行員拚命地撿拾假鈔。劣幣逐良幣，真假之別變得曖昧。行員過了好一段時間，才發現這是強盜的障眼法。機敏的強盜趁亂翻身進櫃檯，抓起微薄（相較於吹進來的假鈔量）的紙鈔束，塞進自備的袋子裡。
強盜開了兩槍，一槍打穿入口玻璃門，一槍命中追趕上來的警衛，緊接著趁行員畏縮不前的空檔，跳進外頭接應的車子揚長而去。
銀行搶案能夠得手，與竊盜案一樣，歹徒有時會受到種種天時地利人和的眷顧，好比，那天恰好是發薪日的前一天、精通柔道又不怕死的行員那天恰好請假、大型拳擊比賽恰好訂在那天、恰好是寶塚公演的最後一天，或者，從過去銀行搶案的發生頻率來分析，恰好差不多該發生新搶案了……
警方立刻成立「三石銀行西上野分行強盜殺人事件搜查本部」，數名搜查警官徹底檢驗強盜留下相當於五億圓的紙鈔，成功地從幾張紙鈔上取得殘留的數枚墨水指紋。
指紋立刻被送去比對。這次的搶匪有前科，很快查出了姓名。一個是藤上萬次，二十四歲，有強盜前科，懂印刷技術，據說他性格凶殘，殺人不眨眼，與黑道關係匪淺，能透過門路取得手槍，這次搶銀行所使用的手槍是柯爾特BM Special。
根據路人的目擊證詞，藤上萬次的同夥是他的女友井筒友江，路人看到她將車子停在銀行門口等著接藤上。井筒友江，十九歲，羽並市出身，個小嬌子，但據說膽大包天。
藻湖刑警也是這起事件搜查本部的一員，而且他碰巧認得搶匪藤上萬次。
「不會演變成和藤上對射的局面吧？」他內心有股不好的預感。
藻湖刑警是名聞全國警界的射擊好手，他的本領是眾所公認的。數年前，他曾與一名凶殘的歹徒舉槍單挑，他的子彈打進了對方的槍口。這起英勇事蹟，至今仍為警察們津津樂道。然而藻湖刑警在這世上有兩件事極不拿手，那就是比賽和考試。只要一碰上比賽或考試，他的成績總是悽慘得連自己都覺得窩囊，參加奧林匹克的機會一再落空，升遷之志也一一夢碎。

搶案發生兩天後的早上，搜查本部接獲線報說，這對鴛鴦大盜躲在井筒友江的出身地羽並市。雖然消息可信度只有五成，搜查部長派藻湖刑警前往羽並市探查。看樣子，藻湖刑警內心不好的預感逐漸化為現實了。

接獲命令當天，藻湖刑警便抵達了提供線索的羽並市警署。

「你來得正好。剛才接到千賀井飯店來電，說有一對疑似嫌犯的男女投宿。我個人直覺這消息是不太可信啦，不過先去看看再說吧。」羽並署負責本案的刑警高波一看到搜查本部派來的刑警，立刻以強勢的口吻命令道。

但當他得知來者正是射擊本領鼎鼎有名的藻湖刑警，態度當場丕變，正要起身的他又坐了下來，勸茶勸點心，還壓低聲音聊起和搶案毫無關係的話題：「您看了《貝雷塔的嘆息》嗎？」

《貝雷塔的嘆息》是最近剛上映的電影，主角是一支手槍，是一部以槍枝愛好者為目標觀眾而拍攝的作品。

「我真是愛死華瑟P38了，不管別人怎麼說……」藻湖刑警明明什麼也沒說，高波刑警卻兀自邊說邊晃著身子走出了警署大門。

而現在，仰望著黃金假面的高波刑警不再晃動身子了，只見他穩穩站定原地，慢慢伸出右手比成槍形，試圖瞄準黃金假面。

「前輩您覺得如何？有把握嗎？」高波刑警望向藻湖。

「……看來有難度啊。」藻湖刑警持保留態度。

「如果用二二口徑的哈墨里……」高波刑警仍滿不在乎地說著嚇人的話。

突然，藻湖刑警聽到遠處傳來「波」的一聲。

下一瞬間，菩薩掌上的黃金假面痙攣似地全身一扭。

「啊……！」有人大叫。

只見黃金假面晃了晃，猛地仰起上半身，宛如特技演員般，整個身子朝後彎成拱形，然後就以這個姿勢往前倒下。黃金假面在眾目睽睽下失去平衡，頭下腳上地墜落，這景象彷彿以慢速播放的影片。

大禮帽、假髮和面具同時彈了開來，遠遠看去好似頭突然飛掉，人群中傳出女人刺耳的尖叫。宣傳板也同時脫離黃金假面的身軀，在空中劃出曲線追隨主人而來。

黃金假面男子落下得比那些道具行頭都要快，「噗嚓」一聲，重重地摔在水泥地上。

「我去打電話！」高波刑警丟下這句話便衝進飯店。

這時，藻湖刑警聽見快門聲響，立刻張望四下，很快發現那名對著天空拍照的男子，當下捉住他的手臂，「……請你協助搜查。」

男子一看見警察手冊，臉色頓時大變。「我、我什麼都沒做……」那副表情活脫是被不良少年找碴的情侶男方。

「你不是在拍照嗎？」

「我在拍雲……」

「那你一定也拍到那個黃金假面了。」

「沒有沒有，那個人沒入鏡。我、我換上長鏡頭，拿起攝影機的時候，黃金假面已經掉下來了。我只有拍到雲而已，是托、托勒密氏瓢狀雲。」

「反正你剛好目擊現場，橫豎是脫不了關係了，麻煩你將底片提交給警方當證物吧。」藻湖刑警說得客氣，手卻猛地伸出去，一把抓住男子的攝影機。

男子嚇了一跳，抱緊了攝影機。

「你該不會拍了什麼見不得人的東西吧？」

「沒、沒那回事。只是，這些底片很珍貴，要是出了什麼差錯害得顯像失敗，我會很傷腦筋的。」

「我們會特別留心處理的。明天你來署裡一趟，我們再把攝影機還你。」

「那麼麻煩您寫張借據。」男子一副緊咬不放的神情。

這人明明膽小得很，沒想到做事倒是滴水不漏。

「你叫什麼名字？」

「我姓亞。」

「呀？」藻湖想起這名男子剛才也在奇怪的時間點對他應聲。

「寫做稀硫酸的亞。」

「等一下，稀硫酸哪來的亞字？」

「啊，搞錯了，是亞硫酸的亞。我叫亞愛一郎……」

這人念過書嗎？

「話說回來，剛才那個人只是失足滑落，為什麼需要我的底片當證物呢？是因為要證明是意外嗎？」亞報過名字之後，便莫名親暱地詢問藻湖。

「你看到屍體就知道了。」藻湖壓低了聲音說：「告訴你好了，這是一起殺人案。屍體下方有一攤血，血是從胸部流出來的，而且……你看看掉在那兒的宣傳板，看到上頭的彈孔了嗎？」

人要是玩笑開得太過火，是會觸怒神明的；但如果神明並不會因為玩笑而發怒，那麼，是招來了惡魔的嫉妒嗎？脫下面具的男子長相平庸，一臉老實過了頭的面容。

他那伸出金光閃閃斗篷的右手仍握著紙鈔，屍體下方溢出的血灘愈見擴大。

原先掛在黃金假面身子前後的兩片宣傳板淒涼地落在離屍體有段距離的地方，上頭以黑底金字寫著「黃金假面酒吧」的「假」字正中央開了個詭異的小孔。板子掛在身上時，那處正是心臟的位置。

另一項遺物則落在屍體旁邊，那是一個黏上大禮帽及黃色毛線假髮的面具。禮帽、假髮和面具粗糙地以膠帶黏在一起，看樣子男子是把它整個罩在頭上。

這張面具只是個塗了金色顏料的紙糊品，非常簡陋。但正因為簡陋，更顯得詭異。面具內側有東西被硬掰掉的痕跡，露出白色裱糊紙底下的紙板，但看不出被掰下的東西原本是什麼用途。禮帽是瓦楞紙做的，而看起來像金髮的假髮，只是一團黃色毛線。

三輛沒熄火的警車圍繞著屍體，巡查和搜查官不斷驅趕人群，人牆卻依然愈聚愈厚，這名死亡的男子想必也沒料到會造成這麼大的宣傳效果吧。

「我撿到就是我的！」

有人尖聲高喊著，那是一名三角臉的洋裝老婦人，正緊緊握住撿到的傳單紙鈔不肯交給警察。看熱鬧的群眾還是不斷聚過來，趕也趕不走。

說到看熱鬧的，攝影機被沒收的亞也成了看熱鬧群眾的一員，他頻頻張望著屍體和面具。但群眾中唯有亞沒遭到警察制止，因為他儀表堂堂，觀察現場的架勢又有模有樣。不過，過程中他曾翻了一下白眼，那是在觀看禮帽內側的時候，應該是忍不住覺得噁心了吧。

「這兒沒你的事，你可以離開了。」藻湖刑警對亞說。

亞舉起手向藻湖行了一禮便轉身走開，藻湖以為他會走進人群，沒想到亞卻走去警車旁，倚著車身，這回仰望起千賀井飯店來了。

「屍體有槍傷。」高波刑警向搜查長官報告。

「槍傷？」搜查長官的神情頓時嚴肅了起來。

「看來應該是非穿透槍傷吧！」高波刑警說。

藻湖不曉得是不是自己多心，總覺得高波刑警墨鏡底下的眼神似乎很興奮。

法醫將屍體翻回正面，金光閃閃的斗篷染滿了血，斗篷上開了一個和宣傳板上相同的小孔。

「當時你們有誰聽到槍聲嗎？」

藻湖和高波面面相覷，不確定那個聲響是不是槍聲。

「應該不是從地面狙擊的。從彈孔研判，兇手使用的是小型手槍，而要從地面上以小型手槍擊中位在菩薩掌上的被害人的心臟，是絕對不可能的。」

「所以，這麼一來……」藻湖仰望天空。

忽地，藻湖順著亞的視線望去。他發現亞直盯著飯店十二樓的窗戶看，不禁心頭一凜。十二樓的窗戶有一扇是打開的，正對著菩薩像的手掌。

高層大樓的窗戶一般都是氣密式，由室內無法任意開啟；但石油危機以來，能夠引進戶外自然空氣的設計再度復活，千賀井飯店也採用了最流行的自由開閉氣密窗，但眼前只有正對菩薩手掌的那扇窗是打開的。

藻湖眼睛一亮，高波也從口袋抽出兩手，兩名刑警彷彿事先說好，同時往前走去。

兩人推開千賀井飯店的入口旋轉門，直直來到櫃檯前，亮出警察手冊。

「請問二位要住宿嗎？」櫃檯人員旋即招呼兩人，但兩位刑警沒那閒工夫多做解釋。

「我問你，十二樓從正面算過去第十一個房間是幾號室？」

「是一二〇九號室。」

飯店大廳的氛圍彷彿與外頭的騷動毫無關係，恐怕就算大樓傾斜，這兒的工作人員還是會繼續手邊的工作吧。

藻湖與高波衝進電梯。

「對方有傢伙。」藻湖對高波說。當然是指對方有槍。

高波右手撫了撫略為鼓起的胸口，「那麼……」

「應該用得上了。」

高波刑警將手指骨扳得咯吱作響。

到了十二樓，電梯門打開，前方延伸著昏暗的走廊，四下不見人影。兩人順著門牌號碼前進。

他們在一二〇九號室前停步，屏息豎耳聆聽，門下的隙縫透出房裡的光線，門內傳出有人在走動的聲響。

藻湖刑警敲了門。高波把手伸進內袋。

「誰？」門內傳來應聲，說話者離門並不遠。

藻湖變聲說道：「有您的電報。」

高波不禁張大了嘴，大概是沒想到藻湖居然會用這麼老套的招數吧。

「什麼!?」

「有您的電報。」藻湖堅持不改口。

「用電話講不就得了嘛，真是不機靈。……誰打來的電報？」

「呃……」藻湖支吾起來。

高波略略亮出手槍，接著藻湖的話說下去：「是……井筒友江小姐打來的。」

「你說什麼？」

高波故意用這招，試圖引起門後男子的警戒。事後問高波為什麼要這麼做，他說他想來場公平競爭。門「喀嚓」一聲，開了一道小縫，高波用力把鞋尖擠進門縫裡。

兩發槍聲同時響起。

高波早已低下身來，房裡傳出慘叫，接著門「磅」的一聲大開，一名年輕男子按著右臂滾了出來。高波拾起男子被彈飛的小型手槍，拿來和自己的手槍相比較，「柯爾特BM Special……」

走廊上數道房門旋即打開了，探出一副副驚恐的面容，伴隨著尖聲叫嚷。高波刑警把男子踢進房間裡，兩名刑警也旋即進房，關上門。

「藤上，你費了我不少工夫吶。」高波刑警將他銬上手銬。藻湖看到高波的手腕都脫皮了，不禁為高波的好本領驚歎不已。

藤上露出混雜著絕望與憎惡的表情，視線游移著。

「井筒友江在哪裡？」

「……」藤上默默不語，只有臉頰抽動了幾下。

「開槍射死黃金假面的也是你吧？」
「……不是我。」
高波朝藤上的下巴一拳揮去，藤上的態度更不遜了。
門旁有兩只行李箱。看藤上穿戴整齊，房間也都收拾乾淨，應該正準備逃亡吧。
一條皺巴巴的圍巾落在窗邊，高波彎下身子拾起圍巾。圍巾上纏了一縷長長的頭髮，高波把它抽了出來。「友江的圍巾是吧？」
藤上猛地別過臉。藻湖刑警掃視屋內，發現浴室的門是開著的。
走過去一看，被勒斃的井筒友江屍體就這麼倒在磁磚地上。
向總部通報過後，高波刑警走近眼前那扇開著的窗，望向外頭，菩薩的龐大身軀占據整片視野。他不知在想什麼，突然舉起手槍對準菩薩手掌開了一槍，然後換上藤上的柯爾特，又開了一槍。
他默默思忖了一會兒，回過頭來。
「……不行呢。」高波將自己的手槍收進風衣內袋，「這兒距離菩薩手掌大約三十公尺，靠這把寒酸的柯爾特，實在很難辦到。」
藻湖接過柯爾特手槍，拿在手上仔細端詳。槍口磨損得很厲害，還生銹了。
「扳機都鬆了。」高波說。
藻湖打開彈膛，裡頭還剩一顆子彈，他把子彈卸到掌上一看，是不知名的牌子。他試著將子彈裝填卸下兩、三次，始終無法完全吻合彈膛。

「會選這種子彈，看來藤上根本不懂槍嘛。」

「這對鴛鴦才沒那種品味呢。……您要不要試射看看？」

藻湖有些猶豫。

「沒問題的啦，責任我來負。」

高波都這麼說了，藻湖也忍不住躍躍欲試。

藻湖朝著菩薩像虛射了一槍，果然如高波所說，扳機是鬆的。

「我沒什麼自信呢。」藻湖填入子彈，慎重地把槍口瞄準菩薩手掌，扣下了扳機。

菩薩像的肩膀一帶「啪」地噴出白色碎屑，彈道顯然偏離得很厲害。

「看吧！」高波望著藻湖。

「這把槍有很嚴重的缺陷，右偏得很厲害。」

「就是說啊！」

「簡直就像拿鈍掉的菜刀切生魚片一樣，就算再怎麼練習，熟悉了它的缺點，要以這把手槍射下菩薩掌上的黃金假面，是絕對不可能的……」

羽並署的刑警室角落，藻湖與高波面對面坐著。一早到現在，不曉得已經喝了幾杯難喝的茶，鬱悶到家了。

因為他們怎麼都搞不清楚那起三明治人〔註〕命案是怎麼發生的。

三石銀行搶案以及井筒友江命案的兇手確實是藤上萬次，他想賴也賴不掉，各項證據不斷從千賀井飯店的一二〇九室起出，包括搶銀行時使用的手槍、行李箱裡的大筆現金，而且對照銀行記錄下來的紙鈔編號，也和行李箱裡的部分新鈔相吻合。

藤上殺害井筒友江的動機也相當明確。他察覺友江在果汁裡摻了安眠藥，試圖讓他喝下，準備迷昏他之後，拿著裝滿錢的行李箱獨自遠走高飛。藤上察覺之後勃然大怒，當場壓住友江，拿她的圍巾勒死了她。

遭逮捕的藤上倔強非常，遲遲不肯吐實，不停地說要找律師，然後就倒頭呼呼大睡，看樣子他多少喝下了友江放的安眠藥，而藥效發作了。搜查課傾全力追查這對鴛鴦持槍搶劫的證據，但搜查部長研判，藤上不太可能同時犯下三明治人命案。

但是身為目擊者的藻湖和高波刑警並不這麼認為，因為三明治人當時站在菩薩掌上對著飯店撒傳單，而且射入他心臟的彈道呈現水平角度，再加上彈道直線路徑正對著敞開的一二〇九號室窗戶。可是奇妙的是，飯店的投宿客人都沒聽見那聲關鍵性的槍響，卻被後來藤上的一發槍響以及刑警的三發槍響給嚇得渾身顫抖。

「他搞不好用了滅音器呢？」高波執拗地對部長說道。

註：源自「sandwich board man」，將兩片廣告木板掛在肩膀上，垂至前胸及後背的宣傳人員稱之。

「飯店房間裡沒找到那種東西啊。」部長不予理會。

「難道沒有其他掩蓋槍聲的方法嗎？」高波向藻湖求救。

「也不是沒有，但那麼一來，反而會留下別的證據。」

高波刑警會意氣用事、頂撞部長，是有原因的。因為他在非必要的狀況下胡亂開槍，被上級命令寫悔過書了。

不僅如此，他還被追究破壞建築物的責任。的確，高波是有點放縱過了頭，但說他亂開槍，這樣的指責並不妥當。

六連發的柯爾特BM Special裡沒剩半顆子彈，兩發在三石銀行裡射掉，一發射向高波刑警，剩下兩發被高波和藻湖試射掉，換句話說，最後一發應該是射進三明治人的心臟裡了。該枚子彈應該已被摘出，但鑑識結果還沒出來。

「一定是藤上運氣好射中的啦。」高波刑警不管三七二十一地說道。但無論如何，若不是從一二〇九號室的窗戶射出的子彈，事情就說不通了。

「運氣好啊……。只有一發耶，會那麼巧嗎？」藻湖不禁懷疑，「那時我也說過，不管再怎麼練習，再怎麼摸透那把柯爾特的特性，要靠那把手槍打下站在菩薩掌上的黃金假面，是絕對不可能的。」

「是啊……」高波突然抱住頭，說出驚人之語：「那麼，譬如把柯爾特綁在長竹竿之類的東西上頭，伸到三明治人的胸口附近扣下扳機呢？」

「你看見竹竿什麼的嗎？」

「沒看見。」

「如果真是用了那種手法，勢必會留下竹竿之類的證據啊。」

「哎喲，乾脆當成是隱形幽浮幹的好了。」

「隱形幽浮？」

「藤上那傢伙搭乘隱形飛碟，接近黃金假面……」

藻湖刑警說不出話來，直盯著高波瞧。不知怎的，他突然很同情高波。

三明治人名叫梶葉山，二十三歲，任職於一家叫橘企畫的小型宣傳公司。橘企畫的老闆馬上被叫來警署報到。

老闆四十五、六歲，矮個子，膚色黝黑，看起來十分奸巧。關於梶葉山的行動，老闆堅稱沒人強迫他爬上彌勒菩薩的手掌。

「的確，我總是鼓勵他們要做出破天荒的企畫來，要是效果顯著，我也會發給他們特別獎勵，因為創意就是幹宣傳這行的生命呀。」

「什麼宣傳，不就是個發傳單的嗎！」剛交了悔過書的高波刑警吼道。

橘企畫的老闆被高波凶狠的模樣嚇著，招出其實梶事前曾詢問他爬到彌勒菩薩的掌上發傳單行不行得通。

「我是不怎麼贊成啦……」

「少來了！看你那張臉，肯定二話不說就點頭了吧？」
梶準備好黃金假面的扮裝道具，看準人潮眾多的時刻，鑽進了菩薩像胎內。菩薩像背後臺座有一扇門通往胎內，除了信徒聚集的特定日子，平常門都是關著的，但那扇門上只有一道簡單的鎖，梶應該是撬開那道鎖，爬上胎內的樓梯，翻越採光窗戶來到手掌上。通常這種巨大佛像的窗戶都會設在天衣的皺褶或胸飾之間這類不起眼的地方。
那個黃金面具原本是橘企畫辦公室裡的道具，被梶拿去用了。聽說是橘企畫老闆以前在東北的溫泉區買回來的土產，在土產店裡和一堆民藝品陳列在一起。
「面具裡側有掰掉東西的痕跡，你知道是什麼被掰掉了嗎？」高波把面具遞到老闆面前。
「不曉得耶……」老闆害怕地望著那道痕跡。看他的表情，應該沒有說謊。
「梶葉山有在高處作業的經驗嗎？」
「高處作業……？」
「像是土木工、高樓窗戶清潔員之類的。」
「不曉得呢，沒聽說過。」
「登山呢？」
「他好像喜歡攀岩。我曾聽他跟女生炫耀，說他攀過哪裡的岩壁。」
老闆說他完全沒發現梶把傳單印成紙幣，一聽就曉得是謊言，於是高波把這個人趕去另一間辦公室另案處理了。

從那名叫亞的男子手中沒收的底片，當天就洗出來了，但上頭拍到的全是雲。

「居然連一張都沒拍到菩薩，真是不討人喜歡的攝影師啊！」高波發著牢騷，把相片扔到桌上，那張桌上還擺著面具和禮帽等證物。

「黃金假面酒吧」的媽媽桑看到那張黃金面具，難掩恐懼神色，一邊嗲聲嗲氣地說道：

「我們店都要開幕了，竟然發生這種事，人家真的好傷腦筋哦。別看我這樣，人家可是很迷信的，乾脆換個店名好了，改叫『銀假面』也不錯，可是那樣的話，店裡的裝潢也得整個換過才行呀，不知道趕不趕得上聖誕節呢？欸，刑警先生，您覺得呢？」媽媽桑拚了命地賣弄風騷。

「我記得『黃金假面』是出自……」藻湖刑警記得小時候曾讀過一本非常恐怖的小說。

「是呀，正是馬賽・書沃博的小說。」

「馬賽……？」藻湖刑警覺得好像和記憶中有些出入。〔註〕

「哎呀，您不知道嗎？是馬賽・書沃博的《Le Roi au masque d'or》。」媽媽桑以優美的發音念出一串法語，嫣然微笑。

偵訊結果，媽媽桑只是單純地委託橘企畫發傳單，從沒見過梶葉三。

「欸，刑警先生，等我們店開幕，請務必過來坐坐呀，好不好？我等著二位嘍，呵呵

註：一般人知道的「黃金假面」多是源自江戶川亂步的長篇推理小說《黃金假面》，而江戶川亂步此作品靈感亦是取自馬賽・書沃博（Marcel Schwob）的作品《黃金假面之王》（*Le Roi au masque d'or*）。

呵……」媽媽桑向兩名刑警拋了個媚眼便離去了，留下久久不散的香水味。

後來，千賀井飯店的經理、在彌勒菩薩像下方賣護身符的老先生等人陸續來到警署，都沒能提供新事證。

藻湖和高波喝著泡到沒味的茶水時，一名女警現身了，她的雙頰不知為何微微泛紅。

「來了一位姓亞的先生。」女警以莫名嫵媚的姿態說道。

「呀？」

「他說他來領攝影機。」

藻湖看到女警的神情，想起了亞的長相。也難怪女警看到那個男人會為之神魂顛倒，真想讓她看看亞摔跤的模樣。

「是那個拍攝雲的男人。」藻湖向高波說明。

「請他進來。」

女警前腳剛走，亞已經開門進來了，藻湖刑警忽地有種整間辦公室響起歡迎號角的錯覺。亞的膚色白得亮眼，鼻梁高挺，眼神漾著知性的憂鬱，嘴唇紅潤，流露出一股拉攏人心的溫暖氛圍。他大方地環顧房間，看到藻湖後，略略頷首，慢慢地走過來。

「今天天氣真好。」

聽到這個人一開口，不知怎的只覺得他與環境格格不入。

亞拿出借據領回攝影機後，當場不客氣地細細檢查起來。

「我們只有拿出膠卷，其他都沒動到啦。」藻湖不甚開心地說道。

但亞仍然頻頻撫摸攝影機好一會兒，或高舉細看，好不容易放下心了似地，將攝影機收進盒子裡；接著慎重地檢視一併交還給他的底片，檢查完後，小心翼翼地收進內袋，這下又拿起放大洗出的雲朵照片，目不轉睛地看了起來。不一會兒，亞開始露出詭異的傻笑。

「……拍到了！太好了。刑警先生，請為我高興吧。您看，托勒密氏瓢……瓢……」亞微張著嘴，話都說不清楚了，一副想把臉頰貼上粉紅色瓢狀雲的照片磨蹭的樣子。

亞兀自沉醉了好一會兒之後，匆匆地收拾好東西，說道：

「聽說刑警先生你們也破案了，真是恭喜了。我讀了今天的早報，我拍的照片沒能幫上忙，真是不好意思，不過案子破了就好。話說回來，那位黃金假面還真是倒楣呢，一定是以為被看到了吧。那麼，我先告辭了。」亞微笑著行禮，從椅子站了起來。

藻湖暗自複誦亞結尾說的那句話——「一定是以為被看到了」……？

「等一下。」高波刑警叫住亞，他可能也和藻湖有相同的疑問吧。

亞嚇了一跳，回過頭來，「我的東西都拿了，底片也領了。」

「不，你剛說了句奇怪的話。『以為被看到了』？看到什麼？」

「呃，沒、沒什麼。那麼，恕我……」

「等等。你一定知道什麼吧？」

「我、我什麼都不知道。」

「你再裝傻到底，我們只好逮捕你了哦。」

亞整個人彈了起來，急忙跑回椅子邊，抱著攝影機縮起身子乖乖坐下，瞅著高波刑警說：

「請不要逮捕我，那我、我該說些什麼才好？」

「你剛才說『以為被看到了』，是指誰看到了什麼？」藻湖刑警往亞的嘴裡塞了根菸，幫他點上火。

亞被煙嗆著，小聲地說了：

「就是……黃金假面看到搶匪藤上，……所以藤上才會射殺黃金假面，不是嗎？」

「報上根本沒寫這種事。」

「喔，那大概只是我的妄想吧。」

案情目前正陷入膠著，就算是這個人的夢話，藻湖也想聽聽看。

「妄想也無所謂，你就告訴我們吧。你為什麼覺得是藤上槍殺了黃金假面？」

「因為，呃……」亞一把抓起桌上的黃金面具，「那位三明治人的頭形並不長。」

「梶的頭形不長？」

亞突然戴上連著禮帽的證物面具，登時出現一名黃金假面對著藻湖詭異地微笑。

「果然不出我所料。您請看，這頂大禮帽非常寬鬆，面具的眼洞都落到我鼻子的位置了，這樣很難看到外頭啊。」亞的聲音悶在面具裡，更難聽清楚了。

亞拿下面具，突然蓋到藻湖刑警頭上去，「您戴了覺得如何？」

一如亞所說，圓臉的藻湖刑警根本無法透過面具的眼洞看到外頭。

「我看看。」高波刑警也取下墨鏡，拿過面具戴上。一個彷彿在嘔氣的黃金假面出現了。

「換句話說，戴上這個面具以後，眼洞能夠吻合眼睛位置的人，非得是個臉長得離譜的人。那位三明治人——他姓梶對吧？那位梶先生的頭形如何？」

「沒什麼特別，就很一般啊。」

「我想也是。再者，關於這個面具，還有些不可思議之處。」亞翻過面具露出內側，「內側這裡有道什麼東西被掰下來的痕跡。這個面具是梶先生自己的道具嗎？」

「不是，聽說是橘企畫辦公室裡的東西，梶拿出來用的，而且聽說之前面具裡頭並沒有這樣的痕跡。」

「那麼弄出這道怪痕跡的人，就是梶先生了吧。」

「你覺得那是什麼痕跡？」

「我想這個部位原本應該有塊銜木，被梶先生硬掰掉了吧。」

「銜木？」高波刑警把手指骨扳得咯吱作響。

亞見狀，嚇得縮起身子，話突然說得很快，「……一般來說，我們要戴上面具，只有幾種方法，因為一邊是活生生的人，總不能抹上強力膠或是拿釘子釘上。此外，人臉正中央有鼻子，下方是嘴巴，構造大致相似。沒有人嘴巴生在鼻子上方，或是耳朵長在下巴位置，所以一般要戴面具，只有寥寥可數的幾種方法。如果是章魚想戴面具，可能會開發出更多元的方法吧。」

「章魚戴面具？」藻湖睜圓了眼。

「所以說呢，為了能輕易而穩定地戴上及取下面具，方法之一就是在面具內側做一處突起，讓戴上面具的人銜著它。這個面具原本應該附有那種銜木，梶先生卻特意將它掰了下來，一定有他的原因。總而言之，他並沒有採用這種方法戴面具。」

藻湖動員大腦過去沒怎麼用到的部分，專心聆聽亞這番關於人體構造與面具的教學。

「接下來，通常還有另一種戴面具的方法，就是在面具兩側各開一個小孔，穿上繩子，掛到耳朵上。這個面具的兩側有小孔嗎？」

「沒看到呢。」高波刑警翻看著面具說道。

「也就是說，梶先生不知為何也沒採取這種方法戴面具。他所採用的，不是一般人所想像得到、合乎常識的方式，而是更費事、更奇妙的方法。他拿膠帶把面具、毛線假髮和大禮帽全黏在一塊兒，而且黏得非常粗糙。我想一般人絕對不會採用這種方法吧，因為工作結束後，還得撕掉膠帶讓面具恢復原狀，想也知道很費事。換成是我們，應該會先拿繩子之類的輔助戴上面具，再戴上假髮，最後戴上禮帽吧。但梶先生卻沒這麼做。」

「為什麼？」

「……因為，梶先生沒有能咬住銜木的嘴巴，也沒有能掛上面具的耳朵，而且，他也沒有能從面具眼洞往外看的眼睛，所以不需要調整面具使其吻合眼睛的位置。」

「你在講什麼？那根本是無臉妖了嘛。」

「正是——不，我說得不夠清楚。我的意思是，人類的後腦杓正宛如無臉妖，沒有能夠協助戴上面具的嘴巴和耳朵。」

「這不是廢話嗎？」

「就是由於這個廢話，由於人類頭部的外形天生如此，梶先生才會費盡心思。因為他試圖把黃金面具戴在自己的後腦杓……」

「戴在後腦杓？」

「是的，他的面具並不是戴在臉上。那件金光閃閃的斗篷倒是很平常地穿在身上，如果斗篷也能反穿在前身就太完美了，但我想大概是很難穿吧。不過反正他身子前後都掛著宣傳板，也沒人看得出他身體是朝正面或背面。梶先生反戴上自己黏製的黃金面具，因為透過假髮髮絲間隙能隱約看到外頭，所以他並不在意面具眼洞的位置。

梶先生就以這身打扮出現在彌勒菩薩像的手掌上。在我們看起來，掌上的黃金假面像是朝著群眾這一面，其實道具裡頭的梶先生是背對著我們。可是他沒辦法把手臂和手指反轉，所以他撒傳單時的手勢才會顯得彆彆扭扭的很奇怪。」

「梶幹嘛做這種荒唐事？」

「昨天我一看到黃金假面站在菩薩掌上撒傳單，當時我就心想：天吶，他真是太勇敢了！因為，那簡直就像站在懸崖邊緣不是嗎？要是低頭看下方，哪有不頭暈的道理？更何況對面飯店的玻璃窗在夕陽照射下閃閃發亮，光是那幾何形狀的設計造形就足以讓人像在看視覺藝術般地眼花擦亂了。於是我開始思考，如果我必須和那個人站在同樣的地方，我會怎麼做。」

「你說你設身處地在腦中模擬現場狀況？」

「嗯，就不知不覺……。為了不頭暈目眩，該怎麼做才好呢？一個方法是眼不見為淨，只要閉上眼睛，就看不見飯店窗戶和地面了，但這麼一來也會看不見自己腳下，反而更危險。所以只有一個方法了——只要轉過身與菩薩面對面就安全了。菩薩手掌很大，站在手指上往回望是看不見地面的，而且只要伸手就碰得到菩薩的下巴當抓點。攀岩家總是與山面對面，我可沒見過哪個攀岩家能背對山壁攀爬的。

我一邊想著這些事，一邊望著黃金假面發傳單，忽然發現他手的動作很奇怪。不出所料，他採取的方式跟我想的一模一樣，原來大家都想到同樣的點子啊。我於是放下心來，專心拍攝雲朵。但是實在想不到，黃金假面竟然會以那種狀態墜落，按理說應該不會掉下來的才是，我正覺得納悶，就聽到刑警先生告訴我，黃金假面是遭人射殺的。」

「那麼，那顆子彈……？」

「是的，我馬上就知道歹徒是從彌勒菩薩的胎內扣下扳機的。」

「從胎內啊……」

「兇手應該是從梶先生先前爬出胎內的那扇窗口射擊的吧，恐怕是位於菩薩胸飾附近，雙方距離五公尺不到。」

高波刑警突然覺得一股莫名的虛脫襲來。經過他與藻湖的試射，已知兇手所使用的柯爾特

BM Special有彈道嚴重往右偏離的特徵，這表示兇手其實瞄準的是黃金假面正面的心臟位置，卻因為彈道偏離，反而正中了背對著兇手的梶的心臟。

「我讀了今天的早報，終於清楚梶先生為什麼會被殺害了。搶匪藤上在千賀井飯店的一二〇九號室勒斃了女友友江，我想地點應該就在飯店那扇打開的窗戶旁。藤上勒死了友江後，無意間望向窗外，卻看見了駭人的東西——眼前彌勒菩薩的手掌上，有個詭異的黃金假面正望向窗內陰險地笑著，一邊撒出紙鈔。面具這種東西，對於觀者的內心會發揮出很不可思議的效應，因為它能反映出觀者的心，讓人覺得面具上頭有著活生生的表情。好比能劇（註）的面具，明明只有一號表情，卻能哭也能笑。由於搶匪的心中已有惡魔滋生，所以看在他眼裡，原本就讓人看了不甚舒服的黃金假面，一定更像個惡魔。於是，窺看窗內的黃金假面化為陰險的目擊者，對著藤上呢喃：『……呵呵呵，我全都看到了。你的錢全是我的。我要像這樣大把抓起你的鈔票，把它們全部撒光光……』」

亞含蓄地模仿著黃金假面撒鈔票的動作。

「藤上當時肯定不寒而慄。他有手槍，但距離太遠，他沒自信能擊落黃金假面；何況要是在飯店裡傳出槍響，反而難脫罪吧。於是他急忙衝出飯店，絕不能讓黃金假面逃了。藤上跑到菩薩下方臺座，行人全都抬頭仰望上空，路上一陣慌亂，沒人注意到他。他從梶先生撬開的臺座小門

註：日本一種傳統音樂劇，演員皆戴面具演出。

進入胎內，衝上樓梯，來到胸飾位置的窗口。我想藤上原本是估計在菩薩的胎內迎面碰上黃金假面，打算屆時一槍射死他。然而黃金假面根本什麼也沒看到，仍悠哉地繼續在掌上撒著紙鈔，要是他真的目擊了藤上的凶殺現場，應該會急忙衝下樓梯吧。

藤上從菩薩胸飾位置的窗口瞄準黃金假面，黃金假面直到這時才發現有人拿槍對著自己，但為時已晚。梶先生的面具和禮帽彈飛，宣傳板也在衝擊中脫離身體，他恢復原本的模樣，回到了地面。藤上立刻離開胎內，混在人群中回到飯店。要是二位晚到一步，藤上應該已經逃離飯店了吧。」

「結果最倒楣的是梶啊，他根本是莫名其妙被殺的……」

藻湖想起亞剛才的話——「那位黃金假面還真是倒楣，一定是以為被看到了吧……」

桌上電話響了，高波刑警迅速拿起話筒。

「什麼鑑識？哼哼，我們早就知道結果了。……看吧！」高波刑警像在嘔氣似地掛上電話，「鑑識課說結果出來了。從梶身上取出的子彈，和藤上持有的柯爾特BM Special射出的子彈規格一致……」

「喂，等等。」

高波刑警叫住就要回去的亞。

「請問還有什麼事嗎……？」亞軟著腿，交互望著兩名刑警。

藻湖刑警大概曉得高波想幹嘛，他應該正打算從搜查經費裡撥出一晚的住宿費，贈送給亞吧。

——完——

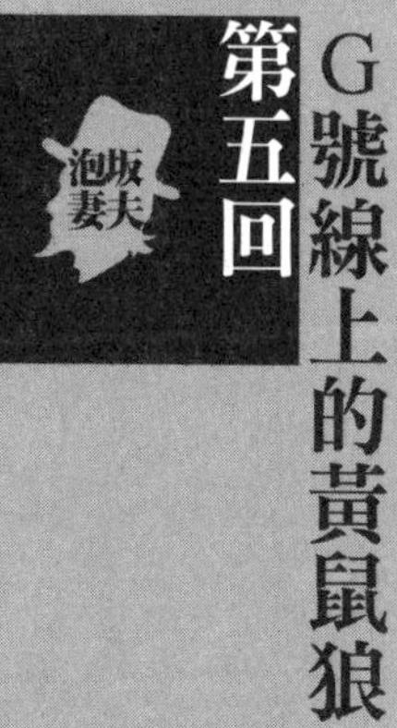

第五回 G號線上的黃鼠狼

「狐狸屋」的老位置是空著的。

他彎身拂掉帽上的雪，雪已幾乎融成了水；接著脫掉手套，洗了洗手，冷得像冰的水沖起來非常暢快。

「下起雪了呢。」狐狸屋老闆娘在濱岡孝二面前擺上一只厚茶杯，裡頭盛著又熱又濃的茶。

「希望別愈下愈大才好啊。」

拿著托盤的老闆娘個子嬌小，眼睛很大，談話爽朗，十分討喜。濱岡孝二瀏覽一遍牆上的菜單，點了天婦羅定食，因為「天婦羅定食」幾個字寫得特別粗。店裡擦得光可鑑人的神壇上綁著綠油油的注連繩（註一），御弊（註二）也白得亮眼，新的一年就快到了。

他望向時鐘。

「Onze heures et demie（十一點半）……」

濱岡自然地說出一串法文，這天心情相當不錯，因為他偶然載到一對法國夫婦，一路上除了聊天，濱岡還為他們導覽了一下。這對夫婦很喜歡濱岡，臨別之際，從行李中拿出一瓶干邑白蘭地送他，而且是馬爹利藍帶（註三）。

濱岡的法語並非透過學校教育習得，而是一邊開計程車，一邊聽收音機課程自學來的。他從小就擅長模仿別人說話語氣，但只有會話是強項，一碰上閱讀和書寫，他總是全軍覆沒，老師都非常納悶。

濱岡對法國情有獨鍾，因為他最要好的青梅竹馬嫁去巴黎了，那是個帶點憂鬱神韻的美女。

目送她離去之後，濱岡失魂落魄地過了一兩年，後來得知她已經離了婚，隻身在法國工作，濱岡便決意搬去巴黎，為此他必須拚死拚活地攢錢才行。

濱岡從口袋取出地圖攤開。這張地圖的四角已磨損，摺痕處都變薄了，因為他一天總要攤開來看個好幾次。

——星辰廣場、凱旋門。濱岡還未真正踏上巴黎的土地過，但是每一條道路、每一個街角，他即使閉著眼睛也絕不會迷路。不知不覺間，他的車緩緩駛過了弗里德蘭大街，經過奧斯曼大道後，右側便看得見歌劇院了。……嗯，今天想走遠些，去香提伊森林吧。在歌劇院前左轉，就看得到聖雷札火車站了，接著從克利希大街往北……

「Bon soir（晚安）。都好吧？看你還是老樣子嘛。」

濱岡抬頭一看，一名身形結實的男人在他對面坐下。

「晚安啊，金澙兄。抱歉，我沒發現你來了……」濱岡摺起地圖，難為情地笑了笑。

「別這麼說。香榭麗舍大道現在也正在下雪吧？」

男人雖長相粗獷，細小的眼睛卻給人溫和的印象，理得短短的頭髮摻雜了不少白髮。

他也把帽子塞進桌下，脫掉手套。狐狸屋老闆娘走了過來，輕輕地將一杯飲料擺到金澙面

註一：神道教中，圍繞於神前的繩索，以禁止不淨之物侵入。

註二：神道教的祭神道具之一，外形是以長木條夾住的數條細紙。

註三：即MARTELL CORDON BLEU，馬爹利產品中的經典之作。

前。金澙大致掃視店內一圈之後，蜷起背來，非常安靜地、一股作氣地喝掉了大半杯。這杯的溫度和濱岡的茶不同，金澙長吁了一口氣，雙掌珍惜地包住了杯子。

「金澙兄也是老樣子呢。」

金澙沒法子馬上回話，因為喉嚨深處還留著芳香，「……真讚吶。」他瞥了濱岡一眼，這回是自己難為情地笑了。

老闆娘先回廚房去了，因為金澙的儀式還沒結束，他會一邊把玩著茶杯，花上整整五分鐘慢慢喝完。老闆娘會算準時間，再無聲無息地湊到他旁邊，將空杯收回托盤上。然後金澙會點燃香菸，挺直身子瀏覽牆上的菜單，挑選中意的菜色。在這儀式結束之前，他很少說話。

「來份天婦羅定食。」

「哎呀，你們倆今天真有默契呢。」老闆娘嗓音嘹亮地向廚房點餐。

狐狸屋的料理都是些常見的菜色，來這兒用餐的好處是後面巷子有空間停車。不過，金澙每到十一點前後，必定會出現在這家店，因為老闆娘總會為他送上特製的「茶水」。

金澙從不曾因喝醉而出車禍，也不曾因為酒駕被逮捕。他似乎有個特殊本能，他說他一喝酒，就知道哪條路有交通警察。而且萬一真的被捕，就算被倒吊起來、脖子和腳跟被扭到一塊兒，他也絕不會招出狐狸屋的店名吧，老闆娘也是如此深信著。金澙的說法是，少量的酒能活化運動神經，還能提高注意力。

「公司裡大家都稱讚你，說你這麼年輕，卻賺得很勤呢。」金澙說著客套話。

濱田只是小心翼翼地將地圖收進口袋裡。

「真羨慕你們年輕人吶，因為年輕人有夢想。我也算是賺得勤的，卻不是為了自己的理想，是家裡有五個孩子等著我養吶，錢賺再多，也是兩三下就用個精光了。小老弟？你應該存了不少錢吧？」

「沒有金潟兄想的那麼多啦。」

其實離目標只差一步了，但是濱岡不管在誰面前，都絕不透露半點聲色。

金潟從別桌拿來報紙攤了開來，上頭還沾著油漬。「最近有討厭的東西在流竄啊。」

濱岡還沒看今天的晚報，「又是計程車搶案？」

「嗯。……哦？昨晚兄弟車行遇劫了。」

這兩、三個月以來，不斷有惡質的計程車強盜出沒，被害已超過十起。當中一起還出了人命，司機疑似抵抗，遭歹徒以鐵鎚擊斃。這些案子犯案手法雷同，歹徒在都心招攬計程車說要去郊外，要司機在沒有人跡的小路停下之後，突然持鐵鎚或鐵棍從後座襲擊司機。六名司機受到重傷，一名被殺。歹徒將被害人扔出車外，開著被害人的車子逃逸，之後警方找到被棄置的車子，車內財物皆被洗劫一空。有人說歹徒的相貌像學生，也有人說像嬉皮，還有一名被害人說，歹徒囂張地模仿幕末(註)志士的口吻說，他是巨界黨荒鷲派的一員，搶劫是為了籌措黨資金。警察查

註：即德川幕府統治的末期，是江戶時代的日本進入明治時代的轉折期。

出了巨界黨的活動根據地，但是十幾名黨員卻沒人知道什麼荒鷲派。

事件雖然單純，卻很凶殘。而且最奇妙的是，歹徒的樣貌無法明確地釐清，因為被害人對於歹徒的描述形形色色。有人說是個削瘦男子，其他人卻說身材中等；有人說歹徒一頭長髮，也有人說是短髮。只不過，歹徒的犯案手法始終一致，因此搜查本部認定是同一人所為。

「歹徒到底以為我們能賺多少錢啊！真是個沒腦袋的畜生。」

也難怪金潟會這麼生氣。何必為了搶那幾個錢，犯下殺人重罪呢？而為此被殺的被害者，更是不值。

「今天是什麼日子啊？」一想起搶案，濱岡不禁憂鬱地詢問金潟。

金潟也想到同樣的事，他翻過報紙一看，「……十二月二十八日，一白赤口（註一），星期二。……這麼說來，我記得昨天是大安（註二）吶。」

計程車司機自然會對曆注比較敏感。大安之日，前往參加婚禮的乘客很多，友引（註三）則少有前往參與葬禮的乘客。

這次的計程車強盜有個怪癖，似乎非常迷信，從不曾在帶四、九的日子（註四）、十三號星期五、佛滅（註五）等日子下手。最先發現這件事的是一名週刊記者，那篇報導的標題就是「曆注大吉的凶日」。

年尾在即，強盜或許正算準了計程車生意會隨著下雪而興隆吧，歹徒若是學生或嬉皮，當然沒有年終可領。從曆注上來看，今天並不是個壞日子，換言之，今晚強盜是有可能現身的。

「這種日子實在很想休息別跑了吶，年輕人都早早收工回家了，偏偏我還有六個孩子要養……」金潟只要稍有醉意，孩子的數目也會跟著增加。

金潟的定食送上來了，碗公後方藏著方才的茶杯，酒已經重新注滿。不過這是最後一杯了，之後不管再怎麼請求，老闆娘也不會點頭的。

金潟的臉開始微微泛紅，口氣也逐漸恢復精神，這副模樣與他魁梧的身材相稱多了。

「哼，我不曉得那傢伙是嬉皮還是嘿皮啦，怎麼能敗給那種人呢！」金潟的聲音變得低沉而凶悍，「我要為同伴報仇！看我怎麼撂倒他吧！這可是正當防衛哦，那種人就算殺掉也無所謂。」

「話是這麼說啦，但我比較希望別遇上呢。」

「講那什麼話！所以才說現在的年輕人沒碌用啦！」金潟講得慷慨激昂，不小心就會突然冒出家鄉話來。

「金潟兄，還是當心點好。留得青山在，不怕沒柴燒啊。」

註一：一白為日本陰陽道曆法的一種，九星之一。赤口則為曆注的一種，當日除午刻以外皆屬凶時。

註二：大安為曆注的一種，為吉日。

註三：友引也是曆注之一，俗信此日凶事會牽引朋友，最忌葬禮。

註四：日語發音中，「四」、「九」與「死」、「苦」同音，受人忌諱。

註五：曆注之一，「連佛也會滅亡」的大凶日。

「怎麼，有馬子就惜起命來啦？」
「什麼馬子嘛……」
金澙「啾」的一聲吸乾杯裡的最後一滴，「就是amour啦。」
濱岡用完餐便先行離去了。
沒想到一語成讖，事情就發生在兩人於狐狸屋分道揚鑣的一個小時半後。

小雪下個不停，但外頭並不冷，車身積了薄薄一層雪，落在馬路上的雪很快就消失了。金澙的車很好認，擋風玻璃角落掛著一個黃色貓布偶。
濱岡剛離開狐狸屋，馬上就載到客人了。那是一名三角臉的洋裝老婦人，說要去新宿。她手裡緊緊握著零錢包，計費表每跳一次，她的身子也跟著一彈。之後載到的都是醉客，年尾的夜晚，醉客總是特別多。濱岡勤快地穿梭於新宿、六本木、銀座等地賺錢，甚至不惜拒載短程。想存錢，也得設法開源賺錢才行。這晚最後一位客人是在西荻載到的。
「到水所好嗎？」客人在車窗外問道。
水所位在調布再過去的地方。濱岡在方向盤前交抱雙臂，思忖起來。
這位客人已經醉了，是名肥胖的中年男子。雖然不必擔心這人是強盜，但已經過十二點了，照表收費太沒意思。
客人似乎看穿濱岡在想什麼，「不會虧待你的。」說著從內袋掏出一只厚厚的錢包亮在濱岡面前。

濱岡盯著裡頭的紙鈔，打開了車門。

他穩重且小心地開著車。這位客人非常開朗，連唱了好幾首軍歌；唱到一個段落後，又隨著濱岡打開的FM廣播流洩的法國香頌一起合唱，〈巴黎的屋簷下〉、〈塞納河〉、〈來自托勒密〉、〈初吻〉……

「哦，真不錯。」客人的眼睛閃閃發光，開心地喊著：「巴布爾・托勒密是天才！」

廣播的香頌一結束，客人突然安靜了下來。濱岡往後照鏡一看，客人露出孩子般的天真表情睡著了。

經過下堀收費道路，進入市道G號線，接下來只要一路直行就是水所了，對向行車也急速減少。道路右側是一整片旱田，田的另一頭是多摩川的堤防，偶爾有幾輛車行經上頭，看得到小小的車燈；左側稀疏地立著幾株黑黝黝的樹木，以幾乎一定的距離與G號線垂直相交出一條條支線，似乎都沒有車輛通行，路上都積著白皚皚的雪。

快到市道G號線的盡頭，就看得見前方市營水所社區的燈光了。濱岡在社區入口處停車叫醒客人，客人指著二樓一扇拉上鮮紅色窗簾的窗戶說：「就是那間啦。」

客人付完錢，便頭也不回地跑上樓，鮮紅色窗戶後方傳來女人的陣陣嬌笑，交雜著那位客人大聲唱著〈巴黎的屋簷下〉的歌聲。那兒似乎不是他家，但感覺那女人也不是他女兒；不過若是金屋藏嬌，住到這麼偏僻的社區來又很怪。幹計程車司機這一行，難免會載到一些神祕莫測的客人。濱岡好一會兒只是仰望著那扇鮮紅的窗戶。

而說到神祕莫測的客人，濱岡正打算離開水所社區時，又有一名男子舉手攔下他的車，這位也是相當神祕莫測。

男子在雪中只穿著襯衫颯爽地走著，個子很高，腋下夾著一個黑色物品。

濱岡先看到男子，心想他可能會叫車，於是慢慢駛過男子身旁。但男子看來沒那個意思，濱岡的車子經過之後，男子也只是茫然地目送車子遠去，過了一會兒才非常突然地揮著一隻手追了上來，腳程快得驚人，看樣子他似乎花了不少時間才判斷出這輛是空車。

濱岡問男子要去哪裡，恰好是濱岡回程的方向，他不禁覺得自己今天運氣好極了。這位客人與強盜的形象相差甚遠，五官非常端正，整個人散發著貴公子的氣質。看他一身襯衫跑來，濱岡心想，這人八成是落跑的姘夫吧。男子在後座坐定後，打開抱在懷裡的東西。濱岡不動聲色地觀察著，發現那是一件慎重地翻過來摺好的暗褐色西裝外套，看來是男子不希望外套被雪沾溼，才會摺起來揣在懷裡。西裝裡收著一個黑皮包，男子將皮包擺到一旁，整齊地穿好外套，然後悠閒地靠上椅背。

廣播裡傳來中里拉拉的歌謠，那略為沙啞的嗓音正唱著流行歌〈豁出性命的愛情〉。聽到這首歌，濱岡突然想起金濕。金濕是中里拉拉的歌迷，他說中里拉拉唱到高音時，會轉成一種獨特的沙啞嗓音，那魅力令人完全無法招架。金濕現在是否也正在某處聽著〈豁出性命的愛情〉特輯呢？

這位客人似乎也不討厭中里拉拉，他的手指在皮包上輕敲節拍，嘴邊漾著笑意。

爲什麼你　會在那兒？
是因爲紅木犀的香味吧
爲什麼你　會看著我？
是因爲我眼角的黑痣吧
爲什麼你　向我開口？
是因爲我的嘴唇微顫吧
爲什麼你　眼神寂寞？
是因爲月亮、紅酒與吉他吧
我豁出了自己的性命
只因爲我看到了你的心

就在來到市道G號線中段一帶的時候，車頭燈光線中突然出現一道人影，正朝著車子高舉雙手。

「這傢伙不要命了啊！」濱岡不禁大喊出聲，登時踩下煞車。

濱岡身後響起鈍重的「咚」一聲，他往後照鏡一看，不見客人的身影。看來，剛才的緊急煞車害後座的客人摔下座位了，真可憐。

那位衝到馬路上的男人跑來前車門，臉湊上車窗，拚命拍打著車窗玻璃，濱岡氣呼呼地轉頭一看，「……這不是金潟兄嗎？」他驚訝地打開車門，於是金潟帶著滿身雪花滾了進來。

外頭的雪愈下愈大，開始夾帶著雨。只見金潟臉色蒼白，一臉驚恐，細小的眼睛睜得大大的。

「怎麼了？」

「我碰上了……」金潟的喉頭「咕」的一響。

「碰上計程車強盜？」

「嗯，真是太可怕了。我、我沒想到是你的車，得救了！天、天無絕人之路啊……」

「你沒受傷吧？」

「沒有。那個客人一上車就怪怪的，所以我一直留心著，一看到他揮起扳手，我立刻就跳出車子了。」

「沒受傷就是萬幸了。那個人沒追上來吧？」

「我光顧著逃，根本沒空回頭看。」

「事情在哪裡發生的？」

「G號線朝水所方向，一彎進左邊支線就是了，離這兒沒多遠。真可惡……」

「我們過去看看吧？」濱岡想起金潟剛才還抱怨說年輕人沒碌用。

「不不，太危險了，還是先報警吧。」

事後他們才知道，這樣的處理是最正確的。

「離這兒最近的公共電話要到下堀收費道路的收費站那兒才有吧？」

「沒錯，與其胡亂找民家借電話，還是直接去收費站比較快。那就拜託你了。」

濱岡望向後照鏡，那名摔下座位的客人正慢吞吞地爬起來。濱岡一扳動排檔桿，客人又一屁股跌坐在車椅上。

「客人……」濱岡覺得這位客人真的很可憐，「如您所聽到的，我們接下來得去報警才行。您如果趕時間的話，方便請您改搭別的車子嗎？」

「別的……車子？」客人的臉也失去了血色。果然人不可貌相，這位美男子似乎十分膽小。

「這種時間攔得到車嗎？而且，萬一你的車一開走，強盜就追了上來，那我怎麼辦？沒關係啦，我一點都不急，請讓我跟你們一道去。」

「真、真是不好意思了。」金潟回頭對著後車座說道。

「那麼，那個計費表……」

男子明明怕得要死，卻很斤斤計較。

「那麼，我收您到這兒的車錢就好了。」濱岡念出金額後，關掉計費表。他也沒忘了生意。

「……啊，這下糟了。」金潟把嘴湊近濱岡，「……有味道嗎？」

濱岡抽動鼻子，「……有一點耶。」

「傷腦筋啊……」金潟咕噥著。

真的很傷腦筋。金潟平常對警察總是避之唯恐不及，現在卻得主動找上警察。濱岡突然想起車裡有一瓶法國夫婦送他的干邑。

「客人，」濱岡大聲說道：「不好意思喔，一直提出一些無理的要求。想請教您能喝嗎？」

「你是說喝水嗎？」客人似乎嚇昏頭了，一時間無法理解濱岡的意思。

「不是水，是酒。」

「哦，也不是不能喝啦。」他的語氣彷彿事不關己。

「太好了。其實啊，這傢伙稍早在狐狸屋喝了點小酒，等一下萬一在警察面前呼出酒味就不妙了。可不可以請您喝個一杯，等會兒站在這個人旁邊，幫他遮遮酒臭味？」

「我還是生平頭一遭讓計程車司機先生請喝酒呢。」

「我也是頭一次請客人喝酒呀。」濱岡拿出座位底下的干邑白蘭地，交給金潟遞給客人。

「車裡沒有下酒菜，不好意思了。」

「別在意，我喝純的也沒問題的。」客人一拔掉木塞，就著瓶口便喝將起來，立刻嗆到了，

「這、這是什麼？」

「干邑白蘭地。」

「我想也是。嘴裡好像有火在燒。」

「您還好嗎？」

「沒事。我有一陣子沒喝酒了。哎呀，這不是馬爹利藍帶嗎？」客人說著說著嘴又湊上瓶口。真不曉得這人是想好人做到底，還是單純地骨子裡愛喝酒。

車子很快來到下堀收費道路的收費站，三、四分鐘後，多輛警車如忍者般在雪中悄悄抵達。

「那麼，麻煩三位立刻帶我們去現場吧。」

說話的是一名穿著舊大衣的刑警，月牙形的臉龐曬得很黑，眼神威嚇力十足，說話的措辭和語氣卻有禮得令人發毛。金潟正在向警方說明狀況，話還沒說完，月牙臉刑警打斷他的話，一頭鑽進濱岡的車裡。

而站在金潟身旁抱著千邑酒瓶哈哈喘著氣的男子也急忙滑進刑警旁的座位，刑警狐疑地交互望著男子與酒瓶，說：「你是……？」

「我、我是一開始就搭乘這輛計程車的乘客。您辛苦了。」

「你從剛才就一直猛喘呢。」

「……我、我好像有點感冒。天這麼冷，您也來一杯如何？」

「那真是太好……不不，我正在執勤，謝謝你的好意。話說回來，是你們三位遇上了計程車強盜嗎？」

前座的金潟回過頭來回答：「不，遇襲的只有我。我是另一輛計程車的司機，早先我在新宿載了一名年輕人，他要我把車停在一個莫名其妙的地方，我覺得奇怪，從後照鏡一看，正好看到那個人舉起扳手，我當場就棄車逃走了。」
「事發這麼突然，還好你反應夠快呢。」
「我逃到G號線向迎面的來車求救，結果碰巧是濱岡的車。」
「這就叫絕處逢生吧。你讓那名年輕人上車的時候，覺得他有什麼異樣嗎？」
「沒什麼印象耶……，他就站在交通安全宣傳看板旁邊招手叫車，如此而已。」
「不，我的意思是，從新宿到水所的距離相當遠吧？你明知最近計程車搶案頻傳，卻還是載了他？」
「這……因為那個人一上車就給了我小費……」
「原來如此。歹徒又有新花招了啊。」
「我是想應該不可能那麼倒楣吧，家裡又那麼多孩子嗷嗷待哺，忍不住就……」
「我明白我明白，現在這麼不景氣嘛。那麼，你記得那個人的長相嗎？」
「記得。他盯著我的眼神，就像黃鼠狼似的陰險又狡猾……」
「太好了，我們一直無法繪出歹徒的樣貌好展開通緝，正傷腦筋呢。你還有沒有留意到什麼特徵？」
「他穿西裝，打了紅色領帶，菸抽得很凶。」
「嗯嗯，觀察入微呢。」
「啊，濱岡，好像就在這附近，麻煩開慢點！」

車子就快到市道G號線的中段了。金潟伸長脖子，湊上擋風玻璃盯著外面看。G號線上每隔七、八十公尺，就有一條支線往左側延伸，每條支線上都積著雪。來到不知道第幾條支線前方，金潟要濱岡停下車子，「就是這裡……」

這條路和之前的支線一模一樣，平凡無奇，但路面清晰地留下了一道黝黑的車胎痕跡。

「是你的車胎痕跡吧。」

「是的。」

刑警叫濱岡打開車門，一邊取出一把大型手電筒，把抱著酒瓶的男子推出車外，自己也下了車，接著照亮車胎痕跡仔細地檢視。沒多久，後續警車也一一抵達，數名警察來到現場。

除了車胎痕跡，還有一組腳印與其平行，似乎是一路從支線深處走出來而留下的腳印。然而雪花不斷堆積在路面上，腳印眼看著開始消失。

「錯不了，這正是我的腳印。」金潟打開車門說道：「我就是在這兒再進去三、四百公尺的地方遇襲的。」

「我們慢慢開過去吧。」刑警催促那名客人上車，他正一臉稀罕地盯著車胎痕跡看。一行人上了車。

濱岡順著車胎痕跡左轉開進了支線，就這麼靜靜地追蹤胎痕。前進了一會兒，前方似乎有個黑色東西浮現在車頭燈光線中。

「我的車還在！」金潟低聲叫道。

「接下來怎麼辦呢？」濱岡請示刑警。

「再靠近一點。」

車頭燈迎面照著那輛靜止的車子，一面緩緩駛近。隨著距離縮短，那輛車頭朝前方的車子輪廓愈來愈清楚，但奇妙的是，車子外形並不是左右對稱，車體右側好像有什麼東西突了出來。

「停車！」刑警的聲調變了，「車燈別關上。金潟先生，你看得到車牌嗎？」

「看得到。」

「那輛確定是你的車吧？」

「是的，我很確定。」

「你們幾位千萬不要下車。」刑警丟下這句話便下了車，朝後方警車舉起手。

「難道歹徒還留在你車上？」濱岡也感受到刑警的態度不尋常，他搖下車窗看向外頭。抵達現場的警察似乎非常忙碌，透過無線電聯絡的聲響不絕於耳。

「你是說強盜犯嗎？嗯，似乎還有一半留在車裡。」後座的客人開口了：「而且已經被殺了。」

「怎麼可能！」金潟大喊，「差點被殺的可是我耶！」

「可是，二位請仔細看一下，那輛車的右車門是開著的吧？而且有個東西像是從車子裡被拖出來似的垂在外頭，正是一名頭朝下倒在那兒的男子。」

「不可能！」

「請等一下哦。」客人打開他的黑色皮包，取出攝影機，以不甚靈巧的動作換了鏡頭，頻頻窺視觀景窗好一會兒之後說道：「這是三百厘米的長鏡頭，遠處被攝體的臉部表情都能看得一清二楚。看來的確是死了。嗚哇！有、有血……」客人一副快吐出來的表情，把攝影機交給金潟。

金潟也急忙望向觀景窗，「……沒錯，就是他，錯不了。可是，怎麼會……？」

濱岡也借了客人的攝影機眺望現場。

金潟的車和濱岡的一樣是深藍色的，車體積了一層雪，車內燈亮著，但車子裡頭悄無聲息。同時，正如後座客人所說，右側的駕駛座車門整個敞開，有個男子的上半身跌落出來，頭部滿是鮮血，一頭長髮看上去爛糊糊的，鼻子也噴出血來，瞳孔渙散。雪落在他扭曲的背部，花樣奇特的紅色領帶纏繞在他伸長的手臂上，一支粗大的扳手就落在他手邊，扳手的前端沾滿了血跡，這應該就是凶器了；車子周圍地面雜亂地散布著許多腳印。

「二位不覺得奇怪嗎？」客人話說得慢吞吞的，似乎開始有醉意了，「車子周圍有好幾個腳印對吧？但是離開車子走出來G號線的腳印卻只有一組。」

「是啊，那是我的腳印啊，怎麼了嗎？」金潟一臉狐疑。

「請仔細想想，這麼一來，就變成那名殺了強盜的兇手，是從支線的另一頭過來車子這兒殺了人，又逃回另一頭去。但既然要逃，逃往G號線不是比較近嗎？而且只要朝G號線方向走，也有辦法不留下自己的足跡證據。」

「兇手可能有什麼考量吧，我哪知道兇手在想什麼？」

「不，我這麼說的前提是，車子另一頭**假使有**腳印或車胎痕跡延伸而去。從這裡看不到另一頭路面的狀況，但或許那一頭也**沒有**腳印。」

「如果那一頭也沒有腳印，就代表……？」

「除非兇手是從空中飛來，殺死那名強盜，又飛上空中離去，否則能殺害那名強盜的……」

「不就只有我了嗎！」金潟經客人這麼一提醒，當場慌了手腳，「請、請不要胡說八道！我只是逃離搶案現場而已啊！」

「可是，如果沒有找到其他腳印，警方會認定你在逃跑之前與強盜發生了爭執……」

「胡說八道！」金潟一臉狼狽地抓住車門鎖，卻發現不知何時，一身制服的警察已嚴密地守在車門邊。金潟鬆開手，眼睛骨碌碌地東張西望。

「先冷靜一下吧。」客人將干邑遞給金潟。

「好吧，今晚應該不必開車了，喝點酒還能蓋掉狐狸屋的酒味，總不會因為酒駕被捕了吧。」

但還是很有可能因為殺人嫌疑被捕啊——濱岡心想。

金潟伸出粗壯的手接下干邑，湊上嘴邊。

在稍遠處圍住現場的警察看到車子周邊的勘驗結束，同時走向那輛車，打開所有車門。

「裡面沒有藏人。」客人說。

警察仔細檢驗屍體，車子後車廂也被打開來慎重地調查內部。

「鑰匙明明就插在前座，幹嘛連那種地方都要檢查啊？」

理由顯而易見，因為金潟的嫌疑相當重大。

守在車旁的警察命令濱岡把車停靠到路邊，濱岡剛發動車子，後方一輛黑色汽車超過他的車，直到被害人身旁停下。車門打開，走下一名挺著啤酒肚的壯碩男子，彷彿被擠出車門似的。眾搜查官站在大個男前面，熱心地說明現場狀況，也包括了搭濱岡車子前來的月牙臉刑警。

「金潟先生，」一名警察望進車子裡，「麻煩你來一下。」

金潟不甚情願地走出車門，濱岡也想跟著下車，卻被警察制止，車門也旋即被關上。

金潟半拖行似地被帶到大個男面前，警方問了他什麼，只見他比手畫腳地解釋著，沒多久，就看到他急呼呼地吐出白色氣息，愈說愈激動。

「狀況好像愈來愈不對勁了。」濱岡皺起眉頭說：「看那樣子，走出那輛車的腳印，好像只有金潟兄一個人的。」

「嗯，看來並沒有其他的腳印。」客人的呼吸裡充滿干邑的氣味。

濱岡腦中閃過金潟在狐狸屋時神氣活現的模樣。

金潟頻頻望向腳下，因為警官正在比對腳印。大個男說了什麼，金潟只是不斷地搖頭。

「好像要抓他了。」客人話才說完，兩名警察已抓住金潟的雙臂。

但金潟個子也頗高大，他甩開警官，頂撞大個男，但沒兩下就被警官制伏了。

金潟被帶往警車，經過濱岡的車子旁邊時，他忿忿地跺腳大叫：「不是我幹的！濱岡，你也說點什麼啊！」

濱岡想開門，又被別的警察制止。

「救救我啊！」金潟一邊發出慘叫一邊被押進警車，就這麼被帶走了，只留下那道呼喊迴蕩在現場。

大個男走近濱岡的車，說有事要詢問。濱岡急忙下車。

「請問，金潟兄做了什麼嗎？」濱岡詰問大個男。

「我們希望他以證人身分提供更詳細的說明，所以請他去署裡一趟，待在這種大雪中問話，也太為難他了。」大個男的聲音小得幾乎聽不見。

「我怎麼覺得是你們警方強行逮捕他啊。」

「你多心了。沒有逮捕狀，我們是不能隨意逮捕人的。」

此時，又有車聲傳來。大個男身旁的月牙臉刑警眼尖地看見了，說道：「部長，先進車裡吧。」

「哦，記者已經趕來了啊。這些人還是老樣子，手腳超快。吳澤你也一起上車吧……」

這兩人說話都十分拐彎抹角，態度卻是不容分說。兩人很厚臉皮地擠進濱岡的車裡，後座的客人都快被大個子部長給擠扁了。

「你是……？」部長交互望著客人和酒瓶。

「我是……碰巧搭乘這輛計程車的……乘客。」客人把酒瓶湊到嘴邊，喝了一口，又哈哈喘氣。他是不是忘了金潟已經不在車上了？

「味道應該很不錯吧？」部長不停地抽動鼻子。

「要不要來一點？」

「嗯，感激不盡。外頭實在太冷了吶。」部長接過酒瓶，望著標籤一臉納悶，突地把瓶子湊上嘴巴喝了一大口，「……是真貨吶。吳澤，你要不要也檢查看看？」

「當、當然了。我從剛才就一直很想確認一下，怎麼可能是真的藍帶呢？」

被兩人「檢查」過後，干邑少了一大半。客人在一旁緊張兮兮地盯著酒瓶看，警官們卻沒有還他的意思。

部長推開客人伸過來拿酒瓶的手，問道：「請問大名是……？」

「亞。」

「呀？」

「亞鉛的亞。」

「太奇怪了吧，沒有人只叫『亞』一個字啊，如果是『哎呀先生』或是『哎哦先生』還能理解。」

「不能只叫『亞』嗎？」

「也不是不能，只是聽起來很奇怪。叫『哎呀先生』就不覺得怪了。」

「也有人叫我『愛』。」
「看吧？不是只有我覺得怪呀。話說回來，哎呀先生。」
「哎。」
「不要跟警察開玩笑。你是在哪裡攔下這輛計程車的？」
「在水所社區附近。」
「三更半夜的，你在那裡做什麼？」
「我在水所社區的朋友那裡喝過頭，弄到很晚才想到該回家了。」他面不改色地撒謊道。
部長喝了口干邑，交互看著前座上駕照的照片和濱岡的臉說：「濱岡先生，我聽說你是在經過G號線的時候，金潟先生突然衝到車子前面向你求救，是這樣嗎？」
「是的。」
「地點在哪裡？」
「應該就在這附近。」
「金潟先生當時的狀況如何？」
「那時候，有個人突然衝進車頭燈光線裡向我揮手，我緊急煞車，對方便跑來前座車窗旁，一看正是金潟兄。他說他遇上計程車強盜，我便載他到下堀收費道路的收費站報警。」
「一路上金潟先生說了什麼嗎？」
「他說他的客人要他在陰暗的路上停車，他正覺得奇怪，就發現客人突然舉起扳手，他嚇得當場逃了出來。」

「還有呢？」

「他似乎受到很大驚嚇，沒說太多詳情。」

「我好像聞到他身上有些酒味……？」

「是這位客人為了讓他冷靜下來，請他喝了點酒。」

「金潟先生平常是怎麼樣的人？」

「他從沒有因為酒駕被捕。」

「或許只是沒被抓到吧。」

「金潟兄的確愛喝酒，但他應該不會酒駕。」

「他的為人呢？看他個頭不小，似乎滿有兩下子的。會不會一喝醉，膽子也跟著大了起來呀……」

「大家不都是這樣嗎？可是金潟兄從不動粗的，他這人很老實，家裡還有五個孩子要養呢。」

「五個孩子？這麼多啊。換句話說，他為了保護自己，是有可能拚上老命的吧。」

「你是想說，金潟兄反擊殺掉了強盜嗎？」

「從目前狀況來看，這是最有可能的啊。仔細聽好了，就如你所看見的，金潟先生的車裡有一具屍體，而且除了屍體別無他人，我們也打開後車廂檢查過了。再者，這條路上只有金潟先生那輛車的車胎痕跡，以及他離開車子的腳印。結論再明顯不過了——殺害強盜的，就是留下那道腳印的人。」

「……可是，那些腳印很不清晰不是嗎？又不能斷定那就是金潟先生的腳印啊。」

「哦？那麼你是說，金潟先生就像鳥一樣，不留任何腳印，飛到G號線去找你了嗎？」

「……」

「你這麼講義氣是很感人，可是最好不要隨口替他辯解哦。而且金潟先生的呼吸裡雖然有干邑的味道，也有日本酒的味道。我這個人對酒可是小有研究的。」

「金潟先生車上的現金呢？」

「原封不動留在車裡。」

「計費表呢？」

「壞了。應該是行凶的時候被打壞的吧。還有其他問題嗎？沒有的話，麻煩你千萬留意自己接下來所說的話，它們將成為重要證詞，從實招來才是明智之舉。請問，你們抵達收費站之前，金潟先生真的什麼都沒說嗎？像是『我打倒了強盜』之類的。」

「……他沒說這種話。」

「你叫哎呀先生是吧。你呢？」部長喝了一口干邑，以粗厚的手掌抹了抹瓶口，把酒還給了亞。

「……我、我也沒聽到他說這種話。」

「你這個外人沒必要幫他說話吧？」部長從口袋取出一個銀製菸盒，打開盒蓋遞到亞前面，裡面整齊地排列著白色香菸。亞伸出手抽出大約中間位置的一根，叼到嘴上。

部長取出打火機。「咦？你怎麼了？」

亞突然翻起白眼，一副快昏倒的模樣，部長連忙伸出手臂想扶他。

「也就是說……這條路……」亞重新坐直來，一邊把玩著菸。

「那不是路，是菸。」

這個人是突然醉到連菸都認不出來了嗎？

「而且……為什麼強盜長相不是像**狐狸**般陰險，而是像**黃鼠狼**般陰險呢？」

「你在說些什麼啊？」

「我去看看。」亞突然打開車門，腳步踉蹌地下了車。

「你要去哪!?」部長想追上去，龐大的身軀在狹小的座位上掙扎著，車體也跟著左右搖晃。

「我要去這條支線的入口。」亞說。

「去那兒做什麼？」

「得找出黃鼠狼的腳印才行……」

部長和吳澤刑警面面相覷。

「搞不好真的查得出什麼線索，過去看看吧。再說我本來就認為醉鬼的腦袋瓜特別靈光呢。」濱岡也跟著下了車，他認為自己身為證人，應該會觀察到什麼線索才對。

支線上滿是汽車、警察、記者、攝影師，以及總是精力旺盛的看熱鬧民眾，嘈雜得宛如白晝。警察負責開道讓四人通過。亮晃晃的燈光打起，Eyemo攝影機也運轉著。一臉惺忪、被警察夾在中間的亞大概是被當成了兇手，有人自以為是地朝他叫罵，還有人唱起中里拉拉的〈豁出性命的愛情〉。

來到支線與G號線的交界處，亞專心一意地檢視著地面的積雪。他指揮拿著手電筒的吳澤刑警，一下要他照那裡，一下又要他照這裡。

「麻煩您手電筒不要移來移去，照得我眼睛都花了。」

「你眼睛會花，是因為酒喝太多了吧？」吳澤刑警鼓著腮幫子說道：「到底會找到什麼啊？」

「嗯，什麼都沒有。」

「什麼都沒有？」

「沒有石頭，沒有樹枝，正因為什麼都沒有才奇怪。」亞像個樂團指揮似的揮著酒瓶，「強盜為什麼會選擇這條支線呢？」

「因為這條路上沒有人跡啊。」

「沒有人跡的路多的是，問題是，強盜怎麼會想要彎進這條**什麼都沒有**的支線呢？」

部長聽言，眼睛銳利地一閃。

亞走出雨雪紛飛的支線，來到G號線上朝水所走去。三人都懷著異樣的心情，默默地跟在亞後面。

來到下一條岔路口，亞停下了腳步，但這條支線也沒有亞在尋找的東西，有的只是即將融化的雪道不斷地往遠方延伸。亞朝瞥了一眼這條支線，又急忙沿著G號線前進。

來到第二條岔路了，亞站在路口，張望了一圈，突然跳了起來，「有、有了！」

「找到什麼了？」

「黃鼠狼的腳印。」

雪地上有一串黑色的小足跡，沿著支線延伸而去，留下腳印的小動物似乎是橫越G號線之後跑進了這條支線。

「這的確像是小動物的腳印，但不是狗或貓的腳印嗎？」

「不是，也不能是狐狸或貉，無論如何都得是黃鼠狼。」

部長並沒有繼續爭論，因為，路面上還留有其他更令人感興趣的痕跡——四道車胎痕跡，以及一組從支線深處走出來的人類腳印……

「這道才是金潟先生的腳印。」亞以酒瓶指著腳印說道：「……而這些車胎痕跡，是金潟先生的車進入這條路，又離開這條路的痕跡。」

「你的意思是……？」

「沒錯。沿著這條支線再進去一些，才是計程車強盜事件真正的現場。」

「那麼金潟兄果然是……」濱岡忍不住大聲了起來。

「是的，他真的是被害人。」

夾雜著雨的雪下得更大了，積雪上的腳印正逐漸變淡。

部長晃著他的啤酒肚說道：「如果金潟先生不是兇手，那麼真兇是誰？」

亞喝乾瓶底僅剩的干邑，說道：

「兇手是一名短髮、削瘦的嬉皮打扮男子吧。如果他正一邊哼著歌，我想他哼的應該會是中里拉拉的〈豁出性命的愛情〉。」

亞雖然把背挺得筆直，上半身卻彷彿在描繪李賽（Lissajous）曲線似地擺盪，話也講得慢吞吞的，早已醉到口齒不清了。刑警辦公室裡溫暖的空氣，似乎更是讓他的醉意蔓延到指尖去。部長拿著大杯子灌了亞好幾杯水；而亞就像個酒鬼，乖乖地喝掉一杯接一杯遞過來的大量開水。

部長、吳澤刑警、濱岡以及金潟都盯著亞看。亞說起話來顛三倒四的，不過部長稍微凶狠地恐嚇他一下，他的話語立刻變得有條有理了：

「……我是在報上讀到這一連串計程車強盜案的犯案手法的。強盜的手法十分野蠻，只要是杳無人跡的地方都好，強盜先要司機停下計程車，接著突然從背後以鐵鎚等凶器攻擊。今晚的現場也是，市道G號線附近顯然是個適合下手的地點。然而我在意的是，強盜為何選擇了那條支線？如果強盜是事前做過勘察，我更好奇他選擇那條路的理由了。刑警先生您也記得吧？我們在金潟先生的帶領下，前往他遭到強盜襲擊的現場。金潟先生為了重回現場，拚命地尋找自己的車胎痕跡。這也是非常合情合理的，因為G號線的幹線是直線道，左側每隔大約七、八十公尺就有一條直角相交的支線延伸出去，但每一條路都同樣覆蓋著白雪，沒有任何明顯記號可供辨識。在這麼多條毫無特徵的支線當中，強盜為何單單挑了這條呢？」

「哎呀先生，就像你剛才說的，只要是沒有人跡的路，哪兒都能下手吧？強盜只要隨便指定一條支線，叫金潟先生在那兒左轉就行啦。」

「隨便……嗎？可是啊，有趣的是，人有個特性，通常很難出於隨便來挑選事物。例如我們經常會散步，可是明明走哪條路都行，平常散步的路線卻幾乎是固定的；設定銀行提款卡短短幾位數的密碼時，也很少有人真的是隨便挑選幾個數字，大多會以自己的出生年月日或電話號碼為依據，所以有時才會被聰明的歹徒輕易地猜出密碼來。我就遇過一名遭通緝的殺人犯，全國各地那麼多地方可逃，他卻偏偏逃到最危險的女友故鄉去……」

部長打開菸盒，遞到亞前面。亞看到菸盒，睜圓了眼說：「就、就是這個菸盒帶給了我靈感的。」

「這只是個平凡無奇的菸盒啊。」部長拿起菸盒打量。

「剛才您也像這樣請我抽菸。菸盒裡擺滿了菸，我若無其事地抽出其中一根，卻忽地在意起——為何我會挑選這一根呢？」

「哎呀先生不是隨便抽出來的嗎？」

「我原本也是這麼以為，但仔細想想，並不是這樣的。那根菸比其他的菸要突出菸盒一些；只有一根與眾不同，就會顯得特別醒目對吧？我若無其事地伸出手，下意識地選了那一根，然而就在那一瞬間，菸盒中的成列香菸化成了許多條雪白的道路。」

濱岡想起他在狐狸屋攤開地圖，幻想在巴黎市街兜風的事。沒錯，自己為何會想在奧斯曼大道左轉？因為轉彎前，他看到了右手邊的歌劇院；因為看到了歌劇院，才會忽然放慢速度，興起左轉遠行至香提伊森林的念頭，不是嗎？如果沒了「轉角的歌劇院」這個契機，他應該就不會想轉彎了。

……還有，自己會在狐狸屋牆上的菜單中選擇天婦羅定食，也是因為寫著天婦羅的字體特別粗。換句話說，這就和亞彷彿無意識、其實是根據連自己都沒察覺的微小理由從部長的菸盒裡挑出一根菸，是一樣的心理狀態。

濱岡忽地想起中里拉拉的歌——「爲什麼你會看著我？是因爲我眼角的黑痣吧……」如果她沒有黑痣，會不會就只是個不起眼的女孩呢？——「爲什麼你會在那兒？」並不是毫無理由地走過來的，而是被紅木犀的香味引誘而來到這兒……

亞打了個大大的飽嗝，繼續說道：

「就像這樣，我們人類很不擅長隨機挑選東西。好比哼歌，知道上千首歌曲的人下意識哼出來的歌，即使看似隨口哼出，其實並非如此。若不是當天早上在廣播中聽到而留在記憶裡，就是在哼歌之前聽到而印象深刻的歌吧。」

「金潟兄遭到強盜襲擊的時間帶，廣播正在播放中里拉拉的〈豁出性命的愛情〉特輯。金潟兄，你當時也在聽那個節目吧？」

金潟聽言，一臉吃驚地說道：「沒錯，我當時正在聽〈豁出性命的愛情〉……」

「所以你才說歹徒會哼著〈豁出性命的愛情〉？」

「這下省了警方許多工夫，真是太感謝了。」吳澤刑警搓著手說。

亞長長地呼出一口煙來，說道：

「我有個朋友，想買領帶而去了百貨公司，卻被領帶賣場數量龐大的領帶給搞得眼花撩亂，最後什麼都沒買就回去了。言歸正傳，我看到遇害強盜的穿著，發現他打了一條時髦的紅色領帶，一身打扮像是親自精心挑選的，我想這種人應該比一般人更難隨便決定事物。證據就是，這次的計程車強盜會避開有四、九的日子、佛滅等凶日犯案，不是嗎？就好比乍看是隨便挑日子的結婚典禮，其實是不知不覺避開了某些日子。

所以我很好奇那名強盜為何會挑選那條支線，我再次去到G號線，仔細檢視路面，但是那條支線與其他支線相同，並沒有任何特徵。只要是醒目的東西，什麼都好，譬如有棵與眾不同的樹，或是有根特別突出的樹枝也行，但現場什麼都沒有，於是我起了疑心——強盜選中的支線會不會其實是別條呢？」

「你這人意外地固執呢。」部長大感佩服。

「話說回來，金潟先生，能不能請你再回想一下，那名強盜為何要你彎進那條支線呢？」

金潟納悶地偏著頭苦思。

「看來你受到的衝擊相當強烈呢。當時是不是這樣呢？——有隻黃鼠狼竄過你的車子前面，對吧？」

金潟茫然地看著亞，接著赫然一驚，「沒錯！就像你所說的，要彎進那條支線之前，有隻黃鼠狼在車燈前方從右跑向左，我緊急踩了煞車，而後座那個人應該也看到了吧，我聽到他罵了聲『可惡的黃鼠狼』，接著就指示我左轉彎進支線。可是客人，你怎麼會知道這件事？」

「你形容強盜相貌的時候，不是說他『像黃鼠狼般陰險狡猾』嗎？可是通常我們描述一個人長相狡猾，都習慣說『像狐狸般陰險狡猾』，更何況你稍早才剛在一家叫狐狸屋的餐廳吃飯喝——不，吃了一頓飯，對『狐狸』兩字應該印象猶新，為什麼卻會說出『黃鼠狼』這樣的形容詞呢？就在那時，我想起了哼歌時的心情，於是我便猜想，金潟先生在遭到強盜襲擊前，一定是遇上黃鼠狼竄過車子前方了。」

「我奶奶曾告訴我，」身形胖碩的部長說：「這叫『黃鼠狼擋路』。看到黃鼠狼跑過前面，是不祥的兆頭。看來那名強盜很介意這種迷信呢。」

「他連日子吉凶都會介意了。沒想到愈年輕的人反而愈迷信啊。」吳澤刑警也附和道。

「然而，當我想到或許曾經有黃鼠狼跑過金潟先生車子前面的時候，金潟先生已經被警車載走了，一時沒辦法向他確認；但如果有黃鼠狼經過雪地，應該會留下腳印，雖然積雪已被好幾輛車子壓過，但不可能**所有的**黃鼠狼腳印都被破壞，應該多少留下了一些才對，然而我卻遍尋不著。就這樣，我益發確信強盜指定的支線一定是別條了。」

「如果你再晚個十分鐘察覺這件事，那場雪一定已經把所有腳印都覆蓋掉了吧。」

而那麼一來，金潟也將遭到逮捕。濱岡不禁再次望向金潟，打了個寒顫。

「這也是殺人兇手的目的之一。恐怕真正的兇手正是計程車強盜的同夥，他很厭惡一直遭到伙伴逼迫，或者他想獨吞好處，又或者是害怕自己的思想遭到箝制。」

「你幾乎全答對了。兇手已經自白，說他想逃離同夥，除了殺掉他，別無選擇。真是個懦弱的傢伙。」部長告訴眾人。

「這兩名強盜看到金潟先生逃走，來到車外。兇手發現大雪開始夾雜著雨水，估計等警察抵達現場時，積雪雖然不至於消失，但多少會開始融化，於是他心中一個念頭油然而生——有個逃離同夥的方法，只要殺了同夥，再誣賴給素不相識的計程車司機……」

「你會認為強盜有兩人，是因為聽到金潟先生說歹徒菸抽得很凶，所以你覺得那應該是兩人份的煙嗎？」

「這也是原因之一。最主要是因為，我看到報導中指出，一連串計程車強盜事件的被害人對於歹徒外形的描述大相逕庭，這一點我一直很在意。有人說強盜是個削瘦男子，也有人說身材中等；有人說強盜留長髮，也有人說是短髮。於是我在想，如果歹徒有兩人輪流犯案，就有可能出現這樣的證詞了。」

濱田心想，要是遇上兩人聯手的強盜，根本毫無勝算吧，更何況司機們都是赤手空拳。之前那名遇害的司機一定是以為兇手只有一人，才會試圖抵抗吧。

「他們的犯案手法是這樣的：首先，夜裡在都心攔下計程車，其中一人上車的時候，另一名共犯偷偷溜進座位底下。應該有幾種方法，像今晚，共犯恐怕是躲在交通安全看板的後方，趁著紅領帶男子以超乎常理的高額小費吸引金潟先生注意力的時候，鑽進車子裡面。不知怎的，至今竟然沒人識破這個陽春手法，不過我想他們的演技應該相當高超吧。就如同我剛才說的，他們似乎是輪流扮演轉移司機注意力的角色以及鑽進車後座的角色，也因此警方至今無法製作出清晰的強盜通緝畫像。

兩人鑽進車子後，在杳無人跡的暗處要司機停車，突然下手行搶。如果司機反抗，就兩人聯手攻擊。這麼多次的行搶當中，今晚或許是最輕鬆的一次，因為司機一看到扳手就逃走了。這時，共犯從座位底下出來車外，看著金潟先生留在雪地上的腳印，他想到了擺脫紅領帶男子的方法。我想他應該是無時無刻不在思考這件事吧——他決定殺害凶暴且棘手的紅領帶男子，將罪嫌誣賴給金潟先生。

兩人行搶告一段落，共犯繞到全神貫注於搜刮現金的紅領帶男子身後，以事先準備好的凶器毆打他，紅領帶男子應該當場暈倒了吧。接著兇手把計費表也砸毀了，因為有必要開車多走一段路，萬一金潟先生記得里程數就糟了。兇手殺了紅領帶男子之後，開著金潟先生的車回到市道G號線，往下堀收費道路方向開了兩、三百公尺，接著隨意找個地方迴轉，折回水所方向，但是他並沒有回去現場，而是在還不到現場的前兩條支線處轉進去，將車子駛到與案發現場差不多距離之後，停下了車子。」

「左側那些支線全長得一個樣，沒有任何明顯特徵，所以我要帶你們重回現場，只能循著自己車子的車胎痕跡過去……」金潟苦著那張稜角分明的臉說道。

「金潟先生找到的車胎痕跡，其實是兇手的傑作。兇手到了定點後，將紅領帶男子踢出車子，把現場布置得像是一起計程車搶案，並把紅領帶男子的凶器收起來，扔下自己方才殺人的凶器，雖然我不知道他把指紋擦掉了沒。」

「這在現在已經是常識了。不過指紋雖然擦掉了，車裡留下了疑似兇手抽過的香菸菸蒂，應該能夠成為有力的證據吧。」吳澤刑警又搓起手來。

「最後，兇手只要留下自己的腳印，一路走出G號線逃逸就大功告成了，因為兇手已料到，當警察抵達時，他的腳印早就因為雨雪而融得差不多了，分不清是金潟先生的還是兇手留下的。而且，當偽現場的勘驗結束時，真正事發現場的雪應該也融光了……」

吳澤刑警放下話筒。「部長，聽說嫌犯自白了。」

「噢噢，這樣啊。」部長把椅子壓得咯吱作響，站了起來，接著哼著曲子離開了辦公室。濱岡用不著豎耳細聽，馬上就知道那首歌是中里拉拉的〈豁出性命的愛情〉。

——完——

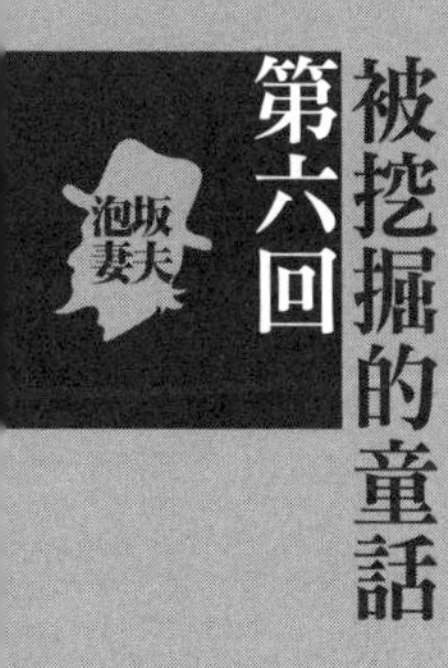

第六回　被挖掘的童話

もりのさる　おまつり　の
森林的猴子　祭典　的

やまみち　ほい　やまなみ　よお
山路　嘿　山巒　喲
おさるがね　くさはらお　はねだし　はしるよ
小猴子　跳過　草原　奔馳而去
あの　つずみふえ
牠的　股笛
ひょるるり　ぽんぽうん　ぴぴ　とぴぃ　とね
咻嚕嚕哩　叭叭　嗶嗶　兒　嗶
もりのさる　まってた　あきぞらの
森林的猴子　等待著　秋季天空下
やまのおく　やまびこの
山林的深處　回音的

たのし　いな　もりのさる

好快　樂呀　森林的猴子
さあみんな　おおいみな　ささあつまれよ　おお
喏大家　喂大家　快呀快來集　合喲　噢噢

もりのさる　ゆめにも　おまつり　みていたよ
森林的猴子　連做夢　都夢見　祭典呢
こすずめも　たぬきよ　さあ　きみたちも
小麻雀　貍貓兒　喏　還有你們
ねずみ　もぐら　むじな　ねこ
小老鼠　土撥鼠　小貉子　小貓兒

たぬき　がね　いいあたま　ひねるよ
貍貓　兒　動動牠的　聰明腦
さ　むじなよ　もりのさる
喏　小貉子　森林的猴子
のはらや　みちべお　あるくより
與其走過　原野和　路邊

おいらが　どろんと　きりんに　ばけるから
不如我來　咚地一聲　變成　長頸鹿吧
みな　しっかり　のるのさ
大家　好好地　坐上來
ドロロロ　ロロロン　つかまれよ　そら　のるぜ
咚隆隆隆　隆隆隆嗡　抓好了呀　一二三　上來嘍

あののはら　あのぬまお
穿過那原野　越過那沼澤
とぶよう　めがまわる　やのよう
像隻箭般　飛快地跑過　眼都花了
せなかから　もりのさる　するりと　おちたぞ
森林的猴子　咻地一聲　滑下　背來了
たいへん　むじなも　そらおちる
不好了　小貉子也　啊掉下來了
うは　なむさん　こねずみ　どすん
哇　救命呀　小老鼠　咚

きあ　それおちる　うは　あは
呀　掉下來了　哇啊　呀啊

おおいみな　みな　おるか
喂大家　大家　聽我說
だめだなあ　たぬめは　あほくさい
眞是糟糕　貍貓兒　太笨了
おまえはね　まず　だめなのさ
你的主意　眞　糟糕
まぬけさ　あわてめ　どあほう
大蠢蛋　冒失鬼　大笨蛋
へい　それならば　かってに　のるくさ　さるとゆけ
哼　那就　隨你們　曼呑呑地　跟猴子去吧
ぱぱ　ぱっ　たぬきはさ
啪啪　啪　貍貓兒變成
ぴかぴかの　ゆうほお　なの
一個　金光閃閃的　幽乎

まるいめお　する　みなに
看到睜圓了　眼睛　的大家
もりのさる　はげまして
森林的猴子　大聲鼓勵道
もおすぐよ　さみな
就快到了哦　大家
どたぬきの　ゆうほお　なんかは　だめ
笨狸貓的　幽乎　算　什麼
ゆくのよ　みなよ
走嘍　我們一起走
やあ　ほお
呀啊　嘿喲

ちがおどる　おみこし　とおるよ
大地在躍動　神轎　要經過嘍
おどるのよ　はながさ　はちまきも
跳呀　花笠　還有頭巾

みよ　どんどこ　ぴいぴい　どんぴいぴ
看呀　咚得咚　嗶嗶　咚嗶嗶
かっぽれよ　おかめの　てがおどる
眞滑稽呀　醜女面具的　手在舞蹈
まめ　すしおそば　てんぷらよ
豆子　壽司蕎麥麵　天婦羅
めを　まわせ　おみきだ　さあみんな
喏大家　神酒來嘍　喝到　眼花吧
さけは　うまいな　おみき　こぼすなと　やあ
酒呀　眞美味　可別潑了　神酒　呀

もりのさる　おみきも　がばがば　のんだね
森林的猴子　也大口大口　喝了　神酒
ほおがあか
臉頰兒紅紅
さるまね　おどる　ほい
跳起　猴戲來　嘿哦

さるおどり　うまいわよ
猴子舞呀　眞厲害
てとあしお　おにあわせ　めはなも　うごく
手和腳　舞得巧　眼睛鼻子也　動不停

あき　やまみち　かったぞ　たけぶえ
在秋天　山路上　買到　竹笛嘍
ためしよ　ふいてみた
試著　吹吹
ぼ　ぼぼ　おさるさん
波　波波　猴子先生
おやこれ　へんだぞ　めのよう
哎呀這個　好奇怪　像隻眼睛
このあな　めのよう　にらむわな
這個洞　像隻眼睛　在瞪人
もりのさる　あまりに　みょうで　そのあなに

森林的猴子　覺得　那個洞兒　果然怪
おれ　ささのは　なすると
我來　拿竹葉　擦擦吧
ああらまあ　きゆるふえ
哎呀呀　笛子肖失了
たぬきがね　しっぽだす
變回貍貓兒　露出尾巴來
あきれた　また　はめられ　たぬきにね
眞是的　又被　貍貓兒　給騙了
さるはね　よる　みたゆめ　かっぽ　れの　ゆめ
這就是猴子　夜裡　做的夢　滑　稽的　夢

一荷聰司找到了有趣的玩具。

那是一個以透明玻璃製成的精美正方體小盒子，中央有個銀色骷髏頭正在笑。把小盒子擺到桌上，眼看著骷髏頭的外形逐漸崩塌，表情一眨眼變得悲傷，嘴角也垂了下來，最後彷彿融化在玻璃中消失得無影無蹤。

邂逅奇蹟了！——一荷聰司心想。不管如何湊近小盒子，都看不見骷髏頭的蹤影，完全透明的正方體玻璃盒只是忠實而美麗地透過光線。

留著小鬍子的年輕店員看到一荷的表情，滿足地笑了，接著拿起小盒子，念咒似地輕輕搖晃，再次擺回桌上。於是令人難以置信的是，骷髏頭又恢復原來的模樣了，彷彿大氣凝聚形成一個骷髏頭似的。然而專注地盯著瞧當中，銀色骷髏頭又開始崩壞，宛如泡沫般消失而去……

一荷聽司很喜歡玩具，而且不是一般的玩具，他喜歡的是更高層次的新奇玩意兒。好比人偶，他要的不只是擺著當裝飾的娃娃，一定要能活動、能變身的人偶才會吸引他。機關人偶、驚奇箱、立體賽車跑道、拼圖、魔術道具——一荷蒐集的玩具塞滿了一房間。真想要一間工作室啊！——這是一荷現下的夢想，他很想在工作室裡慢慢地整理他的蒐藏品，然後在房間正中央擺上一張桌子，自己坐鎮桌前一邊欣賞玩具一邊工作，如此一來，一定能接二連三畫出傑作來的。

這個玩具的名稱叫「消失的骷髏」。過去一荷蒐購的玩具當中，也有不少會**消失**的玩意兒：消失的魔棒、消失的牛奶、消失的手帕、消失的硬幣、消失的鴿子……，然而大部分的玩具從店員手中一交到一荷這兒，就再也無法順利地消失了；手帕兩、三下就從藏身處露出狐狸尾巴，牛奶一下子就潑出來。每當這種時候，一荷總是忍不住抱怨：「手帕和牛奶本身根本沒有消失，算什麼消失玩具嘛！」

然而他覺得，「消失的骷髏」和上述玩具似乎不太一樣。他拿起玻璃小盒子，骷髏即使在一荷的手中，也會確實地現身，然後消失。一荷興奮不已，當場一口氣買了三個「消失的骷髏」，一個用來珍藏，一個用來解體——好解剖奇蹟，最後一個拿來向別人炫耀。

一荷口袋鼓鼓地走出店門，北風吹過街上，他豎起外套領子，內心雀躍不已——一定要馬上找個人秀給他看。一荷瞭望乾冷的市街，對了，青蘭社就在這附近，繞去他們編輯部一下好了。

青蘭社是一家專營個人出版的小型出版社。世上意外地有不少人想自費出版自己的書籍，青蘭社也以其製作版本豪華而在業界小有名氣。政治家託記者代筆撰寫自傳出版；無意間一夕致富的詩人或是因緣際會坐上社長位置的文學青年，則會一本正經地出版詩集、創作文集或畫冊，一圓昔日的夢想；甚至有些特立獨行的年輕女性想出版自己的裸體寫真集，因此青蘭社的業績始終穩定地成長，而且他們創社至今從沒有退書——雖然是意料中事，這也是他們引以為傲的一點。

一荷曾接受青蘭社委託畫過幾本書的封面，這位中堅童畫家充滿夢想的畫風很受青蘭社客戶的青睞。他最近接到的工作，是一位實業界相當知名的大人物，不曉得為何突然寫起童話來，換算成稿紙只有四、五頁的分量，一荷卻畫了十幾張圖，編出一本相當精美的繪本。一荷很滿意這次的工作成果，也覺得印量只有區區一千本相當可惜，不過他拿到比一般案子高上好幾倍的稿酬，也不好奢求什麼。

來到中華大飯店前方，這棟大樓後側有一座油漆斑駁的電梯。一荷按下電梯按鈕，電梯裡有股枯草的味道。青蘭社就位於五樓的一角，編輯部所處的小房間與其說是辦公室，更接近倉庫，堆積如山的書本、紙箱、包裝機把狹小的房間擠得水洩不通。

角落的辦公桌後方，一名紅著眼的男子正在看報，他是青蘭社的總編磯明。磯明看到一荷，立刻摺起報紙。辦公桌上堆滿了書籍和文件，磯明喀啦喀啦地拉開抽屜，取出一瓶威士忌，一派輕鬆地將酒倒進桌上的茶杯遞給一荷，接著又喀啦喀啦地拉開抽屜，藏回酒瓶，而這一連串的桌面震動，讓一份文件和大半的書山滑落地上去。

「這陣子好冷呢。老師，千萬要注意身體啊，今年的感冒是衝著眼睛來的哦，你看。」磯明宛如扮鬼臉似地拉下下眼瞼說道。

「哦？你眼睛是因為這樣紅紅的啊，我還以為怎麼大總編又在消沉了呢。」年輕社員倒了杯水端來。一荷喝了口威士忌後，拿起水杯喝水。

「有人在裡面嗎？」一荷發現會客室的門半掩著。

「亞先生來了。」

「哦……亞啊。真是稀客。」

一荷拿著茶杯和水杯來到會客室門前探頭探腦的。由於青蘭社所面對的大多是個人客戶，會客室雖小，卻打理得很精緻，附玻璃門的書架上整齊陳列著青蘭社的出版刊物，會客桌上還擺了插花。

一名俊秀男子正規規矩矩地坐在沙發上，專心一意讀著一本大開本的書。男子膚色白皙、眉毛英挺，完全沒發現一荷在門口。一荷看他那副樣子，就忍不住想讓他嚇得從沙發上跳起來，而且方法很簡單。一荷深深地吸了一口氣，大叫一聲：「呀啊！」

男子的視線慢慢地從書本轉至一荷身上，闔上手邊的書，接著就如同一荷所期待的，男子從沙發上彈了起來。一荷很熟悉男子那有些異於常人的誇張舉動。

「你還是老樣子吶，拍照的。」

亞穿著全新的西裝，一絲不苟地繫著蝴蝶結領帶，怎麼看都是被拍攝的模特兒架勢，其實他是以按下快門為主業的攝影師，而且並不是四處奔走、拍個不停的報導攝影師那類出鋒頭的工作，而是出於興趣地拍拍雲朵或埋葬蟲。不過亞看上去並不像是熱衷科學研究的個性，也沒打算全心投入攝影一途，他似乎還不了解自己該做什麼才是最適合的；說得誇張點，亞似乎對於自己身為人類這件事感到手足無措。一荷就是莫名地喜愛亞這個個性。一荷因為蒐集植物等參考資料，曾與亞共事過幾次，發現亞總是穿戴得整整齊齊，有次便問他原因何在，沒想到亞一臉不可思議地望著一荷答道：「穿得髒兮兮地攝影，豈不是對大自然很失禮嗎？」

眼前的亞花了好幾分鐘才恢復平靜，「哎呀，原來是一荷大師。你叫得那麼大聲，我還以為失火了呢。」

「被你叫什麼大師，我就覺得渾身怪癢的，可以不要這麼叫我嗎？哼哼，我拿個東西給你看，保證你更加吃驚哦。喂，總編大人，你也別一臉無精打采的，過來這兒吧。」

「看樣子你又弄到什麼珍品了是吧？」磯明總編和三名社員進來會客室，一群人圍著一荷。

一荷從口袋取出紙包，慎重地打開，輕輕地把嵌著銀色骷髏頭的玻璃小盒子放到桌上。

「不能碰哦，只可以看。看呀看的，就會發生難以置信的奇蹟哦……」一荷一臉滿足地環顧五人的表情。

盒子裡的奇蹟，他不用看也知道——骷髏頭像一陣煙般消失了。不知是不是心理作用，一荷覺得現場五個人的眼珠子都突出來了。

「咦咦咦？」磯明叫出聲來。

「怎麼樣？精采絕倫吧？玻璃盒沒有開口哦，是完全密閉的，沒人拿得走骷髏頭呀。」

亞突然翻起白眼，上半身搖搖晃晃的。

「喂，亞，怎麼了？驚嚇過度了嗎？」一荷拿起茶杯，把杯裡的威士忌灌進亞的嘴裡。

亞嗆了幾下，眼神恢復平穩了，「……真是太震驚了。」

「我想也是。還有後續呢，做好心理準備吧。」

一荷拿起盒子，照著剛才玩具店小鬍子店員的方式，對著小盒子念誦咒文再放回桌上，於是骷髏頭復活了。磯明忍不住伸出手去，一荷急忙把盒子藏回口袋裡。

「好了好了，表演結束了。不必跟我討，我不會給你們的，也不告訴你們哪兒在賣。這麼棒的奇蹟，怎麼能讓你們人手一個呢？」

「反正一定是外國進口的吧。」磯明總編嘔著氣說。

一荷拿起扔在桌上的玩具包裝紙盒，東翻西轉看了一圈之後，頓時笑容滿面，因為他在包裝盒角落發現一行印刷小字：「Originated by T.Awasaka」〔註一〕。

「呵呵，總編，你看，這是我國的發明。說起來，我們的祖先雅好遊樂，擁有非常驚人的傳統哦。一學到時鐘的技術，江戶時代的人馬上創造出機關人偶；火藥的製造法一傳入，人們沒有拿去製造鐵砲〔註二〕，反而是沉迷於煙火創作，全世界最大的煙火就是這麼製造出來的。咚！玉屋〔註三〕喲……！」

一荷的演說總是沒完沒了。社員們紛紛離開會客室，回工作崗位去了。

「亞，怎麼啦？你還在驚嚇中嗎？還是嚇到軟腿了？」一荷問道。

「我真的差點嚇到軟腿，因為謎團突然解開了。」

「你說什麼!?你解開『消失的骷髏』之謎了嗎？」

「……這也有。」

「真的假的？喂，快點……」一荷連忙緊緊關上會客室的門，「總編，快點上鎖，要是被別人聽見就糟了。」

「不要緊的啦，青蘭社才沒人會無聊到站在門邊偷聽。」

「那就好。喂，亞，快告訴我吧。」

「告訴你什麼？」

「你這傢伙還裝蒜，你剛才不是說解開『消失的骷髏』之謎了嗎？」

「哦，你說這個啊。這個謎底告訴你倒是無所謂。」

註一：T. Awasaka即作者泡坂妻夫之名。

註二：江戶時代的步槍。

註三：玉屋和鍵屋是始於江戶時代最著名的兩家煙火製造商，日本人習慣在觀賞煙火時，吆喝兩家的店號助興。

一荷抽出一根菸，塞進亞的嘴裡，為他點火。

「那個玻璃盒是玻璃做成的。」亞說。

「廢話嘛。」

「有點耐心嘛，一荷老師總是這麼急性子。這盒子雖然是玻璃正方體，其實正中央挖了一個骷髏頭的形狀。」

「胡說八道。玻璃再怎麼透明，要是裡頭挖了個骷髏頭形狀的洞，從外頭不可能看不出來的。」

「當然看得出來——如果挖出的空洞裡有空氣的話，因為玻璃和空氣對光的折射率不同。但如果在挖掉的骷髏頭空洞裡灌入折射率與玻璃相同的液體——例如四氯乙烯這類物質，會變得如何呢？在光學上，玻璃盒就成了填滿玻璃折射率物體的狀態，因此光線經過玻璃盒時並不會折射，而是直接穿透中心的骷髏頭空洞，換句話說，玻璃盒中的空洞完全看不見了。這個玩具就是應用了這個原理，先在玻璃盒裡挖出一個骷髏頭形狀的空洞，然後在折射率與玻璃相同的液體中，混進鋁粉這類會發出銀光的粉末，灌滿骷髏頭洞穴，接著封住開口，『消失的骷髏』就完成了。也就是說，輕輕搖晃玻璃盒，銀色金屬粉末就會擴散在液體中，使骷髏現形；若是靜靜地放置不動，金屬就會下沉，骷髏便會在最後完全消失。」

「真是服了你。」一荷目瞪口呆地看著亞，「你這人怎麼知道那麼多無聊事啊？」

「我倒是很佩服有人想出這麼妙的點子呢。」

亞輕輕地把剛才讀的書擺到沙發上，那動作就像是試圖把書移出一荷的視線範圍。

「喂，那本書不是《森林的猴子　祭典　的》嗎？」

「呃，是、是啊。」亞似乎莫名地慌張。

「一定有鬼。我剛才進來的時候，你看著這本書的眼神很不尋常哦。」

一荷拿起沙發上的書，翻開書頁。這是一本A4大小的繪本，相當沉重，使用特殊的厚肯特紙，印出一般印刷無法呈現的罕見濃重色調。

《森林的猴子　祭典　的》，池本銃吉著，一荷聽司畫。理所當然，一荷的名字印得比較小，但實際上這可說是一荷的作品。這本書是前年秋天出版的，一荷記憶猶新。他再次閱讀以日文假名書寫的內文，文章的確有生硬之處，不適當的用詞也十分醒目，但一荷將這些稚拙之處視為素人的豪放，當作一種特殊風格看待。

「總覺得你的行徑很可疑。」一荷交互看著繪本和亞，「這書裡頭有什麼讓你在意的嗎？」

「不，呃，就是……我在想……青蘭社的出版品也會有誤植啊。」

「誤植？」

「不，亞先生，我剛剛也說過了，那並不是誤植，原本就是錯字。請你看看最後一頁，有一行小字註明『**內容依照作者原始手稿**』對吧？」磯明總編一臉不悅地說。

「錯字？我之前也看過原稿，可是沒注意到有錯字呀？」

「老師你看到的是手縫重新謄過的稿子吧，她把所有錯字都訂正過了。」

「可是為什麼印出來的還是錯字？你看，開頭第一節才到第三行就出錯了：『あの　つずみふえ』（牠的　股笛），應該是『あの　つづみふえ』（牠的　鼓笛）才對吧？」

「這個嘛……，唉，我早聽說這位池銃是個非常頑固的老頭子，沒想到他頑固到這種地步。他認為自己的所作所為都是對的，再怎麼跟他糾正也沒用；他堅稱他有自成一格的文法，死也不肯退讓啊。」

「搞什麼？那位池本銃吉是何方神聖啊？」

「咦？一荷老師你不知道嗎？就是池銃的創辦人啊。」

「池銃啊……」

連對實業界不熟的一荷都聽過「池銃股份有限公司」的名號，他們開發出一款叫「強力槍式顯像管」的特殊顯像管，雄霸業界。

「其實這本《森林的猴子　祭典　的》，正確來說是第二版。」

「哦？增刷了嗎？」

「不，初版是照著手縫改過錯字的校稿印刷的，沒想到那個老頭子怒氣沖天地跑來鬧，說成品和他寫的不一樣，結果全部重印了。」

「特地改回錯字，重新印刷？」一荷不禁啞然張著口。

「我也沒聽過這麼離譜的事，不過我們事先沒有深入調查池本銃吉這個人，也是我們的疏失。當初從他那兒拿到原稿時，他交代我們每一字每一句都必須跟他寫的文章一模一樣，顯然有違出版業界的常識。當然，他的文句也有不通順之處，但我們並沒有潤飾，只是出於好意幫他改正錯字，這也是業界的常識。沒想到這套對池本銃吉完全不管用，他跑來大罵：『有些字跟我寫的原稿不一樣，給我重印！』我真是同情在他底下工作的員工吶。負責編輯的手縫也氣得要命，不過到最後重印的費用全部由池本統吉負擔，事情就這麼了結了。以我們公司的立場來看是賺了一筆，可是我想就像亞先生剛才那樣，一定會有不明內情的讀者以為是我們出版社誤植，真是的，我再也不想碰上這種麻煩案子了。」

「不惜自掏腰包也要改回錯字，大人物做事果然不同凡響吶。」

「就是啊，這位大人物似乎很熱中出版，這本繪本所使用的細哥德體鉛字，也是他親自挑選的。」

「池本銃吉的嗜好是寫童話嗎？」

「就是這一點奇怪。聽手縫說，池本的文學素養接近零，連稿紙怎麼用都不曉得，還是我教他的。而且他非常厭惡小孩，怎麼會想要出版童話呢？」

「這麼說來，難怪我從剛才就覺得好像少了什麼。怎麼沒看見手縫綿子？休假去了嗎？」

「手縫去年辭職了。」

「辭職了？」

亞也是一臉納悶。

「我怎麼完全沒聽說？竟然沒找我商量一聲……」一荷說。

根據一荷的說法，手縫志野（TEYORI SINO）是青蘭社的社花，十分聰慧，生得一張竹久夢二〔註〕喜愛的長相，而且其積極的行動力完全不輸男性。由於她渾身充滿手縫木綿的韌性，一荷都叫她「綿子」，常帶著她去喝酒。看來，整間編輯部會呈現前所未見地雜亂，一定是因為志野不在了。

「總編跟她吵架了嗎？」

「別用那種表情看我啊，老師。她辭得很突然，但我們真的沒有吵架。她開了一家小酒店，說將來要安排自己的時間全心投入文學。我三、四天前才剛去光顧她的店呢，店名叫『SILKY』，她還是老樣子啊，幹勁十足的。」

「可惡的綿子，什麼SILKY？我是很想稱讚她的生涯規畫真優雅，但心裡還是不太痛快。綿子什麼時候開始計畫的？我怎麼都不知道？」

「我也不清楚呢。唯獨這件事，她怎麼都不肯透露細節。」

「店在哪裡？」

一荷在記事本上抄下SILKY的地址和電話號碼；而身旁的亞不知何時也打開記事本，拿著鉛筆在上頭寫些什麼。一荷探頭一看，亞立刻闔上記事本，但一荷瞥見那一頁抄下了《森林的猴子祭典　的》全文。

「那，我先告辭了……」亞神色慌張地站起身。

「等等，一起去吃個飯嘛。」

「不了，我還得去圖書館查個東西，要是閉館就糟了。下次再聊吧。」

一荷目送亞的背影，總覺得亞似乎有什麼企圖。一荷再度翻開《森林的猴子　祭典　的》，但不管看幾次都一樣，除了錯字，並沒有什麼特別奇怪的地方。

「池本銃吉幾歲了？」

「七十六歲，不過聽說他的心臟跟年輕人一樣強壯。他的主治醫師是盛榮堂醫院的院長，好像是那裡的醫生掛保證的。我實際見到池本銃吉本人的時候，覺得他乍看之下個子很小，感覺很老實，但聊著聊著，那雙白眉底下的眼睛開始發起光來，詭異得要命吶。」

「池銃公司是什麼時候創立的？」

「不曉得耶，我對那種事一點興趣也沒有，倒是老師你怎麼了，居然會想打聽池銃的事啊。」

對了，一荷隱約記得《週刊人間》最近剛報導過池銃。要調查池銃，最快的方法就是去找《週刊人間》的黃戶靜夫打聽。一荷還沒沒無聞的時期，曾替他們人間社發行的情慾小說繪製拙劣的插圖。

「那我也告辭了。」

「要回去了嗎？今天的客人都好怪吶。」

註：竹久夢二（一八八四—一九三四），大正浪漫時期的代表畫家及詩人，擅長繪製表情哀愁的美女圖。

「我可不想被你傳染奇怪的感冒。先走了。」

人間社編輯部就像修道院般冷清，辦公室裡的紙類物品極少，很難想像這副模樣能每星期出版一期雜誌。米色牆壁包圍的室內很溫暖，日光燈十分明亮。「你見過動作極快的機械嗎？它的舉止總是非常地安靜，而且每個部分都無比優美且精練。」這是黃戶靜夫一貫的主張，但他本人的言行舉止實在難說是安靜。黃戶坐在擦得晶亮的大型不銹鋼辦公桌另一頭，桌上只擺了一臺四四方方的機械，連張紙都沒有。黃戶的桌前有道男人的背影——是亞。

「咦？一荷老師，好久不見了。」亞似乎很意外，站起來鞠了個躬。

「你還是老樣子吶，拍照的。」一荷則是苦著一張臉，「這裡是圖書館嗎？」

「不，圖書館那兒我已經查完了。」

「會不會太快了點？」

「老師你是走路過來的吧？我可是搭計程車來的啊。」

「你會搭計程車？看來事情很緊急嘍？」

「來了稀客是好事呀。老師你來是有什麼事嗎？」黃戶匆匆點燃香菸說道。

「是沒什麼事啦。」

「我今天忙得很。」

「我知道，我不是來打擾你工作的。只要亞的事情辦完，我也會跟他一道離開。」

「你別怪我無情，可是我真的很忙。」

「所以我就說呀，你們談你們的就好了，不必招呼我。」

黃戶誇張地吸著菸，把菸蒂塞進菸灰缸裡的菸蒂山後，對著亞說：「說到池銃的『詫壽慶生會』……」

「什麼詫壽？」

「老師你不是說好不插嘴的嗎？」

「可是我都蹚了這渾水了嘛。我說的話可是大獨家呢，你要是不希罕，我就把消息賣給《女性人間》哦。」

「《女性人間》？沒聽過這本雜誌。」

「感覺應該要有叫這種刊名的週刊啊？」

「真驚人啊，老師你什麼時候成了狗仔了？」

「現在可是多元化經營的時代。你們人間社也不要老是製造一些色情紙屑，來出版一些能流傳後世的畫冊如何？」

「這下開始說教啦？你這些建言，我一整年都聽我媽在嘮叨，根本不痛不癢了啦。隨便你了，言歸正傳。簡單來說，『詫壽』是池銃發明的，意思是滿懷歉意的生日（註）。詫這個字的部

註：日文中，「詫」字意為「道歉」、「謝罪」。

首『言』筆畫是七畫，偏旁『宅』是六畫，因此『詫』裡包含了七與六這兩個數字，所以所謂詫壽，就是七十六歲生日。」

「哼，好爛的牽強附會。要湊七十六，何必挑什麼『詫』字，還有更吉利的字眼吧？為什麼偏偏是『詫』？」

「池銃虛歲七十六的時候，他的部下說要幫他慶祝喜壽（註），被池銃一口回絕了。其實也難怪，之前的還曆、古稀，他都打死不慶祝；而且他還有前科，連獨子的結婚喜宴都固執地不肯舉辦。總之，池銃是個愛唱反調、冥頑不靈到極點的老頭。然而，他這陣子心境不曉得有了什麼變化，居然主動要部下幫他慶生。『但是，我不想要七十七歲喜壽這種鬼玩意兒，我今年七十六，是詫字，幫我慶祝詫壽吧。』詫壽？部下惶恐地反問。『沒錯，你們不知道詫壽嗎？』不知道。『也難怪你們不知道，因為詫壽是我的發明嘛，哇哈哈哈哈……』」

黃戶模仿池銃放聲大笑，社員們只是以一副「又來了」的表情看著黃戶。黃戶輕咳了一聲，壓低了聲音說：「這場詫壽慶生會，去年十一月在帝國飯店鳳轎廳盛大舉行，共有一千多人參加，政經界、實業界的大人物全到齊了，盛況空前。我那次也到場採訪了，記得是刊在第一六五期吧……，等我一下哦。」

黃戶按下桌上那臺機械的幾個按鈕，黃燈亮起，不一會兒，機械吐出《週刊人間》第一六五期。黃戶翻了開來。

「當時池銃的致詞一反常態，內容很不像他會說的話，唔，總覺得老老實實、安安分分的。

他說：『我到了七十六歲，最近經常想起過去，每天晚上都會做許多夢，夢見的也幾乎都是過往。回首一看，我似乎總是在給世人添麻煩。』——這點倒是真的。講起池銑為了爬到今天的地位所做出的種種惡毒行徑，實在是不忍卒睹啊。不過我看他也只是嘴上說得低聲下氣，肚子裡在想些什麼鬼，誰也不曉得。池銑接著說：『我反省著過去的每件事，每一件都教我羞愧萬分。我明年就七十七了，許多人說要為我慶祝喜壽，但這怎麼行呢？現在的我，實在開心不起來，我滿心只想向世人致歉，這是滿懷歉意的一年，沒錯，於是我向員工說了，幫我辦個詫壽吧，我應該道歉，並乞求原諒。然後……』」

「他要捐出一半財產給孤兒院嗎？」

「開什麼玩笑，他只是說說罷了。典禮盛大歸盛大，餐點卻小氣巴拉的。我還聽到一些閒言閒語，聽說搞不好禮金反而讓他賺了一筆呢，不過贈禮倒是準備了相當豪華的書，我在現場聽說是池銑自己寫的童話，更是一頭霧水了。沒錯，就是一荷老師畫的《森林的猴子　祭典　的》。老師，你畫得真棒吶，我看了好感動。」

「所以我不是說了嗎？你到底要出A書出到什麼時候……」

「知道了啦，不要那麼大聲A書A書地說個沒完，要是讀者聽到了還得了。那本書的文筆很生硬，真的是池銑寫的嗎？」

註：日本稱七十七歲大壽為「喜壽」。六十歲稱「還曆」、七十歲稱「古稀」。

「是啊。」

「花了不少錢呢。他竟然為了那種古怪的童話花上那麼多銀子，到底是想幹什麼啊？」

「人的行動有時是說不清的啦。就我所知，他所花的錢恐怕是你所想像的兩倍以上哦。」

「咦？什麼意思？」

「黃戶先生，你不是很忙嗎？」亞像要堵住一荷的嘴巴似地插嘴道。

「是啊，我忙得很。」

「最後請你再告訴我一件事。池本銃吉的第二任妻子是哪裡人？」

「第二任妻子？這我還是第一次聽到吶。等一下哦。」

黃戶又按下機械的幾個按鈕，這次是紅燈亮起，一會兒之後，吐出一張類似複本的紙張，燈光便熄滅了。

黃戶拿起那張紙，「嗯，池本銃吉，出生在愛知縣阿賀野郡的糸香。你知道糸香在哪嗎？」

「不知道。」亞說。

「我也不知道。好像是個小漁村。池銃是漁夫家的六男，取得電信員的資格後，上了漁船工作。噢，二十三歲結婚，對象二十二歲，同是糸香人，八年後離婚。妻子名字是北村志乃（KITAMURA SINO）……」

「跟綿子同名耶！」一荷突然大叫。

亞也急忙望向黃戶手上的紙，「可是老師，字不一樣〔註〕。」

「**字不一樣**？」

「綿子是誰？」

「那不重要。池銃為什麼會離婚？」一荷問。

黃戶一臉狐疑地看著一荷，再次望向紙張，「咦？」

「怎麼了嗎？」

「這位志乃人間蒸發了吶，池銃離婚的原因就是志乃失蹤。原來如此，就如同亞所說，池銃現在的老婆是第二任，名叫川端由子，父親是村會議員。池本銃吉在三十九歲當上村會議員，繼承了岳父的位置。四十一歲擴大川端電器行，創立池銃有限公司，接下來就一路平步青雲了。三次當選參議院議員，生了一個兒子……」

亞站了起來。

「喂，你要去哪裡？」一荷叫道。

「哎喲，老師，我去個洗手間而已啦。」

黃戶交互看著兩人，「你們兩個的關係很可疑哦。」

一荷板起臉來，把手插進口袋，突然摸到「消失的骷髏」。

「對了，給你看樣好東西，可是不准寫成報導哦。」

註：「志乃」與「志野」，日語中發音同為「SINO」。

黃戶馬上就被「消失的骷髏」深深吸引，最後整個編輯部都為此瘋狂，但沒人能像亞一樣看破機關。一荷覺得爽快極了。

「老師，還有沒有別的玩具？」

「你不是很忙嗎？」

「對喔，我忙得很。老師，你這樣妨礙我工作很傷腦筋哦。話說回來，真久吶。」

「什麼東西真久？」

「亞啊。」

「糟了！」一荷站了起來。「……被他甩掉了！」

一分鐘後，一荷搭車來到SILKY。

SILKY雖小，卻是家頗有魅力的小酒店，裝潢採路易王朝的洛可可風格，肯定是志野的興趣，內部陳設也十分豪華而講究。

沉穩的照明中，一名客人正抱著紙袋坐在吧檯前——是亞。

「哎呀，老師，好久不見。」亞似乎很意外，站起來鞠了個躬。

「你還是老樣子吶，拍照的。」一荷得意地一笑。

「今天很冷呢。要喝點什麼？」長髮薄唇的酒保語氣輕浮地問道。

「你點了什麼？」一荷問亞。

「咖啡。」但亞的前面只放了杯水，他一定也才剛到。

「那我也來杯咖啡。」
「好的。」
「聽說你們店新開不久？」
「是的，一月一日大安吉日剛開幕，還請多多關照了。」
「看來開幕畢竟是大事，沒想到綿子也會在意日子好壞呀。」
「您說的綿子……？」
「喔，就是志野啦。」
「原來您是媽媽桑的朋友，失禮了。」
「哦，綿子成了媽媽桑呀。那位媽媽桑在嗎？」
「媽媽桑她……住院了。」
「才剛開幕就生病啦？真是倒楣。她怎麼了？」
「闌……叫什麼去了？簡單講就是盲腸炎。」
「講得專業點就是闌尾炎，對吧？」
「嗯，她前天剛開完刀，似乎復原得不錯。」
「那太好了。哪家醫院？我去探個病吧。」
「請務必去看看她，媽媽桑一定會很高興的。我上午剛去看過她，她已經完全恢復精神了，現在一定正覺得無聊吧。她在盛榮堂醫院住院……」

「哦？那不是超一流的醫院嗎？」

「是的，幾乎媲美大飯店呢，病房裡有豪華衛浴設備，護士也都是經過精挑細選的美女，不過看不出醫生的本領如何就是了。」

「是池銑介紹的吧？」

「咦？客人您也知道池銑嗎？認識大人物，真的好處多多呢。」酒保將兩杯咖啡擺到兩人面前。

亞從剛才就一直盯著酒保身後的架子角落看，一荷的視線也不時移到那兒，因為架上正展示著《森林的猴子　祭典　的》。要不是擺了那本書，一荷或許壓根不會在意架上的擺設吧。兩個拳頭大的黑色塊狀物，像要以繪本遮起來似地擺在深處，那兩個東西看起來很骯髒，與洛可可風格的酒店裝潢格格不入。

一荷忽地感到一陣寒意，因為其中一個黑塊愈看愈像個骷髏頭。

「那是什麼？」一荷問。

酒保稍稍背過身子，若無其事地說道：「那是媽媽桑的東西，她好像很珍惜，說是她的守護神。不過給人感覺不太舒服就是了。」

「那不是骷髏頭嗎？很像人骨的上顎部分。喏，也看得出牙齒……」

「應該是假的吧，現在還有做得更逼真的玩具呢。另外這個則是單眼骷髏。」

的確，另一個黑塊上頭只有一個洞。

「那塊突出應該是一把銹得看不出原形的斧頭吧？你看，」亞開口了，「想像一下有根斧柄伸出那個洞的樣子。」

「對耶，真的是斧頭。」

「說的也是，這塊重得像鐵呢。您要拿拿看嗎？」聽酒保的語氣，他完全不當一回事。

「不、不了。亞，你呢？」

「我也不了。不過，我反而比較介意架上那份訂起來的報紙。」

同一個架子上，塞了一份捲起來的報紙。

「這個嗎？這是阿賀野日報。是媽媽桑訂閱的。」

「阿賀野日報啊。可是綿子的故鄉在北方啊？」

「阿賀野日報是池銑故鄉的當地報。」亞告訴一荷。

「媽媽桑也在蒐集很久以前的阿賀野日報哦。不過店裡只有今年的，您要看嗎？」

報紙應該不會恐怖吧。一荷伸出手去接過報紙，打開一看，沒發現什麼特別的報導。產業道路的土地收購不順、有猴子跑進祥桂寺、糸香當地的力士排名擠進了幕內（註）等等，都是一些當地八卦。

一荷還回報紙，站了起身，「喂，我們去給綿子探病吧。你別想開溜哦。」

兩人搭著盛榮堂醫院光鮮亮麗的電梯來到九樓，南側一間淡綠色的病房裡，手縫志野正坐在

註：幕內是相撲力士的排名第一列，相當於「前頭」之上。

純白的大床上讀著書，看到兩人，立刻笑了開來。「哎呀，一荷老師。亞也來了啊，還真意外呢！」

「身體還好嗎？」

「謝謝，已經恢復得差不多了，下床走動也不成問題，醫生說後天就能出院了。」

「那太好了。不過我才意外呢，聽說妳辭掉青蘭社的工作了？怎麼沒通知我一聲，綿子妳也太見外了。」

「對不起嘛，我是臨時決定的，正打算等穩定下來之後，邀請大家過來聚一聚的說。」

「妳的小酒店頗豪華呢。」

「哎呀，老師已經去過了嗎？真高興。」

「是店裡的人告訴我妳在這裡住院的。」

「原來是這樣。等我痊癒了，請老師務必常來店裡坐坐哦。」

「我有一幅以前畫的油畫，妳應該會喜歡，下次拿給妳，就當是賀禮吧。真懷念呀，這麼一來，《森林的猴子》就成了我們共事的最後代表作啦。」一荷一邊觀察志野的表情，但志野依舊笑容滿面。她是不是瘦了些？「聽說池銃給妳添了不少麻煩啊。」

「怎麼說？」

「那本《森林的猴子》不是重新印刷了嗎？我聽磯明說的。」

「哎呀，那件事啊。」志野開朗地笑了，「池銃只是不想讓我看穿他狼狽的一面罷了。」

「池銃會狼狽？」

「是啊。印好的書是我送去給他的，那是我們是第一次見面，我一報上名字遞出名片，他當場臉色大變，慌張不已，呻吟似地喃喃說著：『可是字不一樣。』」

「字不一樣……？」

「我想一定是我和池銃身邊的誰同名吧，他為了掩飾自己的慌張，低頭翻開了書，頓時又大吼：『字不一樣！』」

「……？」

「說穿了啊，池銃只是把他的情緒轉嫁到《森林的猴子》上頭罷了，加上當時池銃的部下也在場，他更丟不起這個臉。只是為了掩飾自己的慌張模樣，就攬下《森林的猴子》的全額重印費用，池銃果然是個大人物呀。」

「哦，原來還有這段插曲啊。可是綿子，SILKY裡擺了奇怪的東西呢，那是什麼？就是和《森林的猴子》放在一起的……」

志野忽地緊緊抿住嘴唇。「……沒什麼啦。」

「綿子，妳怪怪的哦，一定瞞著我什麼。不然怎麼都說不通啊，妳不過是透過編書認識了池本銃吉，他為什麼會為妳安排這麼豪華的醫院？」

「該死的酒保還真多嘴，竟然連這種事都告訴你。可是，請原諒我，還不到能告訴你的時候。相信我，我沒有幹壞事。」

「手縫小姐，阿賀野日報上頭有什麼有趣的報導嗎？」

「亞！」志野的語氣相當悲傷，「我知道了。你們兩個並不是來探病的，而是想從我這裡問出什麼。不好意思，你們白跑一趟了，我什麼都不會說的。求求你們，別干涉我，至於你們要怎麼猜想，是你們的自由。」

此時鈴聲響了。

「探病時間結束了。」志野冷冷地說。

「綿子，別那麼生氣嘛，我們只是擔心妳啊。我是覺得妳這陣子怪怪的，好像涉入了什麼危險的事……，所以……」

有人敲門了，護士走了進來。就像酒保說的，護士妝化得很濃，是個美女，身後跟著一名年輕醫生，個子很高，眼神不甚友善。醫生默默地瞪了兩人一眼。

「那……妳多保重哦。」

兩人倉促地道了別，走出病房。

外頭天色已經完全暗了下來，風勢愈來愈強了。

「真沒意思。」一荷瞪著亞似地說道：「綿子這傢伙，那是什麼態度啊？你也是，搞什麼神祕嘛，你接下來要幹嘛？」

「我要回家了。」

「睜眼說瞎話。看你那副表情，一點都不像要回家的樣子。」

「那麼，老師你打算怎麼做？」

「我要跟著你跟到天涯海角，上哪兒都一道。」
「真傷腦筋呢……」
「你手上的那個紙袋哪來的？我們在人間社的時候沒看你帶著那種東西。你買了什麼？」
「地、地圖。」
「哈哈，糸香的地圖是吧？」
「不愧是老師，真厲害。」
「捧我也沒用。你要去糸香嗎？」
「老師果然明察秋毫。我正打算明天過去。」
「好，我也一起去！——我很想這麼說，可是這下傷腦筋了吶，明、後兩天是童畫家社團的新年會，要去箱根，我是幹事之一，不能不去。那就等新年會結束了再一起去吧。」
「我隨時奉陪。」
「不，等一下，你也出席新年會。」
「我不是畫家啊。」
「小事一樁，我幫你繳會費。」
「謝謝老師。」
「總而言之，今晚你住我家吧。」
「好的。」

「還有……，等一下。」一荷走近眼前的玩具店，買了玩具手銬。「雖然是玩具，姑且能派上用場吧。」

「老師買那種東西想做什麼？」

「誰教你有事瞞我，別怪我意氣用事。今晚睡覺的時候，就用這個手銬銬住你和我的腳。」

「老師你是開玩笑的吧？」

「我是認真的。你今天可是甩了我兩次。」

「老師從前是那麼地坦率……」

「不都是你害的？還是你要全招出來？綿子做了什麼？你又打算做什麼？」

「其實我也還沒查到水落石出，只是今天碰巧讀了《森林的猴子》，發現了一點眉目，所以想了解一下池銃這個人，如此而已。」

「這樣啊，那就把你那一點眉目告訴我吧。」

一荷硬是把亞帶回家，一到家立刻翻出《森林的猴子　祭典　的》開始閱讀。

「老師，其實啊，我認為這本書裡隱藏了**暗號**。」亞壓低聲音說道。

「暗號？」一荷的眼睛亮了起來，「真的嗎？那太讚了！在哪裡？書背嗎？用隱形墨水畫在畫裡嗎？」

「不，不在書背，也不在畫裡，池銃寫的文章本身就是暗號。」

「你說那整篇童話是暗號？」

「是的。今天我在青蘭社的會客室裡不經意翻著《森林的猴子》，發現書裡有誤植。字數不多的精裝書籍居然會有誤植，真是奇怪。磯明總編聽到我這麼說，道出了驚人的事實——那並不是誤植，原本就是錯字。先前訂正錯字之後印出來的書，被作者池本銃吉挑剔說跟他寫的原稿不一樣，要求依照原始手稿重新印刷，甚至不惜全額負擔重印費用。後來《森林的猴子》改回錯字，重新印刷了。聽到這件事，我感到一陣頭暈目眩。磯明總編似乎解釋為池銃冥頑不靈，但我覺得這不是癥結所在。池銃為何對自己的文字執著到那種地步？一問之下，他並非沉迷於文學創作的人，對自己文章的一字一句應該不至於擁有莫大的自信，相反地他還得向磯明總編學習稿紙的用法。我設想了許多可能的原因，只有一個結論能完美解釋他的奇矯固執，那就是——那篇文章具有表面呈現以外的意義。換言之，只要更動了任何一個字，第二重表現就無法成立，池銃真正想表達的目的也就隨之消失……」

「因為是暗號文是吧？」

「是的。那篇文章肯定含有其他的意義。我懷著這種假設重新閱讀那篇文章的生硬之處，想找出與拙劣的俳句、和歌、七五調、回文、伊呂波歌（註），是不是有一脈相承之處呢？」

註：俳句是五、七、五共十七音的定型短詩。和歌相對於漢詩而言，是五、七、五、七、七共三十一音的定型短歌。七五調是七音的句子與五音的句子交互連續的詩歌形式。回文是不管從頭或從尾讀起，音都相同的詩句。伊呂波歌是一種詩歌，類似英文的ＡＢＣ「字母歌」，網羅所有的日文假名，並具有歌意，因最有名的一首歌開頭為「伊呂波」（いろは）三音，故此類學習日文假名的歌曲通稱「伊呂波歌」。

「也就是受到某種法則約束的文章。」

「沒錯。對池銃來說，他需要的不是正確的『つづみふえ』（鼓笛），而是無論如何都必須是『つずみふえ』（股笛）。」

「唔……，那麼那篇暗號文是什麼？裡頭寫了寶物的埋藏地點嗎？綿子解開了暗號嗎？」

亞遺憾地搖了搖頭，「手縫小姐完全沒發現那是一篇暗號文，她似乎單純地相信池銃是為了掩飾自己的慌張，才強詞奪理說《森林的猴子》印錯字了。」

「那她怎麼開得起那家豪華小酒店？」

「她應該是挖到了另一層意義的『寶藏』吧。她並沒有發現暗號，只是很介意那位與自己同名、讓池銃如此驚慌的『SINO』是何許人也。接著只要調查池銃的背景，很容易就會發現他的第一任妻子名叫志乃，而且人間蒸發了……」

「所以綿子才會蒐集當時的阿賀野日報啊。」

「如果她發現了暗號，就不需要舊報紙了。」

「你解讀出那篇暗號了嗎？」

「不，呃，還沒有啦……」

「少裝傻了，給我從實招來。」

「真是傷腦筋吶，我還不曉得那裡藏著什麼樣的寶物，要是告訴老師，寶物不就少一半了。」

「你還有一半啊。我要的不多，只要一間小工作室就好了。」
「我想要三十五厘米的電影攝影機。」
「那個寶藏價值那麼低嗎？算了，我不指望你了，我的工作室靠我自己的腦袋擠出來。」
「那樣最好。」
「你這傢伙意外地冷漠吶。好，哪有你解得出來，我卻解不出來的道理？我看看……。やまみち　ほい　やまなみ　よお（山路　嘿　山巒　喲）……唔唔……」一荷抱住了頭，「……對啦，我得先喝一杯，腦筋才動得快。」
一杯變兩杯，最後一荷喝得酩酊大醉。
「我的天才要發揮在其他地方，去你的山路嘿！不不不，沐浴在清爽的晨風中，我一定能想出個頭緒，今晚早點睡吧。」
就這樣，一荷堅持無論如何都要和亞睡在一起。
「妳那是什麼表情？別囉唆了，快鋪床！」
一荷的妻子交互看著兩人的臉。
「笨蛋，胡思亂想什麼啊？妳都跟我結婚二十年了，還不了解我的『性』趣嗎？」
「可是親愛的，你老愛嘗試一些怪事啊……」
「囉唆，這是為了賺錢，為了工作室！工作室嘿！」
一荷真的拿玩具手銬把亞的腳和自己的腳銬在一起，亞正在想不知道他會怎麼處理鑰匙，沒想到一荷取出一條繩子，把鑰匙綁在自己的陰莖上，接著不曉得是因此放心，還是想暗號想太久腦子累了，馬上就打起鼾來。但亞睡不著，他從一荷的腿間拿出鑰匙，解開手銬之後，總算入睡了。

童畫家社團的新年會上，一荷和亞這對搭擋想不引人注目也難，因為兩人的手以手銬銬在一起，泡溫泉一起，上廁所也一起。

「一荷先生，今天是在玩什麼把戲呀？」每個人都好奇地問。

「尋寶！偵探遊戲！」

一荷滿足地對亞說：「我已經大肆宣傳了哦，這下就算你趁我睡覺的時候溜走，也會有人發現而向我通報。哼哼，我這主意真是太棒了。」

「哪裡棒了？丟臉丟到家了。請給我酒。」

「好啊，盡量喝，就當是預祝吧！酒呀真美味，可別潑了神酒呀！是吧？」

沒想到亞一喝醉，也胡鬧了起來，裝出一副罪人的臉孔「大爺、大爺」地叫著一荷。

「大爺，請給我一根菸。」

「大爺，我要尿尿。」

最後反而是一荷受不了，隔天一早醒來就逃離亞身邊，一個人跑去泡溫泉。但亞不知何時也全身赤裸地衝進浴池，揮舞著手銬大叫：「喂，一荷，你被捕啦！乖乖給我束手就擒！」

這下忤逆他也沒用了。
「大爺，小的不敢了。」一荷乖乖伸出雙手。
這一天，一荷也豁出去了，同樣喝得爛醉如泥。正醉醺醺時，聽到有人在聊他的事。
「今天的一荷怪怪的耶，不過看他好像又有幾分認真。」
「而且還一直唱著山猴子怎樣怎樣的怪歌，是這裡終於壞掉了嗎？」
這裡是哪裡，閉著眼睛也知道，他們一定正伸出手指在太陽穴一帶轉圈圈吧。
「不是山猴子，是森林的猴子！」一荷睜開眼，糾正他們的發言。
一荷的朋友們面面相覷，一哄而散。
「亞，醒醒。我快解開暗號了。」
「真、真的嗎？」亞語帶惋惜。
「沒錯，因為我發現了一件事——為什麼不是**山**猴子，而是**森林**的猴子？為什麼非得是森林不可？」
「還差一步就猜對啦……」
「……嗚，可是接下來就不懂了。為什麼只有ドロロロ　ロロロン（**咚隆隆隆　隆隆隆嗡**）
這段是寫片假名？為什麼ひょるるり　ぽんぽうん（咻嚕嚕哩　叭叭）就不能用片假名？（註）啊

註：在日文裡，擬聲的部分使用平假名或片假名皆可，但一般皆會統一為一種。

啊啊，可恨的池銃！」

如此這般，一荷這個新年會過得一場糊塗。

隔天早上，兩人從熱海搭乘東海道線往西行。

「老師，你的眼睛好紅，是不是感冒了？」亞也顯得有氣無力的。

「怎麼可能感冒？大概是喝多了吧，我也上了年紀吶，真令人沮喪。」

兩人在府參轉乘府館線，電車穿梭於山間，晃得很厲害。一荷與亞分吃著三個火車便當，他們在府參上車前，想說先買兩個便當，但是便當店的女店員一看到亞，當場紅著臉塞給了他三個便當。府館線每站的間距很短，電車在樹林間隆隆穿梭，一路上停停走走的。一荷吃完便當，不知不覺便睡著了。

醒來一看，電車正沿著海岸飛馳，車身依舊隆隆震動。一荷轉頭看身旁，亞不在。他心頭一驚，仔細一找，原來亞不是不見了，而是抱著紙袋橫躺在座椅上睡著了。一荷的手伸向亞的紙袋。

「不可以哦，老師。」亞矇矇曨曨地睜開眼。

「我們要坐到哪裡？」

「一個叫雙宿的地方。現在到哪裡了？」

「剛過一個叫新袋的車站。」一荷不高興地說。

「那應該快到了。」亞笨拙地打開紙袋，取出地圖，「到了雙宿，有巴士開往糸香，大概三十分鐘車程吧。」

「糸香靠海嗎？」

「是的，下公車以後，再往深處走約兩公里，有一間糸香神社，後面有座森林……」

一荷逐漸清醒了，「寶藏就埋在森林裡，是吧？」

亞裝出壞蛋般的表情，點了點頭。

到了雙宿，一下車，海風猛烈地撲面而來。電車在雙宿放下五、六名乘客之後，旋即離開海岸線，朝山中駛去了。

前往糸香的巴士一小時一班，但似乎與電車系統有接駁上的聯絡，四、五名乘客上車後，馬上就發車了。

這片海岸是岩岸，海面映著天空的顏色，一片憂鬱的灰濛濛，岩影也顯得黝黑。

在糸香下車的只有一荷和亞，兩人背對海岸朝鎮上走去。

「等一下可能得在糸香神社的森林裡挖一點兒土吧。萬一被人看到，就這麼辦好了，說老師是考古學者，在那座森林發現了很有意思的遺跡之類的。」

「我可是連考古學的考字都不認得哦。」

「反正對方肯定是門外漢，隨便胡扯一通就行了；而且老師你的長相，要說是考古學者也很像回事啊。」

「我這副長相啊。那你是什麼？」

「如果帶著攝影機的話，就是個完美的攝影師了。」

「就算有攝影機，你也半點兒都不像攝影師。」

「那我演老師的優秀助手好了。」

「感覺不太適合你吧，不過也沒辦法了。哼，美男子這種東西，除了買便當，其實派不上什麼用場嘛。」

兩人一路走著，來到古舊的鎮上。亞找到一家雜貨店，向揹著嬰兒的老闆買了鐵鍬，順便詢問糸香神社在哪裡，很快便問出來了，就在雜貨店後方田地再過去不遠處。

糸香神社是一座又黑又大的古老建築，黑色鳥居上頭有道巨大的裂痕，裂痕裡生長著像是黃色菇類的東西；神樂堂(註一)塌了半邊，千社札(註二)剝落了一些，剩餘的正迎風擺動；右側有一座巨大的藤架，藤樹生了苔的根部曲線十分奇異，彷彿隨時都會動起來似的；藤架後方有一棟平房，應該是神官的住處吧。一荷大失所望，因為這麼看了一圈下來，這間糸香神社的腹地並沒有稱得上森林的林子，只有後方幾棵杉樹孤伶伶地聳立。

一名身穿洋裝的小個子老婦人正在香油錢箱前合掌參拜，歷史悠久的香油錢箱四角都磨圓了。一荷與亞繞到神社後面，只見杉樹後方地面的紅土被挖開來，一旁堆著許多碎石子小山。

「看來他們正打算鋪路呢。」亞環顧四下說道。

「你該不會說，管他是泥土還是石子路，我們都照挖不誤吧？」

杉樹下有名男子正在撿拾地面的枯枝，他戴著度數極深的眼鏡，穿著紮腿褲。

「不好意思，想請教一下。」亞出聲了。
紮腿褲男子輕呼著「嘿喲」一聲挺直腰桿子，半白的頭髮理得很短，臉上留著同樣長度的鬍鬚。
「請問糸香神社的森林在哪裡呢？」
「就這兒啦，你看看，」男子眨了眨眼鏡下的眼睛，「變得這樣空空蕩蕩的了。說什麼要牽路，剩沒幾棵杉樹也一株株被拔光，森林都成了這副德行。更過分的是，後來又突然說前面路段的土地徵收問題解決不了怎樣的，工程做到一半就扔下不管，三個月來一直這樣沒人聞問，風一吹就沙塵滿天飛……」男子沒完沒了地詛咒著。
「請問一下，神主先生在嗎？」亞問道。
「當然在呀。我就是糸香神社的宮司（註三），千野義麿。」
「呃……」亞一臉傷腦筋地望向一荷。
一荷心想，這人是神官的話，說亞是學者助手應該沒問題，於是上前一步開口了：
「真是失敬了。我叫一荷聰司，從事古代史研究。前些日子，我從青蘭社出版的《古代古

註一：神社境內演奏神樂的殿舍。
註二：巡迴參拜千座神社祈願的人貼在社殿上的紙條，上面寫有自己的姓名及出生地等。
註三：管理神社的神職人員。

史》中得知，你們糸香神社的森林裡發現了古代土器，所以前來實地考察。我們可能會挖掘一點這邊的泥土，不過這都是為了研究，絕對不會給您添麻煩的。」

「哦？」男子眼鏡底下的眼睛瞪大了，「請問作者是哪位？」

「作者？」

「《古代古史》的作者。」

「……黃、黃戶靜夫。」

「沒聽過這個名字耶，是新進學者嗎？」

「應、應該是吧。」

「『青蘭社』我也沒聽過吶。我對古代史一直很有興趣，雖然只是業餘研究，多少發表過一些論文。看樣子考古核心界正掀起了新波瀾呢，能請你告知詳情嗎？方便的話，先來寒舍坐坐吧……」

「這下糟了。」亞低聲對一荷說：「很多業餘的素人研究者比專家還專門啊。」

「那怎、怎麼辦？」

「矇混過去。」

「我最不會說謊了啊。」

「那，裝傻好了。」

「呃……青、青蘭社是一間新創立的歷史書專賣店……」

「是嗎？那更怪了。每間出版社一旦成立歷史書專區，第一件事一定都是寫信向我打過招呼，目前活躍於一線的考古學者也不可能沒向新出版社介紹我呀。……我知道了，你們都是一丘之貉吧？」

「一丘之貉？」

「前陣子有個女的也揹著鐵鍬過來說了同樣的話。那個女人的古代史知識比你們強了些，可是她也胡扯什麼『SILKY社』出來，當場露出馬腳啦。」

「是綿子！」一荷叫道。

「就是那個名字，……對了，磯明綿子。原來那不是化名啊？」

「也是化名啦……」

「看來她借用了朋友的名字是吧。既然你們和綿子是一夥的，我更不能把那個坑的位置告訴你們了，因為那個女的偷了東西。」

「偷了東西？」

「她偷了祥桂寺的骷髏，還從那個坑裡偷走腐朽的斧頭。」

「可、可以請您說得詳細一點嗎？」

「我也不喜歡懷疑別人啦。如果你們能發誓捨棄邪惡的念頭，我就把事情經過告訴你們。」

「亞，你怎麼做？」

亞閉上單眼，「我、我發誓。」

「好。那是十月底的事了吧，有個女子前來拜訪神社，就是我剛才提到的磯明綿子，她跟你們說了一樣的話，兩、三下就露出馬腳了。我追問原因，她說，她最近在阿賀野日報上看到一篇很有意思的報導，報上說有條新道路要蓋在糸香神社的森林上——說是森林，其實早就剩下一片荒涼了。也就是你們看到的……」千野神官指著碎石子小山，「沒想到挖路工程途中，挖土機挖出一副女性人骨，從牙齒的磨損狀態判斷，死亡時約二十五歲；而從頭骨凹陷的形狀研判，女子恐怕是遭人殺害，之後埋屍於此地。不過，聽說這副人骨少說有四十年歷史了，阿賀野日報的標題就是：『四十年前的完美犯罪』。綿子向我坦白說，她是《週刊人間》雜誌的記者，前來採訪這起消息，但又怕劈頭說出這麼不吉利的話題會吃閉門羹，不得已只好假稱自己是來進行考古學調查的，還向我道了歉。」

「那傢伙果然比我們高招。」一荷低喃道。

「綿子問我骨頭放在哪裡，我說暫時收在祥桂寺的牌位堂，應該遲早會為死者安葬吧。綿子又問我骨頭出土的位置，就我所知，那個坑還維持原樣，因為先前挖到骨頭的工人突然生了怪病，沒人敢再挖下去，工程就這麼硬生生中斷了。」

「工人生病了？」亞一臉驚恐。

「哼，那是藉口啦。想也知道，一定是因為土地收購不順利，官員為了逃避責任而編出來的爛藉口，所以那個挖出骨頭的坑就一直留在那兒沒人理會啦。」

「綿子跑去掘那個坑嗎？」

「她挖了大半天有吧，還真的讓她找到了凶器……」

「凶器……」

「是啊，綿子在那個坑裡挖到了一把腐朽的斧頭，剛好符合頭骨的損傷部位。綿子對我說，那把斧頭得和頭骨供奉在一起才行，於是拿著斧頭去了祥桂寺。」

「但是，她不僅沒有供奉，反而把頭骨也拿走了，是吧？」

「就是這麼回事。那種東西有什麼好偷的呢？真是莫名其妙。但我也不能不處理這事兒，於是我聯絡了《週刊人間》，對方卻說敝社無此人。我看你們跟那個綿子是一夥的吧？知道她人在哪裡嗎？」

「請等一下，我們絕對不是一夥的。後來您報警了嗎？」

「雖然被偷的只有頭骨，還是得報警呀。不過今天我去撤銷報案了。」

「撤銷？」

「因為骨頭和斧頭都回來了。」

「回來了……？」

「今天早上我去做廣播體操時，碰到了祥桂寺的圓定師父，劈頭就告訴我一件怪事，他說他今早發現，昨夜好像有盜賊入侵祥桂寺的本堂，但這個賊很怪，沒拿走任何東西，反而是把綿子偷走的骨頭和斧頭送了回來。」

「骨頭和斧頭送回來了？」

「沒錯，現在正好好地安放在納骨堂裡。」

「不好了！」亞突然翻起白眼，「她的守護神居然被送回來，這、這下糟了！電話！請、請借我電話！」

「不行！」千野神官怒目瞪著陷入慌亂狀態的亞，「我看到了！你們的心充滿了污穢，我來幫你們除掉這些業障吧。沒除完業之前，不許你們碰電話！」

「喂，是SILKY嗎？」一荷啞著嗓子問道。

亞早已完全亂了分寸，害得一荷也平靜不下來。

「是的。」

這聲音是聽過的。亞也把耳朵湊上話筒。

「我是一荷。你還記得嗎？一荷聽司，三天前去過你們店裡。」

「哦，您好。」男子的聲音異樣地陰沉。

一荷有股不祥的預感。「綿——志野怎麼了？她出院了嗎？」

「媽媽桑她……過世了。」

「過世了？什麼時候？」

「老師您去探望她的隔天夜裡。」

「怎麼會死了？」

「媽媽桑復原得很順利，只等出院而已。然而那天晚上卻忽然腸閉塞發作，夜裡就過世了，真是走得太突然了。」

「她人在醫院，怎麼會死掉？」

「我也不清楚。我才剛回到店裡。」

「……從糸香回去是嗎？」

「……」

「等等，別掛。你去了祥桂寺嗎？」

「不，我沒有……」

「放心吧，我會幫你保密的。把骨頭和斧頭送回祥桂寺的是你吧？」

「……是的，是媽媽桑拜託我的。我趕到醫院的時候，媽媽桑正要進開刀房，她一臉蒼白，要我幫她把骨頭和斧頭送回祥桂寺。我覺得很恐怖，但媽媽桑一直一直拜託……」

「我明白了。你接下來會忙上一陣子吧，要加油啊，我會再去光顧的。」

一荷掛了電話。而亞也是一臉茫然。

「這是怎麼回事？綿子怎麼會死掉呢……」

「老師，無望了啦，……沒想到解出謎底的手縫小姐會死掉。我死心了。我放棄攝影機了，請老師你也忘了工作室吧。」

「要我放棄也是可以，不過你得先把解出的暗號告訴……」

「暗號？」一旁千野神官的眼鏡又亮了起來，「什麼樣的暗號？我就是因為喜歡解謎才開始研究古代史的，蒐集各種機巧暗號也是我的興趣之一，請務必告訴我吧。」

「怎麼辦？」一荷問。

「千萬不可以，老師，怎麼能把真相告訴這個人呢？」亞說。

千野神官逼近兩人，「不告訴我，就不放你們回去哦。我對天發誓我會保守祕密……」

此時玄關的紙拉門突然敞開，有人尖聲喊著：「不好意思，幫個忙呀……！」

千野神官拉開門一看，一名三角臉的洋裝老婦人正緊緊握著零錢包站在玄關。

「不好意思，我不小心投錯錢到香油錢箱裡了，請把錢還給我。」

「哦？多少錢？」

「五圓。」

「五圓？幾枚？」

「一枚。」

「一枚？」

「別小看那一枚，那可是非常珍貴的五圓硬幣，上頭有兩個孔〔註〕啊。」

「兩個孔？」

「那是全世界獨一無二、珍品中的珍品。啊啊，怎麼辦啦！」

「得撈出來才行啊。」千野神官抖擻地站了起來。

「得撈出來才行呢。」亞也站了起來，旋即附耳對一荷說：「趁這機會，快逃。」

「可是我也想看看那枚五圓硬幣……」

「現在不是說這種話的時候吧！」

一行四人來到香油錢箱前，一荷和亞趁著千野神官專心窺看香油錢箱的時候，轉身拔腿就跑。

「糟了。喂！站住！」

神官想追上去，卻被老婦人一把揪住衣襟，「我的五圓怎麼辦？你想占為己有對吧？你這個小偷……！」

一班巴士剛離開，下一班發車是一個小時後。

「他會追上來嗎？」一荷氣喘如牛。

「一定會的，他可是個暗號蒐藏家呀。」

兩人於是藏身草叢中。果不其然，十五分鐘後，千野神官扛著亞扔下的鐵鍬追上來了。只見他交互望著巴士時刻表和懷表好一會兒，才終於死了心，扛著鐵鍬回去了。

「他真可憐，不過這也是沒辦法的事。」亞悄聲說。

「我說出我的本名了耶，遲早會被他找到吧。」

註：日本的五圓硬幣中間有一個圓孔。

「我會先想好別的暗號騙過他的。」

「拜託你了。」

兩人爬出草叢，穿越馬路，在沙地坐下。

「累死了啊。」

「真的好累，而且好冷哦。」亞說。

一荷望向亞一直揣在懷裡的紙袋說：「已經沒別人了，可以全部告訴我了吧？」

海風強勁，而天空還是老樣子一片灰暗，遠方似乎有一座船形石，但看著看著，才發現那並非岩石，而是真正的船隻，可能是被拖上岸的廢船吧，因為船旁有岩石，才會乍看之下誤以為它是塊船形岩。

「我應該從我如何解讀池本銃吉設計的暗號開始說起吧。」亞語氣慵懶地開口了。

「沒錯，這就是開端。」

「之前我也說過，池本銃吉要求重印好不容易完成的《森林的猴子》，他對於原稿的異常執著，反而讓我起了疑心。我開始思考，那篇文章裡是否隱藏著另一重意義呢？於是我從這個角度再次閱讀那篇文章，看到了許多可疑之處。我想老師你也早就注意到了吧？為什麼不是『山猴子』而是『森林的猴子』？為什麼只有狸貓變身的擬聲段落使用片假名『ドロロロ　ロロロン』（**咚隆隆隆　隆隆隆嗡**）……？」亞從口袋取出記事本打開，那一頁抄寫著《森林的猴子》全文。「我總覺得《森林的猴子》全文充滿了暗號的氣味，那麼，是什麼樣的暗號呢？由於《森林的猴子》的原文好歹也構成了一篇文章，因此暗號設計的範圍受到相當大的侷限；因為若是逐字代換為其他文字，絕對無法拼湊成一篇通順文章的。」

「會不會是每隔幾個字或跳過特定數目的字來讀呢？」

「這種可能性，老師你不是已經試驗過了嗎？」

「是啊。很幼稚的方法。」

「我認為池銑不可能設定那樣幼稚的暗號，但我是從另一個角度下的判斷——因為，池銑這個人不是很吝嗇嗎？我想吝嗇的人是不會想在文章裡插入多餘的字的。」

「你想太多了吧？」

「或許吧，但我們人啊，意外地沒辦法做出違背天性的事哦。」

「那……還是他以特定的代碼或亂數表對應來設計暗號？我以前讀過的書裡，曾出現這種暗號。」

「那是要傳送暗號給特定人物時才會使用的方法吧？但池銑卻是將《森林的猴子》發給了不特定多數的人。換句話說，池銑的暗號文內容，是不能讓任何人知道的；但若是永遠無法解開的暗號，又無法達成他的目的。」

「這兩種方式都不可能的話，我真的要舉白旗了。」

「老師你必須仔細研讀那篇文章，這麼一來，自然解得開了。」

「我讀到都背得出來了。『やまみち　ほい　やまなみ　よお』（山路　嘿　山巒喲）……」

「這樣是不行的，老師你只記得念起來順暢的部分吧？我剛好和你相反，特別有印象的反而都是念起來不順、不自然的地方。這些念起來卡卡的文句，正是池銃煞費苦心的部分，因為這些文句池銃怎麼都改不好，只好死心妥協了。我認為那就是祕密洩露之處；於是我最先著眼的，也就是那些文句。」

「所以，錯字也是一樣道理吧？會保留錯字是因為他沒辦法使用正確的字。」

「我仔細檢查《森林的猴子》，發現全書共有四個錯字，但光看錯字是無法解開暗號的。於是我再次審視整體，發現念起來不順的地方，是因為文句的空格很奇怪。」

「文句的空格？」

「是的。一般的童書裡，長句子不是都會以空格來頓句嗎？這本書全文沒有標點，只以空格頓句，而全文被視為一個個文字集合體的連結來閱讀。老師，請看，仔細注意這些莫名所以的空格出現處，比錯字還多。」

亞出示記事本，抄本上畫了幾條旁線。

「喏，第二節的第二行，『ささあつま　れよ』（快呀快來集　合喲），這樣的頓句不是很奇怪嗎？一般應該不會加空格，而是直接寫成『ささあつまれよ』（快呀快來集合喲）才對吧？」

「池銃為什麼非頓句不可呢？」

「我的解讀是，如果不斷句，就會變成長達七字的文字集合體，但這整篇文章裡完全找不到五個字以上的文字集合體。」

「這麼一說，真的耶。這也是線索之一吧。」

「還有其他可疑之處。第六節的第六行，『ぱぱ ぱっ』（啪啪 啪），應該改為『ぱぱぱっ』（啪啪啪）比較自然。相反地，有些地方明明頓句比較好，卻被連成了一串，好比第七節第五行『まめ すしおそば』（豆子 壽司蕎麥麵），應該斷成『まめ すし おそば』（豆子 壽司 蕎麥麵）比較易懂；還有最後一行，『かっぽ れの ゆめ』（滑 稽的 夢），應該是『かっぽれの ゆめ』（滑稽的 夢）才順，而且其實第七節第四行就好好地寫著『かっぽれよ』（眞滑稽呀）。」

「嗯，我想我愈來愈明白你所說的了，這整篇暗號裡的文字集合體具有很重要的意義。」

「沒錯。當我發現《森林的猴子》的頓句方式很突兀時，當下明白這篇暗號文的通則了——每個被空格隔開來的文字集合體，正正對應著某個日文假名，而且這每個文字集合體都不超過五個字……不，這裡該稱為『五個記號』比較好懂吧。問題來了，什麼樣的暗號設計，是以五個以下的『記號』集合體代表一個日文假名呢？」

「唔……」

「請想想池本銃吉的公司名稱，以及他的經歷。」

「池本銃吉年輕時候曾經是漁船的電信員……」一荷被自己的話嚇得跳了起來，「我知道了！是無線電！摩斯密碼（註一）！」

「答對了。但接下來才是最困難的——いろは（伊呂波）共四十八個日文假名，哪一些是『滴』，哪一些是『答』呢？」

「這麼說也是，好比いろは的い是『滴』還是『答』呢？等一下，這樣如何？如果い是『滴』，ろ就是『答』，は就是『滴』，也就是交互對應『滴』和『答』。」

「那樣的話，也有可能是每隔一個字對應啊，或是每隔兩個字，甚至可以設定前二十四個假名都是『滴』，剩下的全是『答』。」

「每種方法都試試看如何？」

「老師，你明明就是個急性子的人，怎麼會毫不在乎地說出那種令人頭皮發麻的話呢？」

「真的那麼困難嗎？」

「當然啦，而且又不一定是いろは順序，如果是あいうえお順序（註二）呢？」

「那就可以設定あ行是『滴』，か行是『答』……好像不太可能哦。」

「不，當然有可能。那麼，萬一是とりな順序呢？」

「什麼叫とりな順序？」

「『とりなくこゑす　ゆめさませ　みよ　あけわたる　ひんがしを（鳥啼聲起夢人醒　起見東方曉天色）』——這是明治時期《萬朝報》有獎徵稿中獲得第一名的『伊呂波歌』，這首歌採用的就是とりな順序。其他像是《あめつち》（天地）這首古老的伊呂波歌也很有名。」

「你說這些是想故意刁難我吧？」

「我不是要刁難老師才說這些的，我只是想告訴老師，要將四十八個日文假名區分成『滴』和『答』兩大類，區分法有無限多的可能。」

「那麼這篇暗號豈不是解不開了嗎？」

「解得開的。我說過很多次，重點就在於文章裡那些不自然之處。我們再來看看錯字的部分吧。」

「池銃全力死守的錯字是吧。」

「聽好嘍。剛才我說這篇文章裡有幾個錯字，把它們挑出來看看吧。第一個錯字：第一節第三行『つずみふえ』（股笛）應該是『つづみふえ』（鼓笛）。第二個錯字：第六節第五行『のるくさ　さるとゆけ』（曼呑呑地　跟猴子去吧），應該是『のろくさ』（慢呑呑）。第三個錯字：第六節第七行『ぴかぴかの　ゆうほお』（金光閃閃的　幽乎），指的是ＵＦＯ，所以應該是『ゆうほう』（幽浮）才對。第四個錯字：第十節第八行『ああらまあ　きゆるふえ』（哎呀呀　笛子肖失了），正確的是『きえるふえ』（消失了）。」

註一：摩斯密碼以「點」（・）和「劃」（—）來傳送訊息，「點」、「劃」也稱為「滴」、「答」。

註二：外國人學日文時一般學習到的五十音假名順序，即ａｉｕｅｏ順序。

亞取出火柴棒，在沙地上寫下幾個日文假名。

（正確）づ　ろ　う　え

（錯誤）ず　る　お　ゆ

「老師你應該已經看出來，為什麼池銃要把つづみ寫成つずみ了吧？因為若在池銃的設定裡『づ』代表『滴』，『ず』就是相對的『答』；一旦將文章替換成摩斯密碼，有某些位置無論如何都必須出現對應到『答』的字。換句話說，づ與ず、ろ與る、う與お、え與ゆ之間，非得是相對的關係不可。」

「唔唔……唔……」

「老師，絞腦汁絞得很痛苦吧。可是啊，點醒我這兩者關係的，不是別人，正是一荷老師你哦。」

「我？什麼時候？在哪裡？」

「三天前，在青蘭社的會客室。」

「當時我只是拿了『消失的骷髏』給大家看啊。」

「是的。老師你看到大家因為『消失的骷髏』而大感吃驚，顯得十分滿足。但我忘不了的是，老師你那時所說的話：『玻璃盒沒有開口哦，是完全密閉的，沒人拿得走骷髏呀。』」

這麼說來，亞那時就是聽到這句話，突然翻起白眼，差點沒昏倒，一荷還拿茶杯裡的威士忌餵亞喝。等亞平靜下來之後，說是因為謎團解開了，他嚇得差點腿軟。一荷連忙問他是解開「消失的骷髏」之謎嗎？如今回想亞當時的回答其實正暗藏玄機，亞回答「這**也**有」，就是在那個時候，亞解開了池銃的暗號，同時解開了「消失的骷髏」之謎。

「聽到『完全**密閉**』，我發現了一種非常了不起的假名分類法——開放的假名，以及具有密閉空間的假名。」

「密閉的假名？」

「在位相學，也就是拓撲學的世界裡，將曲線粗略分為兩大類——沒有閉曲線的曲線，以及含有閉曲線的曲線。根據拓撲學來分類假名，你不覺得既合理又兼顧視覺性嗎？」亞一一指向沙上的假名。

一荷望著假名連出的閉曲線，想起了五圓硬幣中央的小孔。

「づ、ろ、う、え，這些都沒有閉曲線對吧？相對地，ず、る、お、ゆ這些假名每一個都有閉曲線。前一類的同類，是いろにへとちりをわかたれそつら；後一類的同伴，則是はほぬるよねなむゐのおまあ。這麼一來，就很容易理解為什麼只有狸貓變身時的那段文章使用片假名了，因為根據池銃的設定，那個位置非得使用封閉的片假名『ロ』，而不是開放的平假名『ろ』。據磯明總編說，池銃對於書中使用的鉛字莫名地神經質，甚至連字體都要親自挑選，原因這下子也很清楚了，因為依字體不同，有些原本不含閉曲線的假名，好比や、も、わ、ふ，會由於筆勢而

產生閉曲線。掌握這個分類法，接下來就簡單了。我在圖書館查到了摩斯密碼與日文假名的對照表，只要將這篇文章的『滴』、『答』組合替換上對應的假名即可；若封閉的假名是・（滴），開放的假名必定是－（答），而事實也確是如此。」

亞摸索著那個片刻不離身的紙袋，取出一張紙來，攤開一看，上面寫著摩斯密碼與假名。

「你在新年會的時候追我追到浴池裡，拿手銬銬住我，就是要提防我偷看紙袋裡的東西吧？」

「當然啦，我不想剝奪老師解出暗號的樂趣呀。」

「少在那裡亂掰藉口了。隨便啦，快點讓我看看解開的暗號。」

「好的。首先是標題。」

「標題也是暗號嗎？」

「是的。《もりのさる　おまつり　の》（森林的猴子　祭典　的）的第一個假名も是開放的假名，所以是『答』；り也是開放的，所以是『答』；の有閉曲線，是『滴』。像這樣，把標題的每個字換成信號，整句就成了『答答滴答滴、滴滴答答、滴』。換上對應的假名，就是：『し、の、へ』……」亞說著望向一荷。

「し、の、へ？噢，『給志乃』……」

「沒錯，這篇暗號文，正是池銃寫給他人間蒸發的第一任妻子——志乃的信。」

一荷頓時全身僵直，一陣暈眩襲來，很像先前解開「消失的骷髏」之謎時所感受到的暈眩，卻強烈了許多倍。

「那、那麼，全文是什麼？」一荷的神情十分迫切。

亞似乎被一荷急切的模樣給嚇著了，他縮起身體，臉探進紙袋中，拿出另一張紙來，立刻遞給一荷。「這就是全文。標點符號是我加上去的。」

一荷搶過那張紙，讀了起來。儘管天氣寒冷，一荷卻汗流浹背。

しのへ

給志乃

まいばん、しのがゆめで、わたしをせめる。

每天晚上，志乃都在夢裡責備我。

わたしもとしだ。

我已經上了年紀。

しののせめにたえられない。

承受不了志乃的責備。

わたしは、むかしのつみを、ここでこくはくしよう。

我要在這裡告白我過去的罪行。

四五ねんまえ、しのをころしたのは、わたしだ。
在四十五年前殺害了志乃的人，就是我。
どうきは、二どめのつま、よしこのざいさんが、どうしても、ほしかったからだ。
動機在於，我無論如何都想要第二任妻子由子的財產。
しのは、おのでころし、しかじんじゃのもりにうめた。
我拿斧頭殺害了志乃，把她埋在糸香神社的森林裡。
しのに、つみはない。
志乃是無辜的。
ゆるしてくれ。
請原諒我。
いまここにすべてをこくはくし、しののめいふくとゆるしをいのるばかりだ。
我於此告白一切，全心祈求志乃的寬恕，衷心願她安息。

「……池本銑吉的詫壽慶生會，果然是一場不折不扣的『道歉慶生會』啊。」
歡樂的童話背後浮現出來的異樣告白文，讓一荷驚愕不已，不知該說什麼了。
「『每天晚上志乃都在夢裡責備我。我已經上了年紀，承受不了志乃的責備……』。那麼頑固的池銑，怎麼會突然良心發現自我苛責呢？因為，他看到了阿賀野日報的那篇報導：『四十年前的完美犯罪』，自己所殺害並親手掩埋的志乃被人挖出來了。而且更可怕的是，聽說挖出骨頭的工人害了怪病。池銃開始夜夜惡夢，而頑固的人一旦鑽起牛角尖，就很難跳脫出來。一如他信上所說：我也上了年紀，承受不了志乃的責備……

逃離志乃的路只有一條，那就是——將自己的罪昭告世人，接受懲罰。但那比死還可怕，於是，池銃想到了一個告白的方法，一個不會有人發現那就是告白的告白方法，也就是以暗號文寫下事實，分發給許多人。讀到的人不會發現那是告白文，但是對池銃來說，那無疑等同告白了自己的罪業、向志乃道歉。《森林的猴子　祭典　的》就是出於這樣的動機寫下來的。而詫壽慶生會也依池銃的意願，盛大地舉行了。那一天，他一定是真心想對志乃永遠地道歉下去。

然而，整起計畫中發生了一件池銃意想不到的事。送成書來的女子，竟然自稱『SINO』，池銃當時一定驚訝得宛如遇見志乃再世吧；不僅如此，印出來的《森林的猴子》並沒有照著他的原稿，而是經過修改之後送印了；錯字被改成正確的字，空格也被修改得易於閱讀，這下最關鍵的暗號文就不成立了。池銃既驚訝又害怕，頑固地命令出版社重印。

仔細想想，池銃的要求實在是荒謬透頂，但手縫小姐把這要求解釋為池銃想隱瞞他的慌張而強詞奪理，因此她並沒有發現《森林的猴子》是一篇暗號文。不過手縫小姐在意的是另一件事，就是那個嚇到池銃的名字——『SINO』，於是她徹底調查池銃的背景，找到了北村志乃這名女子；她接著蒐集阿賀野日報，一一調查有沒有可能與池銃相關的事件。」

「綿子雖然沒發現暗號文，但她的積極行動力還是得到了回報吶。」

「嗯，手縫小姐依著阿賀野日報的報導前往糸香神社的森林，挖出了四十年前命案的凶器斧頭，還從祥桂寺偷走了頭骨。我不曉得手縫小姐是否證明了這兩件遺物與志乃或池銃有關係，總之池銃一看到這兩樣東西，臉都白了。前妻與眼前這名女子的名字不可思議的巧合，而且這位『SINO』還帶著頭骨出現。我想池銃應該不至於向手縫小姐告白真相，只是答應了她小小的願望，並提出交換條件——請手縫小姐幫他供奉骨頭和斧頭，以慰志乃在天之靈吧。手縫小姐都要得到小酒店了，那麼解開暗號的我只要挖點糸香神社的泥土帶去池銃面前，我想一荷老師的工作室和我的攝影機這點小小的願望，池銃應該會二話不說地幫我們實現吧。」

「所以你才沒把暗號一事告訴千野神官啊，你是打算叫我去威脅池銃嗎？」

「沒、沒有的事啦……，我會告訴老師謎底，只是因為我覺得祈禱志乃安息的人愈多，池銃的心理負擔應該也愈能減輕啊……」

「你這人的想法倒是頂單純的嘛。」

「還好我們還沒動手挖掘糸香神社森林，就得知頭骨已被送回祥桂寺的消息。要是我們做了和手縫小姐一樣的事……」

「你想說我們也會步上綿子的後塵嗎？綿子是被池銃手下的醫生給封口的啦。」

亞搖了搖頭，「不，我認為她的死亡背後應該沒有陰謀。如果手縫小姐真是被池銃殺害，那麼挖出骨頭的工人生怪病，又如何解釋？」

「那就像千野神官所說的吧，只是土地徵收不順利，官員們捏造出來推卸責任的遁詞啊。還是你覺得事情不單純？」

「我深深地覺得，池銃送給手縫小姐的，不只有酒店、志乃的遺骨和斧頭，他還把另一個更恐怖的東西也塞給了手縫小姐。」

幾天後，一荷一大早就接到亞打來的電話。

「老師，果然被我說中了。你看報紙了嗎？」

「還沒。」

「池銃死了，死因是心肌梗塞。」

「……死了？他不是很自豪有顆媲美年輕人的心臟嗎？哎喲，只是偶然啦。道路工人生怪病、綿子去世、還有池銃死掉，全是一連串的偶然罷了。」

「這麼說也是……」亞的聲音低得幾乎聽不見。

「……怎麼，你該不會想說，是志乃的幽靈回到池銃身邊殺了他吧？」

電話另一頭，亞再也壓抑不住顫抖。

「……老師，這麼可怕的事，你怎麼能說得那樣若無其事……？」

——完——

【附錄】日文假名與摩斯密碼對照表

あ	か	さ	た	な	は	ま	や	ら	わ	一	六
－－・－－	・－・・	－・－・－	－・	・－・	－・・・	－・・－	・－－	・・・	－・－	・－－－－	－・・・・
い	き	し	ち	に	ひ	み	ゆ	り	を	二	七
・－	－・－・・	－－・－・	・・－・	－・－・	－－・・－	・・－・－	－・・－－	－－・	・－－－	・・－－－	－－・・・
う	く	す	つ	ぬ	ふ	む	よ	る	ん	三	八
・・－	・・・－	－－－・－	・－－・	・・・・	－－・・	－	－－	－・－－・	・－・－・	・・・－－	－－－・・
え	け	せ	て	ね	へ	め		れ	濁點 ゛	四	九
－・－－－	－・－－	・－－－・	・－・－－	－－・－	・	－・・・－		－－－	・・	・・・・－	－－－－・
お	こ	そ	と	の	ほ	も		ろ	半濁點 ゜	五	十
・－・・・	－－－－	－－－・	・・－・・	・・－－	－・・	－・・－・		・－・－	・・－－・	・・・・・	－－－－－

第七回 荷洛波之神

船隻抵達碼頭。

那是一艘純白色漁船，船首裝飾著一具妖豔的人魚像。本地船員十分熱情開朗，不是吹著口哨，就是大聲歌唱；褐色肌膚熠熠生輝，豐碩的肌肉非常顯眼，身上花俏的原色襯衫鮮豔地浮現在熱帶的清澄空氣與藍空下。

個個都養得這麼健壯啊。——中神康吉心想，自己之前是什麼模樣呢？只有一點點地薯、綠豆、長得像芹菜的野草果腹，整個人瘦得和地獄圖裡出現的餓鬼一個樣，唯獨雙眼炯炯發光；破破爛爛的軍服沾滿了污垢與泥濘，完全看不出原本的形貌。那段期間，自己曾見過像現在這樣的藍空嗎？荷洛波島畢竟是個島嶼，不可能終年雲霧籠罩，但在中神的印象裡，荷洛波島永遠是個深灰色的世界。

熱帶天空下果然還是適合鮮明的色彩、爽朗的表情和豐碩的身軀。相較之下，自己真是度過了一段空虛至極、毫無意義的時間啊。

中神悄悄環顧四下。碼頭上，不少乘客和中神同樣身為戰爭被害者，每個人都懷抱著各自的回憶注視著船隻。這個「遺骨搜尋團」中，曾與中神出生入死的同伴不到十人，大家都上了年紀、行將就木了，只有團長大和田前少尉一如從前說著笑、逗大家開心，不過大和田本來就比中神年輕了十五歲；其他團員則是首次拜訪荷洛波島的遺族和記者。

碼頭上還有另一團是陌生人，似乎準備搭乘同一艘船，不過八成是要繞去其他島嶼的觀光團吧。

中神康吉被徵召入伍，是B29轟炸機開始對日本本土進行空襲的時候，當時就連身為一介平民的中神，都看得出戰況已極不樂觀。中神是個文具商，那時都可算是中高年了，膝下有三個孩子。身為後備兵的中神接受徵召進了訓練營，營中的同伴不是體格虛弱，就是有家累的中年男子，沒人具備想打勝仗的霸氣，每個人都滿腦子惦記著家人。中神這班脆弱的士兵，從早到晚接受嚴苛的戰鬥訓練，被已瀕發狂邊緣的長官操練再操練。

沒多久，臨時徵召令下來了，當大夥兒得知將被派往南方，不止中神一人陷入絕望，所有人都面面相覷，面如死灰。

塞班島已經玉碎，天寧島、關島也開始有美軍上岸，日本本土空襲日益激烈，當時的戰況已經糟到連國防部都瞞不了民眾了。在戰爭如此慘烈的狀態下被派去南方，無異於被宣判死刑。

後備兵中神被派遣到太平洋上一座不知名的小島，隸屬僻地獨立守備隊，從門司港被塞進了運輸船；分配到手上的三八式步兵槍照準扭曲，根本派不上用場。換言之，中神等人只是用來充數的濫竽罷了。

他們連接下來會被送到什麼樣的島嶼、進行什麼樣的戰鬥都不知道，也完全沒被告知自己身處什麼狀況。軟弱的一介士兵，只是身不由己地接受命令前往小島，接受命令完成任務。而命令當中，當然也包括了為國捐軀。但中神是直到戰爭結束後，讀了許多戰史，才隱約了解自己當時所處的狀況。他得知英帕爾戰役、塞班島之役的慘烈後，覺得自己現在能活得好好的，簡直是奇蹟。總而言之，當時中神身為第一〇八師團第伊二二聯隊的一員——不，一個零件，南下了。

現在，中神花不到六、七個小時就飛抵這座中繼島，之後只要轉乘漁船，三、四個小時之後就能抵達荷洛波島，簡直像是一場夢。當年中神這些零件被塞進運輸船內被稱為「蠶床」的船底，一路在蝨子與汗水的折磨下，搖晃了二十多天。剛進入熱帶，這五艘運輸船船團就遭到美軍戰鬥機的猛烈攻擊。

結果，整批的後備船團，貨船與護衛驅逐艦全軍覆沒。中神所搭乘的大昭丸船尾遭魚雷爆破，半數士兵戰死，事情發生在一眨眼之間。這是中神第一次經驗到的大戰爭，但這在戰爭史全篇當中似乎也是最平靜的一幕，戰爭結束後，不管是翻閱美國出版的戰史，還是莫里森所寫的《日本海大海戰戰史》〔註〕，都找不到這段事蹟。

大昭丸奇蹟式地倖免於沉沒，但幾乎無法繼續航行，為了減輕載重，戰死者的屍體自不用說，生還者必須拋棄大量的行李，甚至是武器。大昭丸在半沉沒的狀態下，好不容易來到最近一座小島的海面上，而那座島，就是荷洛波島。

小隊登陸島上後，立刻重新編隊。然而，最致命的打擊是，軍隊中不可或缺的無線電機竟已壞損。當然，糧食和武器也所剩無幾。

重新編成的小隊，由大和田少尉擔任隊長。他是後備軍官學校出身的士官。中神後來才知道，大和田在後備軍官當中隸屬乙種幹部，也就是所謂的乙幹，相較於少壯精銳的模範甲種幹部，乙幹都是些落後生、流氓無賴的不良候補。但身為人，大和田非常有深度；可說正因為有大和田領隊，這支軍隊才能夠存活下來。

倖存者被集合起來，編成荷洛波島（此時他們還不知道荷洛波這個名字）獨立守備步兵隊「大和田隊」，將執行僻地守備的任務。

大和田隊隊員不到一百五十名，而且轉眼間就減少到一百名。大和田隊的成員幾乎都與中神一樣，只是一介士兵。除了當上隊長的大和田，守備隊主要幹部只有通信兵原濱中士和軍醫酒井中尉而已。

大和田隊長雖然不是個優秀的後備軍官，在官校中卻是難得一見深獲好評的人物，也很受士兵愛戴。

新兵們最痛恨的就是通信兵原濱。他是通信士兵學校畢業的老鳥中士，仗著有實戰經驗，死命虐待那菜鳥士兵。而相對地，他又極端汲汲營營，看他討好大和田隊長的那副嘴臉，簡直不堪入目。

軍醫酒井留著一臉大鬍子，長相十分凶悍，但是登陸荷洛波島之後，他因為接連幫好幾個傷兵輸血，很快便瘦成了瘦皮猴。

接下來是一段幾乎令人昏厥的漫長歲月。至於敵人，別說是船了，連一架飛機的影子都沒見著。而且，不僅敵軍沒消沒息，連我方的人也悄無聲息，島嶼上重複著近乎異常的平靜日子，唯有士兵們無止境地被迫與傳染病、缺糧、高溫、高溼對抗，還包括與自己的戰鬥。他們甚至會

註：即Samuel Eliot Morison所著的《Coral Sea, Midway and Submarine Actions》。

想，乾脆遭敵人襲擊算了，搞不好比現在這種狀況輕鬆多了。

這場非戰爭的戰爭所帶來的虛無感、不明白自己為何會遭遇這種事的荒謬感。中神算是相當幸運了，早已絕望的他最終得以重新踏上故鄉土地。想必那些毫不知情而死去的眾多士兵，他們的遺恨，光靠後人的祈禱也不會消失吧。

當中，原濱中士是最悲慘的一個。

最後一天，荷洛波島遭到美軍的迫擊砲攻擊，大和田獨立守備隊毫無招架之力，全員投降。大和田隊長原本就身段柔軟，令人訝異的是，最積極勸隊長投降的，竟是原濱中士。看他平日的言行舉止，很難想像他會提出這個建議。中神認為原濱中士可能已經精神緊繃到瀕臨極限了吧；而且，從他臨死的模樣來看，看得出這個人對於生命有著超乎常人的強烈執著。事情發生在他們一行人離開美軍強制收容所，被送回日本本土的遣返船上，原濱中士突然得了急性闌尾炎。比大昭丸還簡陋的船裡，沒有任何能救治原濱的方法。原濱在瀕死之際，瘋狂地嚎叫著他不能死，那種狂態，旁人看了都不禁毛骨悚然。嚥了氣的原濱，就這麼被拋入海中。中神心想，如果原濱這個人再壞得徹底一點就好了。因為在守備隊投降的相當早之前，原濱對同伴的態度就已經恢復人性的溫暖了。

中神望著眼前的白色漁船，總覺得莫名地憤怒了起來。就算去到荷洛波島，原濱的遺骨也撿不回來了，他的靈魂是否會永遠在熱帶的海中徘徊迷惘？

忽地，中神聽到有人在談論「骨頭如何如何」、「骨頭怎樣怎樣」。

他往聲音傳來的方向一看，有四、五名男子正圍著談笑，並不是遺骨搜尋團的成員。那是一群穿著花俏襯衫的年輕人，他們壯碩的身軀，讓中神感到一陣輕微的厭惡。

——這些不知飢餓的年輕人。

當中最年輕的一名男子，個子挺拔，長相英俊，特別是眉毛下方的骨骼形狀，與修長眉毛的知性組合特別引人注目。男子穿著白褐色法蘭絨外套，打了一條紅領帶，肩膀上揹著一臺似乎頗昂貴的攝影機。這幾個人一看就是闊氣的觀光客，一群人在和平之中遊手好閒遊山玩水，而他們所享有的和平正是建築在中神等人的苦難上，那模樣看在中神眼裡尤其刺眼。自己不幸的戰友們，沒道理被那種人喊成「骨頭」。

「不好意思……」中神走到年輕男子身邊。男子露出親暱的笑容。「或許我是多管閒事，但說什麼『骨頭』，是不是有些不太像話？日語中明明就有『遺骨』這樣的稱呼。」

男子頓時愣愣地看著中神，幾秒鐘過去，才總算了解中神的責難似的。這人外表看起來很聰明，但神經傳導似乎不怎麼快。

「……我沒注意到，是我措詞太不小心了，今後我會注意的。」

很明事理，但中神依然不滿。在從前，男子漢不會這麼輕易承認自己的過錯。

年輕男子那群人又繼續剛才的話題。中神悄悄豎起耳朵。

「……所以呢，老師，剛才講到腕龍的遺骨，請問托勒密隊發現的是哪一部分的遺骨呢？」

聽到這段話，中神發現不太對勁，看來搞錯的似乎是自己。

年輕男子口中的老師是一名大個兒中年男子，只見他頻頻偷瞄著中神，一邊回答道：「哦，根據托勒密隊的發表，發現的骨……遺骨，是第八節的頸骨……」

中神有些臉紅了，「你們說的骨頭，是腕……」

年輕男子露出同情的神色說道：「對，腕龍。是中生代時期棲息地球上的一種巨型恐龍。」

「中生代是……？」

「距今約兩億年到七千萬年前的時代。」

中神忍不住屏息，「看樣子是我誤會了，我還以為你們在談論戰死者的遺骨。」

「沒事的，請不必介意。」被年輕男子稱為老師的大個男說：「我們知道各位是前來搜尋戰爭同袍的遺骨的，真是辛苦了。我們也正要前往荷洛波島，不過我們要搜尋的是一億年前的骨頭。」

和一億年相比，短短三、四十年，豈不是連一瞬都算不上？中神突然覺得自己宛如沙塵般渺小，要不了多久，這沙塵般的人生裡，憎恨與怨恨也將顯得毫無意義。原濱中士的執著也是，在一億年前的生物面前，根本不足掛齒。

中神忽地覺得海闊天空。自己似乎太拘泥於過去了，遺骨搜尋團組成之後，更是如此。由於這樣，就連看到藍天、健壯的身軀都感到厭惡，對別人的一點點語病也吹毛求疵。

這群人應該是學術調查團吧。自己只是看到年輕男子的攝影機，就當下認定他們是觀光團，這也是僵化狹隘的思考所致。中神不禁汗顏，默默離開了這群人。

一塊狹窄的板子被架上甲板充當登船橋。遺骨搜尋團由一名三角臉的洋裝老婦人領頭，依序上了船。最後上船的是學術調查團，不過，那名高個兒年輕男子上船的過程相當精采，人不可貌相，他似乎毫無運動神經，雙手像翅膀一樣伸得長長的，下半身蹲得低低的，換句話說，他是彎腰駝背地上船的，沒掉進海裡還真是不可思議。

「呀，海裡面有大青鯊哦！」

聽到同伴這麼說，年輕男子的臉倏地轉為蒼白。

看得出來年輕男子是拚了命想平安通過登船橋，但由於他長相端正，一緊張起來，那張臉上的表情與其說是拚命，更像是一臉痴呆。最後男子好不容易撲進船裡，緊緊抱著攝影機，甲板上的人不禁鼓掌喝采。

中神也不由得笑了，內心也對這名男子湧出感謝之情。

空氣清澈舒爽，南海色彩豔麗，船員們的強健肌肉也令人覺得可靠。——對了，我來祈禱學術隊能順利地找到腕龍的骨頭吧。

中神站在甲板上，一逕望著大海。他不想進去船室。對於睽違幾十年的荷洛波島，他內心有種不可思議的懷念情緒。現在那裡應該開發了不少，當年守備隊的基地也變了模樣吧。荷洛波島的原住民……雅馬如果還活著，應該已經是當酋長的年紀了。

「不好意思，方便和您聊聊嗎？」說話者的語氣非常客氣。

中神回頭一看，學術調查團的那名年輕男子和體格壯碩的「老師」正站在身後。

吧？」

「有事嗎？」

兩人一齊遞出名片之後，老師說：「很冒昧想請教一下，您曾經在荷洛波島上生活過對吧？」

「對，是戰時的事了。可是我不知道那能不能稱得上是生活，當時狀況非常悽慘。」

「您一定吃了很多苦吧。請問在那段期間，您是否曾與荷洛波島的原住民有過接觸呢？」

「嗯，在島上的森林中，我們不得不共存下去。」

老師的表情開朗了起來，「我們想知道關於荷洛波島原住民的事。有此一說，聽說他們非常凶暴，有殺人而食的習俗。」

「沒有的事！」中神當場否定，「我不知道你是從哪裡聽來的，但完全不是那麼回事。荷洛波的原住民個頭很矮，文明水平雖然低，性格都非常溫厚。他們靠著一點農業維生，其餘就是狩獵和採集。但說是狩獵，他們也幾乎不使用弓箭，只是偶爾會設下原始的圈套……」中神捲起襯衫袖子，露出左臂，上頭有一道相當深的傷痕。「這是我不小心把手伸進圈套所留下的痕跡。因為是很原始的機關，我沒看出是人工的圈套。」

老師一臉同情地望著他手臂上的傷，中神很快地放下袖子。他不是想炫耀，但已經不曉得讓多少人看過這道傷痕了。

「所以，荷洛波的原住民會捕食人類，是騙人的嘍？」

「根本就是胡說八道吧。他們本性十分善良，我們也認識他們的酋長，那位酋長死了妻子的時候，由於太過於悲痛，甚至自殺了呢。」

「……自殺？」老師睜圓了眼，「我以為自殺是文明人特有的行為，原來未開化民族也有自殺這回事啊？」

「我不懂民族學什麼的，可是那絕對是自殺。酋長妻子的屍體依照荷洛波民族的規矩，被安放在部落中央的祠堂裡，周圍幾十名土著圍繞著，只有酋長獨自一人走進那間祠堂，一會兒之後，傳出了槍聲……」

「酋長有手槍？」

「事後調查，發現那把手槍是我們部隊隊長的東西。換句話說，酋長以某個方法偷到了那把手槍吧。我們打開祠堂一看，酋長已經拿那把槍射穿了自己的眉間，祠堂內只有酋長與其妻子兩人的屍體。我不知道未開化的民族會不會自殺啦，但是那種狀況任誰來看，都會判斷酋長是自殺的。除非酋長妻子的屍體能透過土著的魔法復活，射殺了酋長。」

年輕男子不知怎的猛眨眼睛，嘴裡咕噥著什麼，接著稍微放大聲音說道：「……我曾經聽說，未開化的民族沒有崇敬死者的想法，他們只是一味地恐懼死者，避忌不已，這是因為熱帶地區的屍體經常孳生傳染病菌或帶有毒性。懂得避忌屍體，正是大自然在長久的歲月中教導給他們的習俗吧。聽說某個部族裡，碰過屍體的人，依規定會被單獨隔離很長一段時間，誰都不許靠近。死者的餐具、衣物也會立刻遭到破壞、燒燬。未開化民族就是如此忌諱、嫌惡死者。因此，就算死的是地位崇高的酋長之妻，酋長卻毫不避諱地進入安放死者的祠堂，這實在……」

年輕男子似乎不相信中神所言，但他的模樣只是像個對稀奇事物感到不可思議的孩子，中神並未感覺到冒犯之意。於是中神也沒有爭論的意思，淡淡地這麼說了：「酋長應該是深愛著妻子吧。沒有她，酋長一天也活不下去。我相信那是一種殉情，或者你認為這是文明人才有的心情？」

「是的！」年輕男子的口吻過於堅決，反而是中神愣住了。「人死後會成佛成神、死後的世界像天堂般美麗，這些信念對於未開化地方的人來說，是無法置信的。他們一般相信，人一死就會變成惡靈。他們認為死者是由於生者的過失或疏忽才會死去，死者對生者充滿了『為何要殺我』的怨恨。特別是深愛的人過世，會讓生者覺得是自己的怠慢所致，而萌生出罪惡意識，那種自責會轉變成強迫觀念，深信死者之靈會對害死他的生者心懷惡意，因此死者的埋葬慣例上不會拖得太久，有些種族甚至會在埋葬結束後，在部落周圍圍上荊棘，不讓死者之靈靠近。還有一些種族，連說出死者的名字都是禁止的，這些習俗都是因為害怕死者之靈歸來，因此也有些部族習慣為死者改名。我們日本人死後，家屬會請和尚為往生者取戒名，或許也有這樣的意義在裡面呢。」

「那麼，酋長之死又該怎麼解釋呢？」

無論這名男子再怎麼質疑，當時的狀況的的確確就是自殺，中神可是親眼目睹的，他有自信說服這名男子。中神故意這麼反問，是因為他忽地想看看這名男子傷腦筋的模樣。

「可、可以請您更詳細地說明當時的狀況嗎？我想這也能做為了解荷洛波島原住民習俗的參考。」年輕男子說，老師也饒富興味地點了點頭。

「好的，我就詳細說明吧。反正在抵達荷洛波島之前，時間多的是。」

中神請兩人在甲板的帆布躺椅上坐下。

荷洛波島的那段經歷，他已經向許多人說過幾十遍——不，幾百遍了。他的孫子甚至會抗議：「又要講戰爭的事了？」似乎早已聽膩了。要他有條不紊地說上多少遍都行，更何況今天可是對方主動要求他開口的。嗯，那個時候啊……

荷洛波島是一座珊瑚島，大小與有式根島（註）差不多。

當時它是一塊完全未開化的土地，島上八到九成都是由紅樹林、椰子樹、蕨類等形成的森林，中神對深綠色金合歡喬木的印象特別深刻，有些樹木甚至高達十多公尺。

島上沒有猛獸，因此有許多小動物生息，特別是低等的原猴類，金絲猴、長鼻猴似乎是原住民的蛋白質來源。踏進密林一步，濃綠的氣味便伴隨著強烈的腥臭撲鼻而來，超過百分之九〇的溼度教人呼吸困難。才走進森林幾十步，四下便暗了下來，林子裡毒蛇、蠍子、瘧蚊、采采蠅等四處肆虐。入夜後，森林裡會傳來「卡扣、卡扣」的聲音，那是在夜裡獵捕餌食的大型蜥蜴的叫聲。溼地長著一種散發白色幽光的巨大花朵，布滿花瓣的斑點宛如因傳染病而死的屍體肌膚，散

註：伊豆諸島中的一個小島，面積約三．七平方公里。

發出腐肉的氣味，吸引大量的巨型蒼蠅前來。

士兵們先是皮膚染病，難以忍受的搔癢之後，緊接而來的是劇烈的疼痛，赤紅腫脹的患部會噴出駭人的膿汁。

「那個痕跡到現在都還在。」中神翻起褲管給兩人看。他的小腿有一部分是蒼白光滑的，周圍都是疤痕。

後來部隊裡開始流行棘手的病。病人在高燒、連續下痢數日後，陷入脫水狀態，最後只有死路一條，但似乎不是瘧疾。士兵們不停服用奎寧，然而不論體力有無，會中籤的人就是會中籤，許多人發病而死。

荷洛波島守備隊的基地設在背山面海的沿岸地方，後方就是叢林，因為他們在那裡找到一棟腐朽的灰色教堂，便著手修理建築物內外，設為總部。推斷這間教堂應該是百年前的建築，從內部遺留下來的物品推測，從前住在這兒的可能是一名西班牙傳教士。中神是到回國後才知道，過去這一帶的島嶼似乎曾遭回教徒摩洛人洗劫，原住民被綁架，販賣到別處當奴隸。荷洛波島的那間教堂也是被海賊給摧毀的嗎？傳教士是在傳教途中病死的嗎？

守備隊以教堂為中心，砍伐樹木搭建兵舍。但說是兵舍，不過是以藤蔓綁住砍下來的原木，拿草蓋住屋頂，將地板架高一尺，上頭鋪上毛毯罷了。一班十二、三個人就和衣睡在那兒，不過每到夜裡一熄燈，就會有蛇和蠍子掉到臉和身上，枕邊則有尋找餌食的蠑螈到處亂爬。

守備隊抵達荷洛波島時似乎正值雨季，島上與日本本土的氣候差異之大，可說是個不幸。雨季的大海具有黏性，水色變化也相當激烈，近海總是浮現著黑色線條，有時線條會以猛速移動；海面偶爾會顯現銀色和綠色，有時也會呈現罕見的暗紅色，但時間都不長，這是因為海底會湧出不健康的黃水。雲的形狀也是，淨是些中神前所未見的顏色和形狀，大部分時候都是黑雲，以不規則的形狀緊緊糊住天空。

糧食兩、三下就見底了。士兵們開墾森林，弄出一小片田地，開始種起穀物，但在收穫之前，只能以果實和草根果腹，或捕食猴子、老鼠、蝌蚪等等。半年過去，半數的士兵都因為炎熱、高溼、營養失調和傳染病死去，屍體被就近埋在看得見大海的臺地，然而埋屍體所耗費的體力也非同小可。

也有的士兵突然舉槍對準自己的額頭和心臟，扣下扳機。由於連續死了好幾名同袍，大和田隊長沒收了士兵的槍，但自殺者仍層出不窮。

好幾名士兵就這麼走入叢林，再也沒回來。儘管隊長禁止士兵單獨進入叢林，仍有不少人宛如受到吸引似地被吸入黑暗當中。叢林中有死亡等待著，裡頭處處潛伏著無底的溼地，水蛭像雨點般落下，但這些都不成問題，因為進入叢林裡的士兵應該馬上就找棵樹上吊了吧。

從門司港出征的三個中隊當中，漂流到荷洛波島的士兵共有一百五十名，後來被美軍收容，生還回歸日本本土的，只有四十人。

注定要死的都死光了之後，剩下來的士兵就很少再有人死了，他們只是全力以赴求生存。

儘管時值戰爭，荷洛波島上持續著看不見半個敵人、聽不見半聲槍響的日子。直到某一天，一架B24轟炸機以低空飛行掠過，把所有人都嚇了一大跳。轟炸機離地面非常之近，甚至看得見上頭的駕駛員。機上的人撒下幾張傳單後離去，傳單上印著日本已無條件投降的通知。大和田隊長蒐集了所有的傳單，一把火燒掉了。從此以後，轟炸機再也沒出現。

這是最後一個還像是戰爭的刺激。平靜但空虛的日子也是無趣的，就在這個時候，幾名士兵對荷洛波島的原住民產生了興趣。

他們發現的第一個原住民，是在登陸荷洛波島沒多久的時候，那是一名眼神空茫地望著士兵上陸的女孩。女孩個子很矮，髮長及腰，應該是以植物的藤蔓束了起來。她的脖子很粗，皮膚是帶紫的褐色，唯一像人的特徵，只有胸部上那兩顆渾圓的隆起。

「啊！女人！」

幾名士兵發現了她，女孩很快地消失在植物叢林裡。

後來偶爾也會看到原住民的人影，每次看到的都是矮個子、裸體的土著，他們只是靜靜地觀察著士兵，宛如沉澱的空氣生出的黑影。士兵一拿起槍瞄準，他們便無聲無息地消失在森林之中。

「不可以危害土著！」大和田隊長如此嚴命，「我看他們並無意攻擊我們，不能無謂地製造敵人，尤其是絕對不准對女人動手！」

土著離去的地點，必定會留下奇妙的東西，那是一根插在泥土地上的木棒，而木棒的根部一定會擺上兩顆小石頭。

隊長的話是對的。如果這些原住民有所謂的部落，不曉得他們有多少居民，再者，原住民手邊不知握有什麼武器，搞不好他們是毒箭高手。反觀守備隊的子彈有限，又是支疲弱部落，己方最好能率先表明無害的態度。要是不慎搞砸了關係，對方或許會變成比毒蛇或傳染病更可怕的敵人。

慶幸的是，原住民並沒有加害部隊；相反地，他們的前來似乎是為了偵察部隊有無可疑的動靜。

某天，軍醫酒井對著一名遠遠窺看部隊的土著不停地打手勢交談。從臉形推測，那應該是個十二、三歲的孩子。

「我兒子也差不多那個年紀。」酒井說道。

那個孩子開始不時出現在基地周圍。

酒井吹起了口琴，土著小孩聽見旋律輕快的曲子，嚇著了似地僵住不動。隔天同一時間，那個小孩又出現在同一個地點。酒井有耐心地吹奏口琴，等到小孩的眼神裡不再有警戒，酒井丟了個橡皮圈給他。以此為契機，酒井似乎成功地籠絡了小孩。

火柴棒、打火機、石油、手電筒——酒井利用這些小道具，誇張地在小孩面前施行魔法，看著小孩驚奇的模樣為樂。

「他叫雅馬。」酒井連語言都能通了，「眼睛叫帖拉，手叫艾洛，女人叫卡利。」

逐漸學會一些單字以後，酒井問出了數字的說法。

「他們好像沒有三以上的數字。」酒井一副大感興趣的模樣，「與其說沒有，倒不如說他們不需要三以上的數字吧。三以上的數字，全部用一句『很多』就解決了。他們的文明水準就是這麼低，但這樣反而幸福吶。」

原住民的農業似乎也相當原始而小規模，農業以外就是從叢林中採集果實，頂多偶爾設置一些中神曾落入的那種原始圈套，似乎也不需要毒箭和武器。這樣的生活對士兵來說，有如天國。島上一整年都是差不多的季節，日照時間也大致相同，因此原住民對於年月和季節也漫不經心，過著日出而作、日落而息的生活。這樣的生活中，似乎也不會萌生偷東西的概念，當然也不會為了這件事懷有罪惡感。會發現這件事，是因為有一次雅馬覺得好玩而拿走了酒井的手套。

酒井責備雅馬，雅馬便說，他只是「換位置」而已。

「原來，他們土著當中並沒有所謂的小偷，連『偷』這個字眼都沒有。真有趣，我想起在拉丁語裡面，『偷』和『換位置』的語源是一樣的呢。」

透過雅馬，士兵也了解土著離去後留下來的、插在泥土中的棒子代表什麼意義了。

「那是他們的『神』。」酒井說明：「他們似乎相信，在地面插根棒子，在根部擺上兩顆小石頭，神明就會寄宿在裡頭。他們的神是神祕不可解的，具有魔力，是萬能的表徵。在他們的信仰中，只要祭祀那個神，萬能的神就會保護自己。」

酒井把那種棒子稱為「荷洛波之神」。

原住民的部落建在島嶼的山岳地帶，因為那兒比較適合居住，也較易於抵禦外敵。後來中神看到了祭祀在部落中心的荷洛波之神的本體，那是一根不怎麼大的圓柱，柱子上塗抹了稚拙的色彩，白色與黃色是磨碎岩石製成的粉狀顏料，紅色與藍色似乎是取自特定的植物葉子和果實，以特殊方法加工而成。

「他們非常擅長辨認植物，而且熟知適合加工的時期。就算我們依樣畫葫蘆，也很難做得出同樣的染料。」酒井感歎道。

身為民族信仰中心的荷洛波之神，是以土著文民的最高技術製作而成，但一般時候，荷洛波之神並不需要大費周章地上色就能夠輕易製作。只要有木棒和石頭，土著們隨時都能當場做出荷洛波神。

例如在森林裡迷路的時候，就折下樹枝，插在地面，下方擺上石頭，就成了荷洛波之神，他們相信神會指引道路。遇上傳染病流行，就在部落周圍立上許多荷洛波之神，這麼一來，傳染病就無法進入部落，居民得以保持安泰。

換句話說，土著勘查完部隊，離去時都會留下的荷洛波之神，就是一種咒語，不讓突然自大海而來的奇妙人們踏入更深處。

「荷洛波之神啊……」聽著酒井的說明，原濱中士一臉佩服地說道。

他原本不是個會對什麼事物感到佩服的人，總是自顧自鎮日埋頭修復無線電機，但這陣子他似乎也死了心，認為是不可能的任務，完全失去了幹勁。這也是不難理解的，原濱會對軟弱的士兵如此蠻橫，都是靠著無線電技士這個頭銜撐腰，一旦失去這個靠山，就等同遭到去勢了吧。

後來，原濱全神貫注於保養他的三八式步兵槍。他的槍和一般士兵分配到的破爛槍枝不同，性能極佳，他非常引以為傲。原濱也對雅馬自豪地亮出他的槍。

「這是我的神。」原濱對雅馬說。

雅馬這陣子已經不太會大驚小怪了。原濱站起身，想誇示他的神威。他瞄準樹枝上的長鼻猴，扣下扳機，長鼻猴從樹上掉了下來。緊接著第二發卻打偏了，長鼻猴再度竄上樹枝，跑得不見蹤影。

「什麼嘛，只是被聲音嚇到而已啊。猴子鍋泡湯了。」原濱一臉索然，但一旁的雅馬似乎嚇得目瞪口呆。

被聲音嚇到的不止雅馬和長鼻猴，大和田隊長也聽到槍聲，臉色大變衝了出來，「不可以隨便開槍！萬一流彈打中土著怎麼辦？」

原濱只是「嘖」了一聲。

雅馬曾經負著傷過來。他的手臂被尖銳的樹刺給扎傷了，酒井軍醫為他消毒傷口，擦了藥之後讓他回去。兩、三天過後，雅馬來到基地，說他父親想過來道謝。

「我嚇了一跳吶，仔細詢問之下，才知道雅馬的父親竟然是酋長。這也算是一種親善外交吧，不曉得大和田隊長會怎麼說。」

但大和田隊長只是一臉為難，對於乙幹出身的他來說，外交、禮儀什麼的並不拿手。

不過荷洛波的酋長一如雅馬所說，盛裝打扮，帶領四、五名部下現身部隊裡。

荷洛波族的人都很矮，而且相貌老成。酋長腰上纏著短蓑衣，披著一件像是胡亂插上一堆鳥羽毛的絢爛外衣；另一名同行女子則是酋長妻子。酒井翻譯道，她似乎也是部落的祭司，身兼巫女、靈媒、祈禱師、魔術師等有關超能力的所有角色。經酒井這麼一說，她那張塗得白白的、平坦而無表情的臉便顯得詭異不已，這位祭司腰上的蓑衣間有個閃亮亮的東西，是一個銀製十字架。

「他們不可能是天主教徒，一定是先前從教會『換位置』過來的東西吧。」酒井說。

另一名瘦得像骸骨的老人跟在酋長和祭司旁邊，看他走路的姿態，年紀應該相當大了，可能是酋長的頭號家臣之類的。

然後是兩名裸體的年輕人，雙手捧著滿滿的東西。

酋長高高挺胸，架勢十足地說了些莫名其妙的話，酒井只是敷衍過去。大和田說了句「勞您遠道而來」，酋長便要年輕人放下帶來的東西，轉身回去了。

「對方一定也覺得我們很詭異。」酒井對隊長說。

「雅馬一定在部落裡誇大地宣揚我們的事吧，說我們是一群不得了的魔術師什麼的，要是遭到我們攻打，肯定不堪一擊，所以他們想趁這個機會表現友好態度吧。」

酋長留下來的東西裡，有猴子肉和水果，以及以獸皮製成的袋子盛裝的奇妙液體。

「噢！好像是酒哦！」隊長抽動鼻子，但一股惡臭傳遍了部隊。

「根本不能喝嘛。」雅馬一行離去後，酒井這麼說道。此話似乎不假，因為要是多少能入口，他一定會要求雅馬繼續送來吧。

之後過了兩、三天，雅馬突然衝進部隊求救，他說酋長妻子——祭司的樣子不對勁，請他們立刻趕去。

大和田隊長不贊成酒井前往部落，但酒井把雅馬當成自己的孩子，非常疼他，酒井的熱忱說動了大和田隊長，於是酒井和已經多少聽得懂原住民話的原濱中士，以及算是比較有體力的中神一起穿越叢林，前往原住民部落。

荷洛波族部落位在島嶼正中央的山岳地帶，一路上，雅馬依本能的準確方向感靈巧地在森林中前進，跟在後頭的三人不管怎麼追趕，仍動輒落後。大約一個小時後——雖然花了不少時間，路程卻意外地短——抵達部落時，中神已經喘得連話都說不出來了。

樹木與草叢圍繞的祭司黑色小屋裡，躺著酋長之妻的屍體，早已斷氣了。

「看得出腦溢血的徵兆。」酒井檢查屍體之後說道。

「可是，要怎麼用荷洛波話解釋腦溢血？」

酋長似乎已經接受了妻子的死，他對酒井拼湊出來的單字一一點頭，一張臉悲痛得皺成一團，不停地反覆著幾句禮貌性話語。

這棟位於部落中央的祭司小屋似乎也兼具祠堂的功用，但說是祠堂，不過是以原木和草蓋成的，搭建方法和中神他們的兵舍沒什麼不同，但這座祠堂要來得更狹小而古老，泛著黑光的柱子彷彿凝聚著部族的靈氣。酒井一行人往黑暗的裡頭窺看，祠堂正中央祭祀著荷洛波之神。

那尊荷洛波之神比想像中更小，高度不滿三十公分，但上頭的獨特色彩似曾相識，用色與酋長盛裝打扮時的服裝有著共通之處。

酒井一行人待在部落的時候，感受到許多土著的視線，應該是躲在暗處窺看他們吧，那感覺不是很舒服，三人確定祭司已死，便匆匆踏上歸途。

之後的兩、三天平安無事地過去了，雅馬也沒出現，可能正忙於祭司的葬禮。但士兵們沒有體力，也沒有好奇心前去觀看。比起葬禮，他們更擔心的是士兵隨身物品的清點結果。

「好像有人偷了大和田隊長的手槍。」

不曉得是誰傳出來的，消息很快傳遍整個部隊。中神私底下詢問酒井，看來傳聞是真的。

「希望不是雅馬把它換位置了。」酒井以沉痛的表情說。他的槍還好好地在身邊。

大和田隊長的手槍遭竊的隔天黃昏，雅馬又衝進部隊，這次說是酋長不對勁。

「雅馬說酋長和祭司的屍體一起關在祠堂裡，酋長一直沒出來。」酒井說。

「看來酋長很愛他妻子啊。」原濱中士笑得很古怪。

「不，熱帶地方的未開化民族對死亡的禁忌，比我們想像的還要嚴格，他們是非常畏懼看到屍體的。」

只要是屍體，不管是酋長還是祭司的，都是不淨的東西。據說他們認為碰到屍體的人，就是被死污染的人，甚至會被整個部落斷絕交流好幾個月。

「要去看看嗎？」中神問。

但天色已開始暗了下來。

「天亮再去吧，又不急在今晚啊。」

用不著原濱說，沒人敢踏入夜晚的叢林。

眾人決定日出後再前往部落，雅馬當天晚上則留宿在部隊的兵舍裡。

隔天，雅馬帶領酒井、原濱及中神抵達部落的時候，祠堂四面以萱草類植物編成的簾子全放了下來，看上去異樣地孤絕。加上早曉得裡頭放著祭司的屍體，氣氛更顯詭異，不知道酋長究竟在裡頭做什麼。祠堂周圍，好幾名土著盤腿而坐，低聲不斷地吟唱著。

「酋長怎麼了？」酒井看到一名曾見過的耆老，帶著雅馬走了過去。

「酋長關進祠堂之後就沒走出來了。」小個子老人的眼神顯得十分驚慌。

「整晚都關在裡面嗎？」酒井環顧周圍的土著問道。

「對，是酋長命令的。」

但就算是這樣，祠堂裡也靜得太不尋常了。這位酋長難道忘了對屍體的避諱嗎，在裡頭幹什麼？

「這段時間，祠堂內有什麼異狀嗎？」

老人嘶啞的嗓音非常難辨，酒井必須不斷借助雅馬來溝通。

「酋長進去之後，就沒人進出祠堂了，簾子也沒動過。只不過……」老人神情緊繃地說道。

「只不過什麼？」

「祠堂裡曾傳出酋長呼喚祭司的聲音，只有一聲，接著發出一道巨大的聲響。」

「呼喚祭司的聲音？和巨大的聲響？」中神倒抽一口氣，「是什麼樣的聲響？」

「像雷聲一樣，從未聽過的聲響。惡魔的聲音。」

「那是什麼時候的事？」

中神心想，就算問老人時刻也沒用吧。

「就在太陽升起的同時。」

「然後呢？」

「沒有然後。就一直像現在這樣。」

「沒有人走出祠堂嗎？有沒有人進去？」

「沒有。連隻蟲都沒進出祠堂。」

祠堂裡頭肯定出了事。酒井一行人告訴雅馬，說他們想調查裡面。於是雅馬轉告老人，但老人堅持酋長命令不得窺看祠堂，眾人花了好大的工夫說服，老人沉思良久，最後不甚樂意地站了起來。

老人對著祠堂喊了一聲。祠堂吞沒老人的聲音，沒有任何回應。

老人爬上祠堂的階梯，戰戰兢兢地掀起簾子，窺看裡面，下一瞬間，老人「嗚」地叫了一聲，滾落階梯。

酒井爬上祠堂，將簾子整個拉開。

裡面雖然昏暗，但情況一目瞭然——祠堂裡沒有任何活著的生物氣息。

「荷洛波之神不見了！」酒井低聲叫道。

中神也望向祠堂裡，首先注意到的就是這件事。應該在祭壇上的荷洛波之神被拿走了，祭壇前則是一片令人難以置信的光景。

空蕩蕩的祭壇前，倒著兩具屍體。

一具正是盛裝打扮的酋長，額頭中央有一個明顯的彈孔，大半個額頭爆裂，從傷口噴出的血還沒乾。

另一具屍體則是祭司。祭司的屍體趴在酋長身上，皮膚已經變色了。令人難以置信的是，她的雙手緊緊握著兩、三天前遺失的大和田隊長的手槍。

「屍體射殺酋長了！」中神忍不住大叫。看到這幕景象，任誰都會覺得是祭司的屍體因妖術復活，握住手槍射殺了酋長。中神深深感覺到祠堂中流竄著未開化民族的神祕魔術。

「怎麼可能！」酒井激動地喊道。

「不然是誰射殺酋長的？這棟小屋裡根本沒有活人啊。荷洛波族的人說他們圍在祠堂周圍守了一整夜，除了酋長，並沒有人進出祠堂呀。」

酒井進入祠堂，檢視兩具屍體。「雖然很難置信，不過看來是這麼回事——酋長讓祭司的屍體握住手槍，把槍口對準自己的額頭，和屍體的手指一起扣下了扳機。」

「是殉情吧，酋長無法承受孤單一人的寂寞啊。」原濱說。

「殉情？」酒井眼中浮現困惑之色。「這樣啊……。嗯，事實擺在眼前，除了自殺，的確別無可能了。」

「軍醫大人也判斷酋長是自殺的。」中神說。

「中神先生，我不是剛拜託過你，別再叫我什麼軍醫大人了嗎？」酒井難為情地笑道。

「可是一時間也改不過來，在我習慣之前，就請您多包涵吧。」

中神叨叨述說著往事，不知何時，原本在甲板上看海的酒井前軍醫也加入了談話，因此事件的細節更明確了。

酒井記得很清楚。自己當時進入祠堂檢查過後，研判酋長的死沒有任何可疑之處。「從現場那種狀況看來，只能判斷酋長是自殺的了。」

「就是這麼回事嘍。」中神望著面前兩位學術調查團的團員說：「就算未開化民族自殺是不合理的，我們可是親眼目睹未開化民族酋長的自殺現場啊。」

「原來如此。」一直默默聆聽的老師深深地點頭說：「哎呀，真是一段非常有意思的故事，世上果然存在令人意想不到的事呢。聽君一席話，獲益良多啊。」

中神留意到一旁的年輕男子。男子在中神述說往事的期間，只是動也不動地專心聆聽，看起來就像個專心聽課的模範學生。但中神看過這個人在碼頭上嚇得腿軟腰彎的模樣，很懷疑他的腦袋究竟有多少斤兩，他其實很擔心男子根本無法理解剛才的話。不過看他沒有像老師那樣坦率地說出感想，搞不好是睜著眼睛打起瞌睡來了。

中神與年輕男子四目相接，男子不知怎的突然毛躁了起來，只見他手往身上各處的口袋亂搜一通，一旁的老師親切地遞上香菸，男子鞠了個躬，以極端笨拙的手勢點了菸。

「呃……」煙還在氣管裡，他就急著說話，一下子就嗆到了。

「怎麼了？」中神忍著笑意望向男子，「你覺得酋長的自殺有可疑之處嗎？」

男子急忙搖手，「不不，沒什麼可疑之處。」

是啊，哪來什麼疑點。

「……只不過，那位通信兵中士……叫什麼去了？對，原濱中士，那位原濱中士也在你們遺骨搜尋團裡嗎？」

中神不明白這問題的用意何在，一臉納悶地說：「不在啊，原濱中士早在歸國的遣返船上過世了。」

「過世……？那、那他的死因是……？」

「盲腸炎。船裡沒有足夠的醫療設備，真的很遺憾。」

「那麼遺體呢？」

「……海葬了，只留下遺髮……」

男子突然翻起白眼。

「你怎麼了？不舒服嗎？」

男子眨了兩、三下眼睛，「沒事，已經不要緊了。我只是覺得太可惜了……」

「可惜？你是說中士的屍體嗎？」

「不，呃……就是屍體裡面的東西。我想中士的腸子裡一定藏了昂費的寶石，所以……」

「昂貴的寶石？」

這傢伙之前根本在打瞌睡嘛——中神心想。要不是睡昏了頭，誰會說出這種天方夜譚來。中神語帶諷刺地笑著說：「你的意思是，原濱中士隨身帶著寶石，為了瞞過占領軍的耳目，把它給吞了下去嗎？」

「是的。我猜想那就是引起盲腸炎的原因……」

「等等，那不就代表原濱中士把寶石帶上戰場去了……？」

「不，中士的寶石是在荷洛波島上得手的。」

「得手……？從哪裡？」

「當然是從荷洛波之神那裡。」

這麼看來，男子並非完全睡著了，中神忽地對男子的話有了興趣。

「就好比宏偉的佛像會鑲嵌上又大又昂貴的寶石一般，我認為部族的信仰中心、那尊祭祀在祠堂中的荷洛波之神也嵌上了美麗的石頭。那可能是荷洛波族代代相傳的石頭，也可能是從西班牙教堂『換位置』過來的石頭，後者的可能性似乎比較大吧。事實上，那個裝飾在祭司腰上的十字架，一定是從教會『換位置』過來的。」

中神忍不住探出身子，「那麼，偷走祠堂裡的荷洛波之神的，就是原濱中士嗎？」

「是的。這位原濱中士還有另一點可疑之處。原本宛如魔鬼中士的他，在遣返回日本本土之前竟然轉變為充滿人情味的中士了，您知道是為什麼嗎？」

「不知道呢……」

「我猜想，部隊的無線電機可能修復了一部分，他透過機器聽到別處的無線電訊號，得知戰爭已結束，今後再也沒有中士、新兵之別，他害怕將來遭士兵報復，便開始放低身段……」

「你真是太厲害了！」一旁的酒井突然大聲說道。中神也不禁嚇了一跳。「你說的沒錯。無線電機的確修復了一部分，所以我們很早就曉得戰爭結束了，可是知道這件事的，只有隊長等一小部分的人而已。因為我們害怕會引起部隊騷動，並沒有告訴中神等士兵，雖然很過意不去，但這也是沒辦法的事。」

中神聽言，一臉不悅地盤起胳膊。難怪遭到敵方襲擊時，大和田隊長會毫不抵抗地投降了。

「原濱中士知道大夥兒被遣返只是時間問題，自己將會一無所有地回國，而日本本土一定也是同樣民不聊生。在這種時候，看到眼前有顆美麗絕倫的寶石，人確實會毫無來由地想把它弄到手，這種心情我倒是不難理解。」

「那麼殺害荷洛波酋長的人是……？」

「當然就是原濱中士動的手腳。」

船搖晃著。

中神從沒暈過船。大昭丸裡，幾乎所有的士兵都為暈船所苦，只有中神滿不在乎，搭上遣返船的時候也一樣，但現在他卻感覺到輕微的眩暈，原因似乎是出在年輕男子那離奇的思考。男子斷言殺害荷洛波酋長的就是原濱中士，但是，原濱中士要如何殺害酋長呢？

「但他想偷歸想偷，那可是部族的支柱、是部族的神，不可能隨意觸碰得到。於是中士想到可以利用祭司的死。」年輕男子彷彿在訴說什麼陰謀似地，蜷著背說話，「中士在酒井軍醫和中神先生確定了祭司的死亡之後，想出了一計。他獨自前往部落求見酋長，首先成功地交換了荷洛波之神。」

「交換？那不是部族的神嗎？他拿什麼交換？」

「拿他自己的神交換。」

「原濱中士的神？」

「文明之國的萬能之神——手槍。」

「手槍是神？」

「是的。不僅對原濱中士而言是如此，槍本來就是一種護身符吧；而荷洛波之神則是守護整個荷洛波民族的象徵。此外，中士似乎也發現了荷洛波之神是性的象徵。」

「性的象徵？」

「對，你們不覺得荷洛波之神長得和男性的生殖器一模一樣嗎？」

「男性生殖器……」

「在未開化民族的風俗當中，經常可見以生殖器做為守護的象徵。聽說遠在九千年前，就曾有將蒲葵視為男性生殖器象徵的信仰；以女性生殖器為象徵的，則是子安貝信仰；此外，也曾出土繩文中期（註二）做為男性象徵的石棒等物品。不止古代或是未開化民族如此，人們常說大黑天（註二）是男性的象徵，日本祭祀生殖器的神社也多不勝數；美國也有一種做成男性形體、叫做吉斯莫的護身符；而且我們現在搭乘的這艘船的船首就懸掛著一具妖魅的裸女像，也可視為一種性象徵的護身符。」

「那麼，原濱中士的神是……？」

「心理學家說，蒲葵樹、石棒、箭、長槍等象徵著男性生殖器，當然手槍也是。所以信仰荷洛波之神的酋長，對於同樣是男性生殖器象徵的中士的神，沒有一絲懷疑。中士並沒有拿出自己的步兵槍交換，而是偷出了隊長的手槍。理由之一是，步槍的槍身很長，不適合拿來殺害酋長。」

「就是這部分我不懂。你一開始就說殺了酋長的是原濱中士，但槍聲是在日出的同時響起，可是那個時候，原濱中士人還在部隊裡和我們待在一起啊。」

「沒錯，中士使了一個計策。」

「……是這樣對吧，」中神曾讀過這樣的小說，「中士其實早就在祠堂裡殺了酋長，但離開之前動了一些手腳，也就是設計了一個會在日出時刻發出巨響的機關。」

「可是這樣說不通呀。」酒井說：「我們看到酋長的時候，他才死了不到幾小時，血都還沒乾。而且我仔細檢查過祠堂內外，如果有那種機關，應該一眼就看到了吧。而且最重要的是……」酒井對著年輕男子說：「一般來說，未開化民族都對會屍體抱有強烈的恐懼，酋長卻能夠一直與祭司屍體關在祠堂裡，這太奇怪了。」

「如果說祭司**還活著**呢？」年輕男子一派輕鬆地說。

「怎麼可能！那具屍體一看就……」

「是的，軍醫大人您並沒有看走眼。但如果，原濱中士告訴酋長說祭司還沒死，不久就會復活，而酋長信以為真呢？」

「誰會相信那種鬼話？就算是未開化民族，那個祭司一看就知道是死的。你真要這麼說，我還寧可相信祭司是因為土著的魔法而復活，射殺了酋長。」

「對，就是這點。從我們的角度來看，總覺得土著似乎具有施行怪奇咒術的能力；而相對地，看在他們眼裡，這整個守備隊像是什麼呢？在他們的理解中，總不會是文明發達的民族吧？一群人突然從大海彼方出現，淨做些莫名其妙的事——或者說再怎麼不可思議的事，這群人都能易如反掌地做到，所以一定是一群奇妙的魔術師吧！特別是酒井先生，您讓酋長的兒子雅馬看了

註一：繩文時代為日本的史前時代中，使用繩文土器的一段時期。約始於紀元前一萬年，至紀元前四世紀。

註二：日本的七福神之一。

許許多多的魔術。對雅馬來說，酒井先生曉得讓小木棒前端瞬間生火的魔法；晶亮的小盒子裡隨時裝著火焰，想要的時候就自由取用；此外，酒井先生只要一念咒文，水就燒起來了不是嗎？然後，另一名魔術師原濱中士的神則具有超能力，能夠任意操縱生死……」

「任意操縱生死？」

「原濱中士曾經拿步兵槍擊落樹上的長鼻猴給雅馬看不是嗎？」

「那時子彈只是擦過長鼻猴身邊而已。」

「但是看在雅馬眼裡卻是，中士的神發出第一道聲響使猴子死掉，第二道聲響使猴子復活了。這許許多多的奇蹟，應該旋即傳到酋長的耳中了吧。酋長為了向魔術師們表達敬意，遠路迢迢地拜訪部隊。這樣的酋長一旦遇上妻子過世，當然會認為魔術師們一定知道讓她復活的方法。我想，恐怕是酋長向中士求救，而中士利用了這個機會。」

「我們曾經為雅馬治傷，所以在他們看來就是巫醫了。」

「我想當時中士的診斷應該是這樣吧——祭司還沒死，她只是受到某些東西作祟，停止了呼吸，若是置之不理，就會真的死去。我知道能夠驅逐災禍、趕走死亡的咒術，而施行這個咒術，必須使用我的神。但要是我的神與荷洛波之神兩個神明面對面相爭就糟了，所以兩神必須暫時交換位置。酋長答應了中士，中士得到了荷洛波之神。接著，中士傳授了酋長可怕的咒術：在祭司倒下的第三天，日出的同時，讓患者手握中士的神，抵在施術者的額頭上，施術者一面呼喊病人的名字，一面扣下扳機……」

「而酋長照做了……」

「酋長深信會發生奇蹟，妻子會重新站起來，就像小木棒尖端會生出火來的奇蹟一樣……」

「無知真是可怕啊……」中神說著，赫然一驚。自己不正是因為無知，落入了以荷洛波族文明最先端技術所製作的圈套，受了重傷嗎？自己根本沒有資格嘲笑不知道手槍的人。

甲板上湧起歡呼。

「看到荷洛波島了！」

興奮地喊著的是大和田前隊長。酒井也來到大和田身邊，感慨萬千地盯著水平線上的一點。

中神從椅子站起來之前，心想得再次取出剛才收下的兩張名片看個仔細。

收下名片的時候，他絲毫沒留心，但現在他無論如何都想知道那名年輕男子究竟叫什麼名字。

——完——

黑霧 第八回

金堀商店街還在睡夢中。

紅綠燈敷衍地閃爍，久久才有一、兩輛車子通過，巴士穿進狹小的道路，對於只見過金堀商店街人聲鼎沸盛況的匡子來說，現在的模樣安靜得就像騙人似的。

金堀商店街筆直朝南延伸，上方橫跨著一道磚紅色陸橋。陸橋上，以逐漸轉白的天空為背景，方正的市電發出輕快的聲響駛過。

匡子望向手表——五點十分，這班電車應該是從基木町開來的首班車吧。電車穿過陸橋開往梅津，也就是匡子直到剛才都還在那兒歡鬧的溫泉街。

梅津是一座古老的小溫泉鄉，彷彿遺世獨立，卻能夠勉強維持命脈，全是因為那兒對於風化營業的取締十分寬鬆。溫泉鄉雖然沒有名勝名產，卻有好幾家通宵營業的俱樂部、酒吧、餐飲店，帶著些許不衛生而自甘墮落的不健康氛圍，狹窄蜿蜒的道路，古老房舍刺眼且斑駁的色彩，倦怠的女人們……，許多支持者在梅津找到傳統歡樂街那種無可替代的韻味，特地遠道而來。

市電經過陸橋沒多久，一名嬌小的女人牽著一頭大狗，追隨電車似地散步走過，橘色裙襬在清晨的風中輕盈地翻動著。

那道風似乎將吹散雲層，帶來睽違已久的晴天。梅雨過後，就是夏天了。

——和佐藤看七預測的一模一樣。

匡子不由得大感佩服。

她會連那個男人的名字都記得，是因為佐藤發給每一個見面的女人名片，匡子也拿到了一張。他並不是來自遠方的客人。

梅津山氣象預報員佐藤看七是個大塊頭的中年男子，兩道粗眉特徵十足，一張臉卻給人平板的印象。

「佐藤這個姓氏平凡無奇，但看七這個名字很特別吧？不可以忘記我哦，是看七先生哦。『現在，看七兄正在哪兒做些什麼呢——』（註）」

「哎呀，真會自我推銷。」同事朱實看著名片說道，但她聽不懂出自戲裡的橋段。

「哎呀，看七先生在氣象臺工作呀。」

「是呀，我順道來做個明天的天氣預報吧。低氣壓逐漸增強，順著沿海州中部往東北東前進，由於父島東方的高氣壓中心擴張至日本南海上方，東南風將略為轉強，明日估計將是久違的晴天……」

初夏的風十分爽朗，匡子的腦袋卻是又沉又累。

佐藤胡鬧得凶，匡子整夜陪他瞎混，都累得不成人形了。

佐藤看七獨自出現在店裡的時候，已經過了凌晨三點。他喝了一、兩杯啤酒後，便秀出一朵康乃馨人造花，花朵意外地芬芳。匡子想聞個仔細，湊上前去，沒想到花蕊突然噴出水來。匡子

註：這段臺詞，出自日本傳統人偶劇淨琉璃《豔容女舞衣》〈酒屋之段〉裡，阿園思念流連情婦處不歸的丈夫半七的唱詞。

被水嗆住，看七放聲大笑。

「討厭的傢伙。他根本沒喝多少，卻在那裡裝醉。」趁看七去上廁所，朱實對匡子悄聲說道。

朱實說的沒錯，看七根本沒醉。雖然沒醉，他胡鬧的程度卻實在過火。

喧鬧了三十分鐘後，看七不曉得在想什麼，突然脫掉全身衣服，光溜溜地跳上舞臺。臺上正在高歌的香嵐蘭子大聲尖叫，逃進後臺；樂團立刻把曲子切換成哈林小夜曲，照明人員將燈光調成粉紅色。

事出突然，侍者抓起桌巾追上看七，看七在舞臺角落被好幾條桌巾給制伏了。

「男人為什麼不可以裸體！」看七嚷嚷著老掉牙的說詞，匡子等一干小姐勉強擠出笑容。

「我最喜歡妳這種溫柔的女孩啦。」看七翻著白眼說。他被朱實使勁勒住了領帶。「今晚可以約妳嗎？」

「已經是早上嘍。」

「那，今早可以約妳嗎？」

「真的嗎？人家好高興哦。匡子也一起來吧。」

「……好啊。人愈多愈好。」

朱實找了四、五個同事一道，讓看七帶她們去酒吧。她們這家店裡，小姐們突然消失或出現，是家常便飯。

到了酒吧，看七也沒怎麼喝酒，要是硬逼他喝，他就會不小心把杯子掉到地上。匡子一眼就看出那是故意的。

「他看起來又不像有錢人，會不會是挪用公款什麼的？」匡子悄悄地對朱實說。

「天曉得……」朱實粗魯地一口氣喝光雞尾酒，「應該不是吧，沒聽說氣象臺很有錢啊。如果真能做什麼壞事，大概是收賄吧。」

「收賄？」

「被業者拜託，捏造假的天氣預報，像是明天會下雨之類的。」

「什麼業者？」

「還用說嗎？當然是雨傘業者啊。」

「雨傘業者啊……」

「哎喲，這不重要啦。別管那麼多了，給他大吃大喝一頓吧。」

後來一群人又去了壽司店，看七一逕吵著要店家捏豬排壽司，匡子等人默默地吃了一大堆鮑魚和海膽。

離開壽司店後，看七又提議回飯店去打麻將。依他之前胡鬧的德性來看，會演變成哪種麻將，真是不敢想像。幸虧人多，匡子趁亂先開溜了。

卯起來喝下的酒，摻雜著看七的胡鬧，似乎仍餘味極糟地殘留在身體裡。匡子將口香糖扔進嘴裡。

這時，她發現一名男人從商店街的另一頭跑了過來，是這條商店街的熟面孔。男人穿著慢跑衫和黃色慢跑褲，踩著規律的節奏跑過匡子身旁，但是看到那張臉，匡子忍不住懷疑自己是不是眼花了。

男人原本膚色就黑，但鼻子下面不知怎的橫亙著一條漆黑的棒子，就像拿墨水橫抹上去的鬍子般。但男人完全不在意匡子的視線，兀自盯著空中的一點，慢跑離去。

目送他遠去後，匡子將視線拉回商店街，突然一輛送報腳踏車以驚人的速度衝來，一眨眼就竄過匡子身旁，只見派報員滿臉驚恐。

發生了什麼事嗎？——匡子眺望商店街，看來發生了什麼不尋常的事。

她發現陸橋正下方的馬路上，籠罩著一團漆黑的煙霧。

是火災嗎？——匡子加快腳步。但是既沒看見火苗，煙霧擴散的路徑也很怪異，煙並不是沖上天空，而是慢慢地逐漸膨脹。

是爆炸嗎？——可是也沒聽見爆炸聲。

黑色的煙霧乘著風，往匡子這兒逼近。匡子不禁停下腳步。

突然，一名男子像被煙霧彈出似地，跳了出來。

看他揮舞著一隻手，奔跑的節奏很奇怪，但腳程快得驚人。

「發生什麼事了？」匡子忍不住叫住男子。

男子嚇了一跳停下腳步。匡子靠近一看，男子個子挺拔，五官輪廓深邃，臉色卻像個病人似的，又青又黑，很不健康。

「不、不知道發生了什麼事。」男子喘著氣說：「黑霧突然襲來……」男子伸出拳頭抹了一下額頭，於是他的額頭冒出了一道黑線。

「哎呀！」匡子睜圓了眼看著男子，那道黑線和先前慢跑男人鼻子下方的棒子一模一樣。

「怎麼了？我臉上有什麼嗎？」

「是啊。」匡子打開小粉盒，轉向男子的臉。

「呀！」男子直盯著粉盒的鏡子看，然後伸出手指摩擦鼻子下方，頓時冒出了黑線。接著他又往臉頰上畫圈圈，同樣地，臉頰上也出現了黑色的圓圈。看樣子，這個人在事情弄明白之前，習慣花上許多時間做各種實驗。

「這附近有沒有玩具店？」男子將粉盒還給匡子說道。

「找玩具店做什麼？」

「要是手裡不拿個羽毛球板，這張臉實在說不過去呀。（註）」

匡子一臉同情地看著男子，其實心裡已經笑翻了。出於職業關係，她什麼表情都裝得出來。

男子彷彿看透匡子的心思似地，直盯著她的臉看，然後說：「可是，妳不能光覺得好笑哦，看來妳也成了受害者了。」

註：日本人的習俗，會在過年打傳統羽毛球，輸的一方要讓贏的一方在臉上以毛筆塗鴉。

匡子急忙打開粉盒，抹了一下額頭，額頭頓時冒出一道黑線。

商店街左側五金行二樓的遮雨棚喀噠喀噠地掀開一條縫，一名男人露出他那張平坦的臉，也是匡子似曾相識的面容。男人俯視街上的兩人，接著望向陸橋。「啊！可惡！又來了！」

遮雨棚粗魯地關上，緊接著五金行的鐵門拉起，五官平坦的男人穿過鐵門，走進斜對面的商家。

「我想起來了，那個人是豆腐店的。」匡子望著男人的背影說。

「不愧是賣豆腐的，起得真早。」高個兒男子佩服地說道。

「並不是早起工作吧。」

「怎麼說？」

「之前他曾向我吹噓，他最近只要定時，時間到了豆腐就會自己做好了。還說多虧這樣，早上能多睡一會兒了。」

「賣豆腐的從五金行走出來，還真奇怪。」

從五金行的鐵門走出來的不止一人，還有四、五個人偷偷摸摸地消失到商店街各處。最後出來的男人啐道：「可惡，又是碳粉！」

聽到這句話，匡子恍然大悟。「我想起來了。那是碳粉的霧。」

「碳粉？」高個兒男子望向陸橋。

「大概一個月前吧，一輛貨車在這條商店街上掉了好幾個紙袋，一袋大概有二十公斤那麼重，被後續車輛接二連三地輾過，袋子紛紛破掉，冒出黑煙來。原來袋子裡裝的全是碳粉，商店街轉眼間變得烏漆抹黑……」

「那可真是悽慘，後來怎麼辦呢？」

「好像完全無計可施，碳粉就像煙一樣啊。那天也像今天一樣有風，碳粉乘著風，鑽進每個縫隙，整條商店街上的人全都黑著一張臉。但只有臉還算好，苦的是商品被搞得賣不出去。像是那邊轉角的小吃店『伊豆政』，聽說整間店客席的榻榻米總共換了上百張呢。吸塵器也吸不住碳粉，路上的碳粉最後只能用水沖掉，至於飛進家裡的碳粉，可是花了一整個星期才全部擦掉……」

「真的是處處有危機啊。要是繼續待在這裡，連肺的深處都要黑掉了，我們快逃吧。」

「我可不逃。」匡子踏緊地面。

「為什麼？」

「這是公害，我要要求賠償。洗衣費、入浴費，還有美容費。」

「向誰要求？」

「管它是商店街工會、貨運行、厚生省（註）、碳粉公司，只要拿得到賠償，哪裡都好吧？總之，不拿到受害證明，我不回去。你最好也去開個證明。」

註：日本負責社會福利、社會保障、公共衛生的中央政府機關。

「就、就這麼辦吧。」

男子用力往鼻子下方一抹。

「我們不開這種證明的。總之請回吧。」從金堀商店街派出所走出來的島中巡查斷然說道。他是個大塊頭男子，滿腮青色鬍碴。

匡子認得島中巡查。有次她在夜裡遇到色狼，島中巡查曾救過她。那時候，島中巡查對她萬分親切，大概是因為當時沒有旁人在場吧。

「這是公害。警方應該立刻開出受害證明才對。」島中巡查冷漠的態度令匡子氣憤，她不肯退讓。

「這並不是公害。根據上個月的前例，這應該解釋為違反交通規則。」

「違反交通規則？」

「是的。掉落碳粉的人，違反了道路交通法第七十一條第四項的防止貨物掉落義務。」

「歹徒抓到了嗎？」

「沒有，還沒逮捕到案。」

「查一下碳粉的袋子就知道製造商了吧？知道製造商的話，不就能馬上查出是誰買了碳粉，又是誰載貨經過這條商店街嗎？」

「理論上是這樣，可是那是一家大型碳粉製造商，出貨量非常龐大。我們核對了他們的所有通路，卻查不出特定的販賣商，而且送貨公司大多是承包的……」

「這是廠商在包庇下游吧。因為不是什麼大案子，你們才這麼好整以暇，對吧？」

「沒那回事。」

「如果你不能開受害證明，至少也該記下受害人的名字吧？」

「我認得妳，妳是玉葉匡子小姐對吧？」島中巡查說出匡子名字的時候，臉稍微紅了一下。

匡子見狀，感到很滿足，不再堅持己見了。

「請、請把我的名字也記下來。我姓亞。」一直望著兩人對話的高個兒男子開口了。

島中巡查恢復一臉不悅，「呀？」

亞在黑色的掌心以黑色的手指寫下「亞」這個字。

「如果一時想不起來，請翻開字典的第一頁。第一頁不是有『亞美利加』嗎？就是那個亞。亞愛一郎。」

「亞愛一郎啊。我應該忘不了吧。」

「謝謝。」

「也把小猛的名字記起來！」

一道尖銳的話聲響起，匡子回頭一看，只見一名三角臉的小個子洋裝老婦人指著牽在她身旁的黑色大牛頭犬說。

島中巡查被那頭大狗嚇得有些退縮。

「我家的小猛很敏感的，萬一牠吸進這些碳粉生了病該怎麼辦？」

牛頭犬「嗚嗚嗚」地低吼。

「哎呀，真是頭漂亮的黑狗呢。」

島中巡查的不謹慎發言，讓老婦人暴跳如雷。

「小猛不是黑狗！牠是經過這條商店街就變成了黑狗！小猛自豪的披毛都給糟蹋了，你不覺得牠太可憐了嗎！」

警車抵達金堀商店街，市政府的灑水車也出現了。

灑水車開始沖洗呈放射狀散落在路面的碳粉，但由於水勢極強，碳粉又飛了起來。

「輕一點沖！不要那麼粗魯！」島中巡查俐落地下指示，勇敢地親自拾起數個碳粉袋，卻被碳粉嗆住，不一會兒全身就變成和那隻牛頭犬一樣的顏色了。

匡子心想，島中巡查會這麼賣力，都是因為自己在一旁看著，心中頗得意。

匡子留意到時，自稱亞的男子正一臉茫然地仰望天空。他已經解下領帶，將西裝外套整齊地翻過來摺得小小的，揣在懷裡。直到剛才，他看上去都像是在猶豫究竟要逃離碳粉，還是留下來觀賞黑色街道的末路，最後還是敗給了好奇心，於是做好不弄髒衣服的準備，成了這副樣子吧。

匡子突然對這個只有外表看起來敏捷的男子起了興趣。

「你在看什麼？」

聽到匡子的問話，亞彷彿被看穿心底似地全身一顫，說道：

「哦，那個袋子好像是從空中掉下來的。」

「從空中？」

「請看看散落在路上的碳粉痕跡，是呈放射狀的對吧？如果碳粉是被車子壓過飛散出來，應該不會形成這種痕跡。」

「真的耶……，看起來就像從空中掉下來似的。」

「從空中？」一旁的島中巡查耳尖地聽見了。

「貨車會經過空中嗎？」

「是貨機才會經過空中吧。」匡子說。

「不，說是空中，看來離地並不遠，那兒不就有座陸橋嗎？」

兩人朝亞指的方向一看，碳粉散落位置的正上方就是陸橋。

「……而且我看那個紙袋上頭好像有鐵絲綑著，還多出了五十公分左右，鐵絲切口的形狀也不太尋常吧？看起來不像拿鉗子剪的，也不像是折斷的。喏，切口很平坦呢。」

島中巡查急忙檢視綑在袋子上的鐵絲切口，果真如亞所說，切口尾端像個小飯瓢般扁扁的。

「這代表什麼？」島中巡查盯住亞問。他的眼睛在漆黑的臉上炯炯發光。

亞仰望陸橋，市電正喀咚喀咚地通過。「被那輛電車的鐵車輪給輾過的話，鐵絲就會變成這種形狀吧。」

巡查一擊掌，雙手頓時噴出黑粉來。他默默地跑了出去，彎過商店街轉角，有道樓梯通往陸橋。匡子和亞旋即跟上。
這座陸橋是十年前剛改建的。原本政府規畫要拆掉舊市電，但新市長是個市電迷，一番爭取之後，市電的命脈終於得以存續，保留了陸橋做為單線通行。
島中巡查很快就找到他所期待的東西了——就在碳粉袋掉落的金堀商店街正上方，市電的軌道間留下了極為原始的機關痕跡。
在兩道鐵軌之間，有兩根深深打入柏油路面的釘子，釘頭纏繞著與碳粉袋上相同的鐵絲，鐵絲的另一端則是平貼在鐵軌上，和碳粉袋上的鐵絲一樣被壓得扁扁的。
「……這次的碳粉袋並不是貨車不小心掉落的。這是一起有計畫的犯罪。」
匡子也看出機關的運作方式了。歹徒在市電的鐵軌間打進釘子，把鐵絲一端纏繞在釘頭上，另一端越過一邊的鐵軌，拉到陸橋邊緣，綁上好幾袋碳粉。待市電的首班車經過陸橋，夾在鐵軌與車輪之間的鐵絲就會被夾斷，碳粉袋於是掉落金堀商店街的正中央……
「一個月前的碳粉事件，也是歹徒透過這種機關得逞的嗎？」亞問。
「那時候我也檢查過袋子，並沒有被動過這樣的手腳。」
從陸橋俯視下方，商店街的居民幾乎都被驚醒，一臉漆黑地在金堀商店街上東奔西竄；各種顏色的水桶紛紛出籠，道路被水淋成黑壓壓一片。
島中巡查茫然地盯著鐵絲的切口說：「可是，歹徒為什麼要做這種事啊！」

「還用問嗎？當然是為了撈錢啊！」抓住島中巡查這麼嚷嚷的，是小吃店伊豆政的老闆娘，「是黑川榻榻米店的老頭幹的好事啦！島中先生你也知道黑川那副勢利的嘴臉吧？他跟我是小學同學，大家都叫他阿黑吶！」

「不能以臉和名字來判斷一個人啊。」巡查的臉黑成一團，看不出表情，不過他肯定是一臉不知所措吧。

「話是這麼說沒錯，可是那傢伙上次也大撈了一筆啊！像我們店裡換了上百張榻榻米，他竟然連一塊錢也不讓我殺價，只知道發別人的災難財。換榻榻米的不止我們一家，阿黑可是發了筆橫財吶。他這次是食髓知味啦！」

「妳有證據嗎？」

「你看看風向，是南風吧？他家在上風處，所以他連風向都算好了。而且聽說阿黑每天早上都會在街上亂晃不是嗎？」

「黑川先生那不是亂晃，他是在慢跑。」

「哼，什麼慢跑，愛說笑，他肯定是邊跑邊撒碳粉的啦。」

「妳說阿黑怎麼了？」

匡子往聲音傳來的方向望去。有個男人戴著黑黝黝的帽子、繫著黑色圍裙，一臉凶狠地站在不遠處。他是安德烈西點店的老闆，兩袖捲起，結實的右手捧著一個大大的鮮奶油裝飾蛋糕。

「在路上亂撒碳粉的就是阿黑那傢伙啦！」

「可惡……！」他手上的裝飾蛋糕劇烈地顫動著，「我熬了一整夜做好五十個蛋糕，沒想到一回神，全變成這副德性了！」他向大家出示蛋糕。雪白的鮮奶油上頭就像積滿了黑色的雪。

「阿黑回來了！」伊豆政老闆娘指著商店街入口。

黑川一身黃色慢跑服，以規律的節奏跑進商店街。

「可惡，給我記著！」安德烈的老闆閃到路旁去。

黃色慢跑服先生完全沒注意到街上的騷動，依舊盯著空中的一點，沿著街道中央跑了過來。

匡子倒抽了一口氣，因為，她才剛看見安德烈的老闆將粗壯的右手往後伸，彈力十足的蛋糕已經呼嘯著朝黑川直飛而去。

但蛋糕只是稍微擦到一點黑川的額頭，就往後頭飛去。

這當兒，恰巧對面豆腐店的老闆打開店門，他那張平坦的臉從門縫裡露了出來，擦過黑川頭頂的蛋糕便往豆腐店老闆臉上砸個正著，糊成一團，豆腐店老闆應聲倒回自家門內。

「阿黑，你給我站住！」伊豆政的老闆娘大叫。

黑川頓時停下腳步，一臉驚訝地看向老闆娘，面不改色地說：「阿政嫂，怎麼了嗎？」

「一大早就慢跑，還真是清爽吶。」

「是啊，阿政嫂妳明天也來跑跑看吧。」

安德烈的老闆跑回店裡，出來的時候，雙手各捧著一個蛋糕。

「阿黑，看那邊！」伊豆政的老闆娘指向西點店。

黑川回頭，說時遲，那時快，第一發蛋糕飛了過來，黑川機靈閃過，旋即縮起腦袋，迎面而來的第二發也讓他逃過了，卻命中了黑川身後的伊豆政老闆娘的臉。

「安德烈你這個大蠢貨！」伊豆政的老闆娘嚷嚷著。

但是緊接著發出的第三波蛋糕攻擊，札札實實地在黑川的臉部正中央炸了開來。

「替天行道！嘗到滋味了吧！」安德烈的老闆昂然挺胸說道。但那張得意的臉卻被空中飛來的某個灰色物體給擊中，安德烈的老闆伸出舌頭，舔了舔嘴巴周圍，「是豆腐……」安德烈的老闆呻吟著，「賣豆腐的，你玩真的嗎？看著好了，我這邊還有四十七個蛋糕！」

匡子回頭一看，一臉鮮奶油面膜的男人正從水桶裡撈起四方物體，朝外扔去。「混帳機器，有碳粉跑進去，不會自己停下來啊！還拚命給我製造灰豆腐！機器實在太蠢了。剛才也是啊，手氣正好，就給我喊停……」

島中巡查擋到豆腐店老闆前面，「適可而止吧，豆腐店老闆，別做傻事呀。」

「警察先生，不要擋我，反正是順便，我跟五金行的也有帳要算。」豆腐店老闆滿臉的鮮奶油下，瞪大了一雙布滿血絲的眼睛。

「你又跟五金行那夥人賭錢了是吧？」

「您別開玩笑了，我們後來都不敢……」

「少騙人了。你引進製豆腐機，就是想要空閒去賭錢吧？」

「別人的家務事你管得著啊！」豆腐店老闆突然伸手進桶子裡，抓起灰色豆腐就往巡查的臉上抹。

「嗚！……你這是妨礙公務！」

伴隨著刺耳的喇叭聲，一輛車子突地衝進商店街，車頭後方是個長魚板形的水槽，水槽上印著市徽，車尾則盤捲著粗大的水管，這是輛水肥車。

水肥車一路撞飛、壓扁水桶，在警車和灑水車之間發出隆隆巨響蛇行穿梭。

匡子看見駕駛座上的男人緊抓著方向盤，一臉不輸安德烈老闆的凶暴神情。就在水肥車差點擦撞灑水車時，不知怎的，居然有一個蛋糕飛進駕駛座，擊中了司機的側臉。

緊急煞車聲響起，水肥車停下，半張臉滿是鮮奶油的司機走下車來，另外那半張臉看起來像在笑。眼看他慢慢地繞到水肥車後面，正要拿起水管。

「他、他想做什麼？」亞緊緊地將西裝抱在胸口，渾身顫抖。

「還用問嗎？那傢伙想使出最可怕的手段……」

「你敢就試試看啊！」安德烈的老闆完全氣昏頭了，第二發蛋糕擊中司機的下巴。

這下完了。——匡子已經絕望了，然而奇蹟卻在此時發生。司機伸向水管的手又慢吞吞地縮了回來，轉身折回駕駛座，發動水肥車，瘋了似地衝出了商店街。

匡子目送水肥車離去，臉上突然感到一陣衝擊，滿鼻腔都是鮮奶油的甘甜香味，眼前一片漆黑。

接下來她也豁出去了，自暴自棄似地在西點店和豆腐店之間往返，參與這場亂鬥，整條街上蛋糕和豆腐你來我往地滿天飛，人們原本黑壓壓的臉，這會兒一個個被塗成白色了。

不，只有一個人的臉龐還是黑色的，那就是亞。他身輕如燕，以拳擊手般的運動神經，左閃右躲地避開蛋糕和豆腐，但最後還是被安德烈的老闆發現了。

「喂，只有那傢伙還毫髮無傷！」安德烈的老闆已經扔光了所有的鮮奶油蛋糕，他接著祭出巧克力蛋糕。

「你瘋了嗎……！」安德烈的老闆正要使勁扔出巧克力蛋糕，手卻被妻子給抓住，「巧克力蛋糕就算黑了點，還賣得出去呀！」

「囉嗦！妳閉嘴閃邊去！」安德烈的老闆將第一發蛋糕塞進太太的嘴裡，第二發扔向亞。

亞正巧踩到油豆腐，滑了一跤，無力避開直飛而來的巧克力蛋糕，蛋糕準確地在亞因為驚恐而張大的嘴裡炸了開來。亞緊緊抱著西裝，宛如電影慢動作畫面似地仆倒在地，一動也不動了。

就像是脫下面具的舞者忘了如何舞蹈般，洗掉一身蛋糕和豆腐的金堀町居民們，全都像從狐狸附身中清醒過來似的，變得溫馴且老實。

警署的淋浴間頗骯髒，又充滿臭男人味道，但總是聊勝於無。匡子慶幸的是，由於女性有特權，她得以第一個淋浴。伊豆政的老闆娘、島中巡查、安德烈的老闆、黑川、豆腐店老闆、亞、五金行老闆等人一個接一個沐浴出來，出現在偵訊室，一臉疲憊地在木頭長椅坐下。

偵訊室的水泥牆灰撲撲的，細長的奇妙空間裡擺了張不銹鋼桌，偵訊由島中巡查和一身深藍色西裝的小平頭警官負責。平頭警官生得一臉拙樣，行動卻與長相相反，非常俐落地做著筆錄。做筆錄的時候，匡子也是第一個。她會被塞進警車送來警署，是因為警車內的警察作證說，匡子扔出去的蛋糕，其中一發確實命中了島中巡查的胸口。

「島中先生，我對你扔了蛋糕嗎？」匡子以溫柔的眼神凝視著島中巡查。匡子已經重新撲上粉，濃濃地抹上口紅。

「不是她吧。玉葉小姐只是單純的受害者。」島中巡查瞇起眼睛望著匡子微溼的秀髮，似乎覺得非常炫目。

平頭警官瞅著剛淋浴過的巡查和匡子，呵呵笑說：「妳可以離開了。」

匡子放下心來，雖然想來根菸，還是決定忍耐一下。

偵訊到不知道第幾個人的時候，房門突然打開，一名表情猙獰的男人走了進來，那面容似乎在哪見過。

平頭一看到那名男人，催促道：「喂，你應該去隔壁房間啦。」

男人拖拖拉拉地離開，這一瞬間，匡子想起來了，「那是水肥車的司機！」

金堀商店街的人聽言都嚇了一跳。

「那傢伙做了什麼？」島中巡查問平頭。

「他在基木町和砂石車司機吵了一架。」平頭坦蕩蕩地以這群人都聽得到的音量說明，「吵架倒還好，他什麼事不好做，偏偏把**水槽裡的東西**全灑到街上，旋即驅車逃逸，整個基木町都變成黃色的了。他剛剛才在臨檢站被抓到，禍總是不單行吶，而且還淨是些類似的倒楣事。」

「那傢伙剛剛經過我們金堀商店街呢。」

「哦……真的嗎……」平頭睜圓了眼。

「我記得那傢伙也中了兩發蛋糕，要不是他先在基木町吵過架……」匡子不禁一陣哆嗦。水肥車司機會拿起水管、後來又放棄的原因，再明顯不過，因為他的彈藥庫已經空了。

「這表示金堀商店街的各位很幸運呢。」平頭說。

偵訊輪到亞了。一番清洗之後，亞的臉龐泛出淡淡的櫻色，俊美得讓匡子忍不住倒抽一口氣，尤其是那雙幾乎要看透別人的深邃眸子，更是教匡子驚豔不已。雖然平頭說她已經可以回去了，她卻捨不得離開這間偵訊室。

但是亞一來到警官面前，頓時顯得坐立難安，從背影就看得出他整個人手足無措。匡子不禁有些在意，難道這個人曾經被警察「關照」過嗎？

亞一個勁兒地小聲重複：「已經可以了吧？請放我回去。」他的態度和他的名字，似乎引起了平頭的疑心。

「你是不是有前科？」平頭詰問。

「沒、沒有。」亞狼狽萬分，「我認識一些警察朋友，您可以去向他們打聽我的事。」

如果這是謊言，也太笨拙了吧。——匡子心想。

「哦？警察朋友啊。哪裡的人？」

「羽田警署的宮前刑警……」

「羽田署？沒那種署啊？」

「啊，搞錯了，是宮前市，宮前警署的羽田刑警。」被指出錯誤，亞完全語無倫次了起來。

「沒聽過這個人。」

「那，右腕山附近警署的鬍子先生。」

「鬍子？」

「鬍子好像是綽號，我不知道他的本名。」

「很好，連名字都不曉得啊。」

「那，西上野署的藻湖刑警。」

「藻湖？你說那位神槍手藻湖刑警嗎？」

「是、是的。」

平頭向島中巡查使個眼色。巡查走出房間，亞則頻頻拭去額上的汗水。

「還有下堀署的吳澤刑警，不過他都叫我『哎呀先生』。」

「夠了。」平頭皺起眉頭。

島中巡查回來了，但不知為何，他一臉無法信服的樣子，向平頭報告道：「確實，藻湖刑警認識亞愛一郎，而且……」

「而且？」平頭望向亞。

「藻湖刑警確認過之後，叮嚀我說，如果發生了什麼奇妙的案子，應該聽聽亞先生的意見。」

「聽這個人的意見？」平頭也是一臉無法信服的表情。

「藻湖刑警說，之前曾發生一起奇妙的案子，就是靠著亞先生提供的線索破案的。」

「真有趣，你是素人偵探嗎？」這話中明顯帶有輕蔑的意味。

亞原本正轉為安心的神情又僵住了，「偵探？絕對沒那回事，我不記得我當過什麼偵探。這下二位知道我真的沒說謊了，請放我回去吧。」

「噯，先等等。」平頭笑吟吟地要亞坐下，為他點上香菸。亞吸了一口，戰戰兢兢地咳了幾下。「讓我們聽聽你的高見吧？」

「什、什麼高見？」

「我剛才聽島中說了。那些碳粉袋不是貨車掉落的，而是有人故意把它們吊在陸橋上，設下機關等首班電車壓斷鐵絲，讓碳粉袋掉到金堀商店街上的。你的觀察力相當了不起嘛。那麼，首先我想請教，做出這種機關、把整個金堀商店街搞得烏煙瘴氣的，究竟是誰？」

「這……」

匡子同情起亞來了。亞縮得小小的，彷彿他就是下手的歹徒似的。

「這？」

「這……若是有人對金堀商店街懷恨在心……」

「原來如此，這想法很符合常理。」平頭一臉滿足地掃視商店街的人們。「各位，這位先生這麼說了。有沒有人知道誰會對整個商店街懷恨在心？」

「怎麼可能有這種事？」五金行老闆大聲說：「我們商店街的信條可是最便宜、最親切、最安心耶。你隨便去抓個人來問問，所有客人都對我們萬分滿意。對整個商店街懷恨在心？別說笑了。」

「所以……我正想說這實在不太可能。」亞略略起身辯白道：「所以我接著思考，如果讓整條街變黑，有誰會因此獲益呢……」

「有人說上次的騷動，讓榻榻米店大撈了一筆。是伊豆政的老闆娘說的嗎？」島中巡查插嘴道。

「我？說阿黑？」伊豆政的老闆娘急忙搖手，「不是啦，我只是一時氣憤，才會說出那種言不由衷的話。阿黑，對不起啦。」

「哼，知道就好。」黑川挺胸說道。

「不是的，我認為這也不太可能……」亞的口氣變得有些著急，「於是，我在想歹徒會不會是以染黑整條街為樂？但似乎也不是。」

「染黑整條街為樂？你是說那種以犯罪取樂的傢伙嗎？」

「是的，不過是更具體的。好比西點店老闆很喜歡扔蛋糕，便設計了碳粉事件將蛋糕染黑來扔……」

「為什麼非得把蛋糕染黑不可？」

「因為要是拿能賣的蛋糕去扔，西點店老闆娘應該會生氣。可是剛才我親眼看到老闆拿巧克力蛋糕去抹太太的臉，當下改變了想法。西點店的老闆並不會顧忌太太，只要想扔蛋糕，他隨時都會扔吧；也沒必要因為想扔蛋糕，大費周章把整條街都染成黑色的。」

「沒錯，老子是安德烈的老闆，整家店都是老子的。」西點店的老闆盤起粗壯的手臂。

「換句話說，我認為將商店街搞得一片黑的歹徒，並不是出於怨恨、金錢利益或瘋狂的興趣而散播碳粉。」

「什麼意思？」

「在這個事件裡，時間具有重要的意義。」

「時間……？」平頭頓時嚴肅了起來。

「就像我剛才所說，為了將整條街染成黑色，歹徒特地做了機關，也就是將碳粉袋吊在陸橋上，讓首班電車壓斷鐵絲，使袋子掉落到商店街上。雖然機關很簡陋，歹徒為什麼要這麼做？如果想把整條街弄黑，只要偷偷地在路中央擺上碳粉袋，讓往來的車子輾破袋子就成了，但歹徒卻想出了手法幼稚但奇妙的機關。」

「為什麼呢？」

「市電首班車是五點整從基木町發車，通過商店街上方那道陸橋的時間，是五點十分左右吧。也就是說，歹徒想在五點十分將碳粉袋扔進金堀商店街。」

「這表示……」

「即使歹徒真能透過讓整條街變黑而獲益，嫌犯也不會是榻榻米店或澡堂的人，這一點已經非常確定了。因為如果是榻榻米店老闆，應該不會選擇大清晨，而會挑選被發現得更晚、受害者更多的半夜吧。歹徒動機是出於怨恨的情形也是一樣道理。此外，如果是澡堂老闆，應該會選在剛開店的時刻。如果是瘋子，那不管幾點都無所謂了。總之時間……」

「對了，你們好幾個人聚在五金行二樓對吧？」島中巡查轉向五金行老闆，「那個時間點，贏得最多的是誰？」

「你是想說，贏錢的人為了見好就收，所以到處撒碳粉嗎？」五金行老闆目瞪口呆地說。

「這個推測說不通。」亞制止了島中巡查，「要是為了這個目的而撒碳粉，連自家都會遭殃不是嗎？更何況又不可能在幾小時前就預測到自己在五點十分會大贏特贏。所以，歹徒會在五點十分將碳粉撒在金堀商店街，應該是出於某個相當重大的動機。」

「你說的動機是……？」平頭的表情複雜得難以形容。

「唔，這只是假設哦。假設有個犯下殺人重罪的兇手，若能藉著撒碳粉擺脫嫌疑，就算把一、兩條街染黑也不足惜吧。」

「殺人？為什麼是殺人案？」

「因為凶殺案的被害人一定會被警方解剖，但如果是偷竊或傷害案件，被害人並不會遭到解剖，不是嗎？」

「你在開玩笑嗎？金堀商店街從沒發生過命案啊。」

「這不是玩笑，是您要我對碳粉事件發表看法，我便說出我的推測罷了。我的推測就是，歹徒為了隱蔽自己的殺人罪行，在商店街亂撒碳粉。」

「唔……，你繼續說吧，說得清楚些。」

「金堀商店街是一條不怎麼大的商店街，面向馬路的建築物幾乎都是二、三層樓的平房，大多是一樓開店，樓上出租。」

「我們家就是這樣，隔壁水果店樓上也是出租。」安德烈的老闆說。

亞想了一下，「對了，西點店和水果店是位在金堀商店街的西側呢。這麼說來，今早吹的是東南風，所以西側會是碳粉受害最嚴重的區域吧。我想命案現場應該是在某間面向馬路的出租屋，不是三樓，大概是二樓，窗戶或許留了一道縫沒關上。」

「窗戶？為什麼？」

「為了讓碳粉容易飛進去。假設那個房間裡有一具他殺屍體……」

「他殺屍體？這是怎麼回事？」不知不覺間，平頭的臉開始泛紅。

「請再耐心聽我說一會兒。若某間出租屋裡發現屍體，而且研判死因不尋常，屍體一定會被解剖，這麼一來，細心的法醫就會在屍體中發現特殊的物質。」

「什麼特殊物質？」

「在鼻腔和肺裡發現了碳粉。經驗豐富的搜查官接到這份報告，會怎麼推測這具屍體的死因呢？」

「……我不懂你的意思。」

「不必想得太深入，根據驗屍結果得出的結論就是，行凶時間是在商店街被碳粉搞得烏漆抹黑的五點十分以後吧。所以五點十分左右，被害人還活著，因為他吸入了被碳粉污染的空氣。」

「是這樣沒錯。」

「我想這就是歹徒的目的。」

「你說什麼？」平頭的臉愈來愈紅了。

「警方手邊的嫌犯清單上應該有幾個人選，不過那個時間點，應該所有人都沒有不在場證明吧，因為大家都還在睡夢中。五點十分後的一、二個小時之間，你提得出不在場證明嗎？」

「我……沒有不在場證明。」

「我想也是。然而兇手卻擁有那個時間點的不在場證明，換句話說，兇手是為了製造不在場證明，而將金堀商店街搞得烏煙瘴氣的。這樣就說得通了。」

「我還是不懂……」平頭的聲音變小了。

「被害人其實是在五點十分之前被殺的。但由於有碳粉事件攪亂警方對被害人遇害時間的研判，兇手就能製造出不動如山的不在場證明。」

「可是屍體不會呼吸啊，沒吸到五點十分以後的空氣，肺裡為什麼會有碳粉？這不是很奇怪嗎？」

「不，兇手早在整條街散播碳粉之前，先讓被害人吸入同樣的碳粉？再加以殺害。」

「兇手要怎麼讓被害人吸入碳粉？」

匡子陷入錯覺，彷彿真的發生了命案，而自己正在觀看嫌犯齊聚一堂的偵訊會議。兇手被逼入絕境，犯案手法逐漸曝光……

「……這也只是我的猜測。最近不是很流行一種玩具花嗎？把臉湊上去聞香，花蕊就會噴出水來。兇手可能利用了這種玩具，只要把水換成碳粉裝進機關裡就行了。這麼單純的手法，與扔下碳粉袋到金堀商店街的幼稚機關很類似吧。不，或許兇手下手更粗魯一些，直接備好裝了碳粉的塑膠袋，突地蒙到被害人頭上。」

「被害人不會喊叫嗎？」

「事先下安眠藥讓被害人昏睡不就成了。」

「唔唔……」

「被害人曾向兇手提過一個月前的碳粉事件。『真是有夠慘的，連肺都變黑了……』之類的，於是，原本就對被害人懷有殺意的兇手，想到了一個計策。兇手調查一個月前的天候條件，並查出碳粉的量、飛落的位置、風向等等，選定大量的碳粉會飛進被害人房間的日子，殺了被害人。當然，是在五點十分之前下的手。接著兇手離開現場，在陸橋上動手腳之後，離開了金堀商店街。接下來只要製造不在場證明就好了，但是在這種時間叫醒朋友，反而會讓人起疑，於是，他想到了一個簡便的好方法——跑去通宵營業的俱樂部或酒吧，引人注目地喝酒胡鬧，好比佯裝喝醉，把自己的名片分發給每個見到的人……」

匡子赫然一驚，叫了起來：「或是脫光衣服，衝上舞臺！」

「……那的確相當搶眼。」亞佩服地說。

匡子接著說：「帶好幾個小姐去酒吧，打破好幾個杯子，在壽司店吵著要師傅捏豬排壽司……」

「黎明時分呢？」

「當然是回飯店打麻將啦。」接下來這段話，匡子只在心裡說：「現在，看七兄正在哪兒做些什麼呢——」

「島中巡查，金堀派出所來電。」房門打開，一名年輕警察對島中說。

電話談不到幾分鐘，島中巡查回到偵訊室。看他表情就曉得，事態並不尋常。

「……我得回派出所一趟。還有，可能需要一課同仁的協助……」

「發生什麼事了？」平頭似乎正強忍著竄過全身的寒意。

「派出所來電說，商店街西側的公寓管理員報警說，二樓的房間從一早就關著，他想拿備份鑰匙開門，希望警方在場陪同……」

「才一個早上沒開門，有什麼好吵的？」

「管理員說他接到電話，對方自稱是那名女性住戶的朋友，說那名女性從不曾無故缺勤，他擔心是不是出了什麼事。」

「請問……打電話來的那個人是不是在氣象臺工作？」匡子說。

島中巡查嚇了一跳似地全身一震，「妳怎麼知道？」

匡子也想模仿亞了，她以整間偵訊室的人都聽得到的清晰嗓音說道：

「很簡單。我只是想到，如果兇手非常清楚犯案當天的風向等天候狀態，會不會是個精通氣象的人呢……」

——完——

初出處一覽

DL2號機事件　《幻影城》　一九七六年三月號
右腕山上空　《幻影城》　一九七六年五月號
傾斜的房間　《幻影城》　一九七六年七月號
掌上的黃金假面　《幻影城》　一九七六年十二月號
G號線上的黃鼠狼　《幻影城》　一九七七年一月號
被挖掘的童話　《幻影城》　一九七七年三月號
荷洛波之神　《幻影城》　一九七七年五月號（改寫）
黑霧　《幻影城》　一九七七年七月號

《亞愛一郎的狼狽》　幻影城　一九七八年五月出版

藏葉於林、柳暗花明的亞愛一郎事件簿／藍霄

（本文涉及小說情節，未讀正文者請勿閱讀）

以江戶川亂步知名評論集命名的偵探小說專門誌《幻影城》，在一九七五年二月創刊，以發掘被埋沒的偵探小說為使命，鼓勵具浪漫性、怪奇性的推理創作之偵探小說，兼及介紹足以引領推理小說新方向的作品，在日本偵探推理小說發展史上有其獨特的地位。

就我個人感受而言，圍繞《幻影城》時代的推理小說精神，是醞釀與回歸推理小說最純粹的趣味。

那麼，以〈ＤＬ2號機事件〉獲得第一屆幻影城新人小說類佳作的泡坂妻夫先生，這位日後集紋章上繪師、魔術師、推理小說作家三種身分於一身的《幻影城》時代代表作家，得獎之後，接連於《幻影城》與《野性時代》發表的二十四回短篇「亞愛一郎系列」，究竟是何類偵探故事？故事背後蘊藏的是何種寫作推理小說的理念？這是頗令人好奇的。畢竟這系列的故事可是回應以「鬼之編輯」嚴苛著稱的推理小說前輩島崎博（傅博）先生所主編的《幻影城》，揭櫫回歸偵探推理小說浪漫氛圍的代表作品。

如今這系列作品終於有機會與台灣讀者見面了。

前述二十四回「亞愛一郎系列」結集為《亞愛一郎的狼狽》、《亞愛一郎的慌亂》、《亞愛一郎的逃亡》三集，本作《亞愛一郎的狼狽》即是獨步文化翻譯出版的首作，收錄的首篇亞愛一郎登場作正是泡坂妻夫先生當年的得獎作品。

從登場作開始，以這位喜愛攝影、外貌英俊、運動神經不甚發達的亞愛一郎為主要偵探的系列作，始終有著相當高的評價。一言以蔽之，〈DL2號機事件〉當年就被認為是一篇在日本首次繼承G・K・卻斯特頓（G. K. Chesterton）之「布朗神父（Father Brown）探案」精神的作品。這樣的評價，幾乎得以概觀「亞愛一郎系列」的風格。

《布朗神父探案集》是以其貌不揚的天主教神父布朗為主角的短篇推理小說，總計四十九篇，台灣小知堂出版社曾完整翻譯問世。這些作品分別編為《布朗神父的天真》、《布朗神父的智慧》、《布朗神父的懷疑》、《布朗神父的祕密》、《布朗神父的醜聞》五本短篇集。所以從短篇集的書名形式與寫作精神來看，「亞愛一郎探案」名副其實正是「布朗神父探案」的繼承者。

也就是說，這類探案比較不注重機關詭計的精巧，不太要求物證線索的完全蒐集檢驗，作品內容也不強調有形犯罪跡證的設置，比較特別的，反而是大量運用心理學的解析技巧。故事運行往往在讀者閱讀的盲點上設置伏筆，論理多半從犯罪心理動機的反推開始；有時偵探免不了利用敏銳的直覺洞察蛛絲馬跡以揭露事件真相，雖然牽扯到某種程度的直覺，但依然保有基本精神——重視心理解析所需的條件線索安排。所以這類作品，以短篇小說形式比較能將故事的解謎趣味性發揮得淋漓盡致，亦即讓讀者在錯愕中掩卷，進而享受拍案驚奇的餘味。

但這類的直覺應用相較於猜測，還是有本質上的不同，欣賞這類推理小說的設計，或許可從某種角度來看；舉例而言，讀者諸君可能都有過各類考試的經驗，既是考試，免不了遇到需要猜題的局面。

但是選擇題猜題的技巧高下，細究起來其實相當有趣。

好比，「題目選項內容最長的通常是正確答案」、「這位老師的出題習慣，五題中必有一題正確答案是C」、「這位老師的出題，第一個選項通常不是正確答案」、「以上皆是或以上皆非的選項可優先選擇」、「選項中對於專有名詞著墨較多的，比較可能是答案」，諸如此類，這已經牽涉到心理性的分析歸納與邏輯的推演，了解為何做此推斷的背後理由，其實是饒富樂趣的，並不是茫然地亂猜。

一般來說，本格推理小說以心理性詭計為核心，往往有著較高的評價；全然利用直覺與巧合來破案，通常會降低讀者對於作品的評價。如何解說得合於情理，以扭轉讀者的既有觀感，相對來說寫作的困難度便增加了許多。

以下逐篇簡單分析本作所收錄的八篇故事——

〈DL2號機事件〉：機場接獲恐怖的飛機爆炸預告，筆觸因此略帶一絲緊張氣息，之後以登場人物為核心，牽引出一些看似案外案的怪奇事件。本篇為亞愛一郎登場作，解決案件所牽涉的心理分析方式頗具趣味性。

〈右腕山上空〉：眾目睽睽之下，升空的熱氣球裡竟然發生命案，典型的不可思議「密室」之謎的作品。作者運用人們思考的盲點所安排的絕妙故事，謎團解開的瞬間，方知處處有玄機。

〈傾斜的房間〉：描寫灰暗氣氛場景與怪奇事件的傑作，結局出人意表。本篇用於空間與身分的心理性詭計堪稱一絕，通篇沒有贅述，線索的安排恰如其分。

〈掌上的黃金假面〉：詭異的菩薩塑像與飯店大樓對峙的場景，在警方人員面前發生不可思議的宣傳員「黃金假面」被槍擊斃命事件，加上另一起銀行搶匪駕鳶大盜也在命案現場附近，女搶匪被勒斃於飯店房間內，案發時間、地點與犯罪相關人等，似乎因為種種巧合湊齊之下，成立了這起不可解事件。亞愛一郎的推理分析合情合理，從事件的思考盲點切入，將事件俐落地解決。

〈G號線上的黃鼠狼〉：描述計程車搶案受害者的翻案故事。這篇小說的心理解析相當有趣，典型藏葉於林的手法，彷彿揪住線團的起頭，緣線而上，盡頭卻是別有洞天。本故事的心理性詭計著眼點在於「黃鼠狼與狐狸」，雖然令人稍覺狐疑，但如果讀者能接受這一點，這篇小說其實是極其優秀的心理解析翻轉的傑作。

〈被挖掘的童話〉：典型的「暗號解碼小說」，解謎短篇中常見的題材。解謎推理的發展史上，經典的暗號小說相當多，這篇小說對於不諳日文的讀者來說雖略顯吃力，但是，暗號小說形式上是公平遊戲，其實讀者仍是居於劣勢之方；個人認為暗號小說與「敘述性詭計」某種層面上有精神相通之處，不過，基本上保持閱讀終章的驚奇感就是這類小說的趣味所在，日本有不少推理名作也正是暗號小說，礙於民情，台灣讀者往往只聽過篇目而已，因此這篇小說得以完整翻譯也算是讀者之福。

〈荷洛波之神〉：本篇中登場的偵探雖未明言是亞愛一郎，基本上根據文中對偵探主角的描述來看，依然是亞的系列作品。這篇有「安樂椅神探」的味道，亦即從對談中，安排終戰後殘存的老兵與遺族組成遺骨搜尋團，搭船重返當年落難時棲身的那座蠻荒之島，揭露當年未解事件的真相。這篇伏筆安排極佳，讀來趣味十足，偵探的結論推定稍嫌突梯大膽（好比腸中有寶石的推斷），但是基本上言之有理。

〈黑霧〉：以商店街突如其來的空氣污染為線軸的怪奇事件，登場人物有些許滑稽意味。亞愛一郎的推理，給了讀者相當大的驚奇，同時伏筆安排更有著理論的支持。不少短篇推理小說始於怪異事件，追求謎團解開時的驚奇感，趣味正是在於解明「Why?」的疑點。本篇的疑點在於造成污染的碳粉量，畢竟從文中描述來看，絕不是少量的污染；而一名偵探能如此大膽推理，其根據是很容易招來懷疑的。看到謎底設定的反推式安排，讀者難免狐疑，歹徒犯案動機若不是源於殺人事件，整起推論是否會有不同的寫法呢？

總之，八篇充滿趣味的作品，讀完之後，有著《幻影城》的時空懷舊感，不知讀者是否有類似的感覺？

本文作者介紹

藍霄，推理作家、推理小說的耽讀者。

家圖書館出版品預行編目資料

亞愛一郎的狼狽／泡坂妻夫 著／
王華懋 譯；.--.初版.— 臺北市；獨步文化：
家庭傳媒城邦分公司發行, 2010〔民99〕面；公分.
泡坂妻夫作品集：01)
譯自：亜愛一郎の狼狽
SBN 978-986-6562-43-3（平裝）
61.57 98022959

AIICHIRO NO ROBAI (A IS FOR ANNOYANCE)
AWASAKA Tsumao

3N 978-986-6562-43-3

邦讀書花園
www.cite.com.tw

泡坂妻夫 作品集01
亞愛一郎的狼狽

原著書名／亜愛一郎の狼狽
原出版者／東京創元社
作者／泡坂妻夫
翻譯／王華懋
選書人／陳蕙慧
主編／江麗綿
責任編輯／詹靜欣
版權部／王淑儀
行銷業務部／尹子麟

發行人／凃玉雲
榮譽社長／詹宏志
總經理／陳蕙慧
出版社／獨步文化
城邦文化事業股份有限公司
104台北市中山區民生東路二段141號5樓
電話：(02) 2500-7696 傳真：(02) 2500-1967
發行／英屬蓋曼群島商家庭傳媒股份有限公司
城邦分公司
104台北市中山區民生東路二段141號2樓
讀者服務專線：(02) 2500-7718；2500-7719
24小時傳真服務：(02) 2500-1900；2500-1991
服務時間：週一至週五09：30～12：00；13：30～17：00
讀者服務信箱E-mail：service@readingclub.com.tw
劃撥帳號／19863813
戶名／書虫股份有限公司
香港發行所／城邦（香港）出版集團有限公司
香港灣仔駱克道193號東超商業中心1樓
電話：(852) 2508-6231 傳真：(852) 2578-9337
E-mail／hkcite@biznetvigator.com
馬新發行所／城邦（馬新）出版集團
Cite(M)Sdn. Bhd.(458372U)
11, Jalan 30D/146, Desa Tasik, Sungai Besi,
57000 Kuala Lumpur, Malaysia
電話：(603) 9056-3833 傳真：(603) 9056-2833

封面設計／戴翊庭
印刷／鴻霖印刷傳媒股份有限公司
排版／浩瀚電腦排版股份有限公司
總經銷／大和書報圖書股份有限公司
電話：(02) 8990-2588；8990-2568
傳真：(02) 2290-1658；2290-1628
■ 2010（民99）1月初版
定價／**320**元 Printed in Taiwan